極楽とんぼ

井上卓也

万来舎

目次

装幀　高橋成器

極楽トンボ

人を裁くな
汝が裁くその裁きで
自分も裁かれ
汝が量るその秤で
自分にも量り与えられるであろう
「マタイによる福音書」

横恋慕

金を払うのと、もらうのとはだいぶ違うな。大学を出て最初の正月、広告代理店に勤め始めて八か月間の生活を、学生時代に比べて考えると、前田和夫の感想の行き着くところはそうしたものだった。

広告会社は人使いが荒いとは聞いていたが、入ってしまったものは仕方ない。とりあえず、会社のペースに自分を合わせてなんとか八か月をしのいできた。

ろくろく学校にも行かないで、好き勝手に暮らした学生時代と朝九時半から夜中まで働きずくめのサラリーマンライフが違うのは当たり前だ。年末の二十九日までしっかり働かされ、正月三賀日は辛うじて休めた。おまけに四日が日曜日だったから、合計六日間、久し振りに学生気分を味わった。

新しい年の勤務二日目、一九七〇年、一月六日。午後三時。

「おーい、前田、この掲載誌、片山製菓の森本さんにお届けしてくれ。宣伝部の森本三郎さんだ。電話なんかしなくていい。いらっしゃらなければ、宣伝部の誰かに言付けておいてくればいい。新年の挨拶忘れるな。それから、帰ってきたら……、まぁ、いいや、それは帰ってきてからだ」

五年ほど先輩の梶原が和夫にそう命じた。前田の所属する雑誌局は、広告主からの広告原稿を雑誌社に売って、マージンを取るのが主な仕事だ。これこのとおり、ちゃんと掲載されましたよと、確認のために広告主に掲載誌を届けるのも、大切な仕事だ。広告主には、雑誌社の掲載料よりも高いお金をいただいて、その差額を会社の利益としている以上、掲載を確認してもらうのは当たり前。

和夫は、梶原から掲載誌を受け取ると、椅子に掛けていたオーバーを取った。ついでにコソコソと鞄まで。

「前田、お前、オーバーと鞄を持ったということは、まさか、社に帰らないというわけじゃないだろうな」

梶原が眼玉をひんむいて言う。

「今日は、寒いじゃないですか、オーバーなしじゃ風邪ひいちゃいますよ」

「オーバーは、まぁ、いいだろう。その鞄はなんだ鞄は」

「ちょっと大事なものが入ってるんで、移動するときは持って歩きたいんですよ。それより先輩、これ相当重いですね。何冊ですか」

「三十冊だ、大したことない」

「あの……タクシー券……」

「バカヤロー、電車で行けぇ！　週刊誌三十冊ぐらいで、一年生がタクシーに乗ったら、ウチは、潰れちまうぞ」

梶原と和夫のやり取りはいつもこんな風だ。しかし、やり取りの間にも、和夫の脳裏に東京体育館のボクシングリングがちらつく。顔面から血を噴き散らしながら闘う、二人のボクサーの血潮が降りかかってくるような幻想が和夫を捉える。

「行ってきまーす」

和夫は調子よく言うと、築地にある新築されたばかりのビルを飛び出した。寒い。空がべた曇りだから夜は雪になるかもしれなかった。

片手に鞄、もう片手に三十冊もの週刊誌が入った重い袋をぶらさげて、和夫はやっとのことで池袋にある片山製菓にたどり着いた。

「新年、おめでとうございます。今年もよろしくお願いします。伝統通信の前田です。森本さんに掲載誌のお届け物です」

表面に無数のひびが入った六階建てのビルの四階に宣伝部はあった。エレベーターを降りるとすぐカウンターがあって、訪問者は部室には入れない。

「森本は外出中です。わたし、山田美智子がお預かりします」

宣伝部の受付をしているらしい若い女性が掲載誌をカウンター越しに受け取った。笑顔ひとつない事務的な対応。

せっかくの美人なのにもう少し笑顔があればなぁ……と和夫は勝手に品定めした。

六時に代々木の、かつて和夫が通った予備校の玄関口で、ボクシングの試合を見に行くために、ガールフレンドの瀬川律子と待ち合わせしている。ファイティング原田対ジョージ・ファメションの世界フェザー級タイトルマッチ。

律子とは、学生時代のバイト先で知り合った。和夫より二歳年下。デパートの配送の仕事で、品物の仕分けのときなどに話をしているうちに、なんとなく親しくなった。たまま気が合ったということだろうか。美人ではないけれど、明るく活発で、デパートの社員たちの事細かな注文にも、嫌な顔をしないで働いていた。都内の短大に通っているという。彼女の趣味は、まるで男の子と同じだった。

「あたしね、男に生まれればよかった。だって、ボクシングとかお相撲とか見るのが大好きなんです。プロレスも。母が、お腹の中で何か異変があったたって、いつもこぼしてるんです。男と女を決める過程で、神様がミスったたって」

「そうか、異変か……。俺の場合は神様がミスらなくて良かったな。だって俺、男に生まれて良かったたって思ってるもん」

「あたしだって、女に生まれたこと後悔していない。ボクシング見るのが大好きって女の子がいたっていいじゃないの」

何かの拍子で、二人はこんな会話をした。それから時々、バイトや授業の暇を見ては、お茶を飲んだり食事をするようになった。律子は和夫と話すとき、目がクリクリとよく動く。いつも何か目的を持って生きている人間の目だと和夫は思った。ぐーたらに生きている女ではないなと。律子が和夫のことをどう思っているか、和夫はよくは知らない。でも食事に付き合うぐらいだから、多少の好意は持っていたに違いなかった。

それから二人は学校を出て、律子はなんと、バイト先のデパートに就職した。二人は就職してからはなかなか会えなくなった。というのも、律子の勤め先の性格上、日曜日は勤務で、木曜が休日だったけれど、和夫が木曜に休めるわけがない。だから、平日にお互いの勤務が終わってからしか会えなかったし、携帯があるわけではない。といって、職場にプライベートな電話もはばかられたから、和夫が、早帰りできそうだという日に、律子が伝統通信のロビーまでやって来て、和夫の帰りを張り付いて待って、どうにか会えるといった状態だった。しかし、そんな風にして会っていたからといっても、二人の関係は依然として友達に過ぎなかった。男と女で友達なんて、と言われるなかで、二人はまだ友達だった。

和夫は、片山製菓を出ると、腕時計を見た。四時半。ここで真っ直ぐ社に帰れば五時。梶原の先程の言葉から推し量れば、とても律子と六時に代々木で会えるわけがない。新年早々、次から次へと雑用を申し渡されて、帰宅は早くて十時、下手をすれば十二時過ぎ。最終電車でのお帰りということになる。正月休みは、律子が郷里に帰っていて会えなかった。ボクシングの試合を、しかも世界タイトルマッチを律子と見に行くなんてチャンスはそうそうない。先輩の言葉を無視するのも、それなりに恐ろしかったが、一発お見舞いされるぐらいのことを覚悟すれば断然、久し振りの律子とのデートを取りたい。

〝おい前田、お前、仕事というものをどう考えてるんだ。ちょっと別室に来い〟

そんな梶原の声も聞こえて来てはいたが。

和夫は三時間もプレイガイドに並んでやっと手に入れたチケットを背広の内ポケットに手を入れて再確認した。


ファイティング原田対ジョージ・ファメション。前年、原田が、フライ級、バンタム級に続く、世界タイトル三階級制覇を目指して、フェザー級チャンピオンのファメションにシドニーで挑戦。疑惑の判定といわれたほど僅差の判定負けを喫した。今回は、いわばその雪辱戦。前年の試合では、原田は、無数のパンチを繰り出したが、今一つ有効打につながらなかった。ファメションは、数こそ少ないが的確なパンチを原田に浴びせ、パンチの数を取るか正確さを取るかで見方が分かれた。日本の報道では、〝不可解な判定〟を伝える記事が目立ち、なかには、〝盗まれたタイトル〟というような身びいきな記事もあった。そんな空気が国際的なボクシング組織をも動かして、舞台を東京に移しての再戦となったのだった。

そんな曰く付きの試合だったにもかかわらず、今度の再戦で原田の勝利を予想する者は多くなかった。というのも、原田は、フライ、バンタム時代のような、体のキレを失っていて、年齢的にも肉体的にも峠を越していることは誰の目にもはっきりしていたからだ。
一方、チャンピオンは若さに溢れ、勢いに乗っていた。そのひと昔前に、軽量級で活躍していた南米の選手たちのような迫力は感じさせなかったけれど、前回の判定に非を鳴らした専門家たちも、内心はファメションの勝利はよほどのことがない限り、覆らないと思っていたに違いない。そして、もし原田がこの試合に敗れると、彼の長いボクシングキャリアも終わりを告げるのではないかという憶測も流れていた。全盛時代は、南米から続々押し寄せて来た山猫たち、すなわち、エデル・ジョフレ、ジョー・メデル、ジェサス・ピメンテルといった、パンチとテクニックを兼ね備えた猛者たちを連破していた原田であった。

原田以前には、日本の名選手たちが次々と彼らのテクニックとパンチの餌食になっていたのだ。和夫は、中学時代、高校時代と、そうした試合をテレビで見て、彼らと日本選手との間にとても越えることの出来ない力の差があるのを悔しい思いで見ていた。彼らの猫科の動物を思わせる反射神経と体の動きに感動すらした。その連中を原田は束にして破ったのだから、和夫の原田に対する憧憬と信頼は絶対なものがあった。しかし、彼の終着点の到来がそう遠くないことも感じていて、このファメション戦に勝利して、世界タイトル三階級制覇を花道に引退してほしいと願っていた。

律子とは六時に代々木の予備校正門前と約束していたが、銀座のデパートに勤める律子が、六時に代々木に到着することは難しいことだ。律子は風邪ひきを理由に早退させてもらうと言っていたが、果たして六時に姿を見せるだろうか。和夫は、喫茶店で珈琲を飲んで少し時間調整して、五時半に池袋から山手線に乗った。代々木には間違いなく六時には着けるはずだ。電車の中は帰宅するサラリーマンたちで少し混み始めていた。多くのサラリーマンたちは四日が日曜日だったので、新年の出勤二日目のはずだ。着物姿こそ見かけないが、新年独特の真新しさに溢れていた。背広も女性のスーツもどこかヨソ行きだった。

中吊りの週刊誌の広告に目をやると、三月から大阪で開かれる万国博覧会関係の記事が満載だった。予想不可能な国際的事件が会場で起こることを心配するような記事もあったし、会場が大渋滞を起こすことを心配する記事もあった。要するに、オリンピックに続いて、日本で開かれる国際的大事業の無事開催を危ぶむような記事が溢れていたのだ。和夫には、それは、まだ日本に本当の自信がないことの表れのようにも感じられた。

和夫はひと駅だけ立ったが、すぐ目白駅で座った。体の向きが逆になった。外を見ていたのが、車内を見ることになった。当たり前のことだ。そして……視線の方向が逆になった瞬間に和夫の眼に入ったのは、和夫自身が信じることが出来ないものだった。どうしてこんなことが起きるのだ……。それ以上の表現が、和夫には浮かばなかった。和夫は反射的に電車から降りようとしたが、金縛りにあったように体がいうことを利かなかった。

もっとも、その光景は第三者にとっては、まったく何の変哲もない、ごく普通の日常風景だったけれど。

和夫の目の前の座席には一人の若い女性が座っていた。ごく普通の会社勤めの女性に見える。和夫と女性は見つめ合っていた。ただ、じっと。女性のほうも、まるで金縛りにでもあっているみたいにじっと和夫を見つめている。お互いに相手を認めたくない様子だったが、二人は、目礼したようにも見えた。この場から逃げたいのに逃げることができない変な感じ。電車は、新大久保を過ぎていた。

昔の恋人に出くわすということは、こんなにも息苦しいことなのか。もっとも、正確に言えば、和夫にとっては、恋人とは言えなかったけれど。

「前田さん、久し振りね。こんな所で」

本城早苗の方から沈黙を破った。

「お久し振りです。本当にこんな所で」

和夫は、オーム返しに同じことを言った。

〝まもなく新宿です。新宿〟

車内放送がそう告げた。ということは、代々木は次だ。しかし、和夫にはほとんど聞こえていなかった。もしかしたら、早苗にも。

都内の共学の公立高校時代、二年、三年と、同級だった二人。和夫は奥手で、高校二年ぐらいまで女の子にはからっきしで、ろくに口もきけなかった。成績はまぁまぁだったけれど、目立たない、おとなしい生徒だったと自分でも思う。クラスの半分は異性という恵まれた環境にいたのに、性への目覚めが極端に遅く、異性を恐れてもいた。一人っ子だったことにも、その原因はあったかもしれない。

その和夫が、早苗の視線を気にしだしたのは、二年生も半分を過ぎた秋の半ば頃だったろうか。授業中でも、休み時間でも見られている自分が気になるようになった。もちろん常にというわけではないが、チラチラという視線は気になるものだ。

早苗も成績はまぁまぁ、取り立てて美人ではないけれど、色白で小柄な可愛い生徒だった。しかし、男子生徒の噂に登場するタイプの早熟さは感じられなかった。

和夫が見られていると感じられるようになっても、早苗から声を掛けてくるようなことはなかった。和夫の方はと言えば、早苗のことを特別気にしているわけではなかったが、嫌いでないことも確かだった。といって、自分のほうから早苗に話しかけることなどとても出来なかった。ただ、はっきりしていたのは、自分が早苗に惚れられてしまったということだった。

そんなある日曜日の夕方、和夫が家でぶらぶらしていると、母親が呼び掛けた。「同級生の人が玄関までいらしてるわよ。女の子。本城さんって方」

安サラリーマンの父親が思い切って買ったばかりの、品川区の片隅にあった小さな一戸立て住宅。とにかく、和夫は動転した。早苗がどうして自宅まで尋ねて来たのか。

「あの、これ……、先週、家族で箱根に行って来たの。コケシ買ったので、前田君にあげたくて」

和夫が顔を出すと、早苗ははにかみの表情を見せたが、すぐ普段の顔になって、そう言った。

「ありがとう」

和夫が言えたことはそれだけだった。早苗もコケシを渡すとすぐ帰って行った。わずか一分のやり取りだったが、和夫は少しの間、心の整理がつかなくて立ち止まっていた。

「和夫、お友達に上がっていただいたら」

母親は、尋ねて来たのが女性ということで多少気にしていたのだろう、そんなことを言った。

「もう帰っちゃった」

和夫はそう答えると、慌ててコケシの入った小箱を隠すために、自分の部屋に飛び込んだ。母親は何か感じたらしく、早苗が来訪した目的については、なにも訊いてこなかった。

和夫はこのとき、確信していたのだ。この小箱の中にはコケシ以外に何か入っていることを。

和夫は、部屋では小箱を開けないで、そっと外出すると、近所の木造アパートの裏にあった小さな空き地に入って、箱の中を覗いた。和夫の予感どおり、二体の小さなコケシの下に敷かれたオガクズの中に、折り畳まれた紙片が見えた。手紙である。今でもこの手紙を復唱できるほどの衝撃を和夫は受けた。

『和夫様、こんなお手紙を差し上げて恥ずかしいですが、どうしても自分の気持ちを抑えられなくて、書いてしまいました。

今、十二時半。寝なくてはと思うのですが、眠れません。学校から帰ってきて、宿題を済ませて、食事してから読みかけの小説を読み出したのですが、文字がさっぱり頭の中に入ってきません。今、和夫さん、何をしてらっしゃるかしら。もうお休みになったかしら。こう思っただけで、和夫さんにお会いしたくて、いても立ってもいられなくなります。学校では、和夫さんに見つめられたくて、つい、和夫さんのほうを向いてしまいます。さぞかしご迷惑でしょうね……』

これぞ、正真正銘のラブレターである。早苗の和夫に対する恋心がめんめんと綴られていた。最後は、和夫の自分に対する気持ちを聞かせてほしい、嫌いというならそれはそれで心の整理がつくからというようなことで締めくくられていた。

和夫は困惑した。ラブレターというものを人生で初めて受け取った。どうして良いか分からない甘酸っぱいような、くすぐったいようなものが心を満たした。かといって和夫が急に早苗を好きになったというわけではなかったけれど。

この手紙をもらわなくても、早苗の気持ちはある程度分かっていた。しかし、この手紙でそれが決定的になったということだ。いくら手紙に、正直に気持ちを聞かせてくれと言われても、早苗の気持ちを考えたら、ストレートに嫌いだとはとても言えない。しかし、積極的に付き合いたいとも思っていない。といっても、何らかの返事はしなければならないだろう。そんなことを考えながら、和夫は、家に戻った。

自分の部屋にこもると、明日、早苗はどんな顔をして登校してくるだろうという、怖いような、楽しみのような気持ちが和夫を捉えたが、和夫は手紙を勉強机の引き出しの中にしまうと、机の横にあるベッドに身を投げ出して目をつぶった。


『次は代々木、代々木です』

車内放送がそう告げた。和夫はドアが閉まる寸前を狙って降りてしまおうと考えた。ひと言、言葉を交わした後も二人の金縛り状態は続いていた。

代々木駅に着いて、ドアが開いた。体が動かない。早苗はどこまで行くのだろうと思う。早苗さえ先に降りてくれたら自分も降りられるのにと、焦る。律子の顔が浮かんでくる。一月なのに汗が浮かんでくる。電車はそのまま代々木駅を滑り出た。早く、早苗、降りてくれ。律子はもう予備校の前に着く頃だ。しかし、和夫の焦りにもかかわらず早苗はいっこうに降りる気配を見せない。二人は依然として互いを見つめ合ったまま。

和夫は、登校すると早苗の顔をまともに見ることが出来なかった。息苦しい。どうすればいいのだ。このまま同じクラスでずっといることなんか出来ない……。和夫はそう思った。それでも、和夫の側から何の意思表示もしないままに幾日かが過ぎていった。早苗のほうから和夫をチラチラ盗み見るようなことはなくなった。和夫のほうから早苗を盗み見ると、友達と屈託なくお喋りしている。しかし、そう見えても心の中は渦巻いているはずだ。そうだ、手紙をもらったのだから、俺も手紙を書こう。

だいたい早苗は俺のどこがいいのだろう、俺はハンサムでもなければ、特別デキルわけでもないし、金持ちのお坊ちゃんでもない。どうして……、なぜ……なんで……。だけど、俺がこんなに息苦しければ、手紙を出した当人である早苗はもっと苦しいだろう。

和夫はそんなことをグルグル考えていた。返事を書こうと決めると、学校から帰って、自分の小さな部屋に直行した。そして部屋に閉じこもって、手紙を書き出そうとした。しかし、何を書いたらいいのか分からない。早苗の手紙と顔が浮かんでくる。ラブレターの一行一行が思い出される。

書こうと思うことと書くことは別だ。早苗の勇気に尊敬の念すら湧いてくる。早苗に対する気持ちの整理が出来ていないのだから手紙など書けるはずもなかった。

〝本城さんの気持ちはとても嬉しいです〟とまで書いて進まない。書き直す。

〝本城さん、僕も君のことを想っていました〟

嘘である。こんなことを書いたら取り返しのつかないことになる。高校生ならそれぐらいのことは分かる。書いてはごみ箱へ、書いてはごみ箱へ。

結局書けないまま、また数日が過ぎた。しかし、ついに和夫は書いたのだ。誰かの力に押されたように。

〝本城さん、あなたの気持ちはとてもありがたいけれど、僕には中学時代からつきあっている好きな人がいます。ごめんなさい〟

書いたのはこれだけ。大嘘である。極めて簡潔な拒絶の手紙である。どうしてこんなことを書いたのか和夫自身もよく分からなかった。誰かの力とは、悪魔の力に押されたのかもしれない。とにかく和夫は早苗を受け入れることを、はっきり拒否したのである。和夫はこの短い文を封筒に入れて投函した。とても手渡すことは無理だった。

あえて、こう書いた和夫の気持ちを探るとすれば、照れ隠しだったかもしれないし、早苗が和夫には、思っていた以上の負担になっていたのかもしれなかった。

早苗が、どうやって手にいれたのかは知らないが、大量の睡眠薬を飲んで自殺を図ったとひとづてに聞いたのは、高校二年から三年に進級する春休みのことだ。遺書はなかった。

幸いにも命は取り止められた。

和夫はもちろん、ショックを受けた。自分がその責任の一端を担っていると感じた。けれども、遺書がない以上、自分の手紙が原因の失恋自殺とも断定はできなかった。和夫が早苗に手紙を出したのは、十二月の半ばだったから、それから三か月近くが過ぎている。手紙以後、学校で、早苗が極端に落ち込んだようには和夫には見えなかった。和夫は意外に元気な早苗の様子を外から見ていて、手紙を出して良かったと思っていた。早苗は自分の手紙で心の整理がついたのだと。

そう思い込んでいた矢先の彼女の自殺未遂事件。和夫はまず学校が気になった。自分たちのことは、早苗の一方的な想いとはいえ、少なくとも級友たちには知らない者はいなかったはずだ。自分が好奇な目で見られることは間違いない。それどころか、校長あたりから呼び出されて、厳しい査問を受けるかもしれないし、悪くすれば警察から何か事情聴取されるかもしれない。自分が出した手紙が証拠品に採用されて、自分は退学処分となるかもしれない。和夫は悩み怯えた。しかし、家族にも友達にも何も相談はしなかった。家族は早苗の自殺未遂という事実すら知らなかったし、第一、早苗は死んだわけではなかった。ということは早苗の口から真実が聞けるはずなのだ。自分は聞けないにしても、学校や警察は。そうすれば、自分の〝冤罪〟は晴れるはずだ。和夫は、そう自分に言い聞かせた。そして、何度も繰り返し呟いた。〝これは、横恋慕だ。これこそ完璧な片想いだ。迷惑至極だ〟と。早苗の顔を思い浮かべては、グシャグシャに殴りつけたい衝動に駆られた。早苗の家を訪れてみようなどとは、ただの一度も思わなかった。

春休みが終わって、和夫が重い足を引きずって登校すると、和夫の心配とは少し空気が違っていた。確かに級友たちの好奇な目は感じられた。しかし、それも数日しか続かないで、いつもと変わらない学校生活が始まった。校長からの呼び出しはおろか、学級担任からの尋問もなかった。和夫は、早苗と親しくしていた女生徒に事の真相を訊いてみようと思ったが、それも止めにした。というのも、やがて数日して、ホームルームで教師の口から、こんな報告があったからだ。

「新学期から体調を崩して休んでいた本城早苗のことだけど、お父さんが福岡に転勤されることになって、急に向こうの学校に転校しました。本人は挨拶したかったようだけど、休み中のことだったので、残念なことをした。皆さんに宜しくとのことでした」

和夫は嘘だと思った。級友たちも内心そう思ったに違いない。大人たちが寄り集まって、うまく事の処理を運んだなと。和夫は、自分が何かの力にかばわれていることを感じていた。ここ数日の間に、早苗は誰かに何かしゃべったのではないか。その内容が、〝転校〟ということと深くかかわっているに違いなかった。そして、その力のせいかどうかは分からなかったが、和夫は何も問い詰められずに済んだ。結果的には、退学なんて思い過ごしもいいところだった。

結局、和夫は早苗が何を話したのか、知ることは出来なかった。自殺と和夫とはなんの関係もないと言ったかもしれないし、和夫のことを殺したいほど憎んでいると言ったかもしれない。和夫はどちらでもいいような気がしていた。どうせ自分には真相は届かないに決まっているし、自分にとって、〝横恋慕〟は、これですべて終わったのだ、和夫はそう思った。そして時は流れた。

〝次は大崎です。大崎〟

和夫と早苗のにらみ合いは依然として続いていた。そんな金縛り状態は生まれて初めてだった。代々木から、もう七駅が過ぎた。そろそろ降りないと、律子との待ち合わせも危うくなる。和夫はいよいよ大崎駅のドアが開いたら、飛び出す覚悟だった。それも閉まる寸前に。

〝まもなく大崎です〟

和夫は身構えた。鞄とコートをしっかり抱えた。顔をねじ曲げてドアを見た。電車がホームに滑り込んだ。やがてスピードを落として電車は停止しようとした。大崎駅は小さな駅だからすぐ出発だ。ドアが開いている時間は三十秒ぐらいか。和夫はほとんど目をつぶって立ち上がった。しかし、その足はドアのほうに向かわないで、前の席を目指し、早苗に向かって名刺を差し出した。

「僕、ここにいます」

それだけ言うと、身を翻して閉まりかけたドアから辛うじて飛び出した。振り返ると、電車はホームを滑り始めていた。

早苗の、スキをつかれて驚いたような表情だけが、和夫の脳裏に焼き付いた。なぜ早苗に名刺を渡したのだろう。和夫は、自分の行動を、一生解けないと思っていた謎が解けるチャンスが、突然、天から降って来たのを感じた結果だと思った。


慌てて反対側のホームに入って来た電車に飛び乗ると、和夫は腕時計を見た。五時五十分。それほど大きな遅刻にはならなそうだったが、律子は時間にはとても几帳面で待ち合わせには遅れたことがなかった。十五分も待たないで帰ってしまうかも知れなかった。しかし、焦っても電車は速くならない。どうしようもないと、和夫は覚悟を決めた。

やっと、代々木駅に戻った。大阪まで行くと思えるほど遠かった。律子は、まさか一度代々木駅に着いた和夫が、そのまま通過していってしまったとは夢にも思わなかっただろう。

代々木駅に着くと、和夫は階段を飛び下りるように走り抜け、予備校正門前に向けて走り続けた。約束の場所に律子の姿が見えない。腕時計は六時十五分を指している。律子は十五分も待ってくれなかったのか。和夫は、律子の潔癖症に腹を立てた。俺がこんな思いをしてわずかな遅刻でたどり着いたというのにと。

と、駅方面から歩いてくる律子の姿が見えた。

「前田君、待ったぁ。時間、分かってたんだけど、課長がなかなか早退の許可くれなくて……。早退たって、わずか四十分のことなのに課長ったら、熱があるみたいですっていったら、人の顔ジロジロ見て、〝熱があるような顔してないな〟だって」

「いや、俺もいま来たんだよ。慌てて、山手線、反対方向乗っちゃってさ。ひどいよ、大崎まで気がつかなかった」

まさか電車で偶然、昔の、曰く付きの女に会ったから遅くなったなんて、言えるわけがない。和夫は続けた。

「律子さぁ、課長さんには文句言えないよな。そのとおりだもん。熱なんかありゃしないんだから。まさか、おでこは触らないだろうけど、もし、触られたりしたら、万事休スだな。律子はただの嘘つきってことになり、そのうえ、サボタージュってことになるから、まあ、減給は免れないな」

「そして、社内危険分子なんてことになるかもね」

律子は、和夫の言葉におかしそうに、そう付け加えて、和夫の手をとった。

代々木から千駄ヶ谷の東京体育館まで歩いた。試合を見に行く人で道は混雑していた。

「凄い人ね、さすがに世界タイトルマッチね」

「うん、でも、原田の最後の試合を見ようと思って来ている人が多いんじゃないかな」

和夫は自分の気持ちを群衆に託して言った。

「最後の試合ってことは、今日の試合は原田の負けってことなの」

「まぁ、勝負は開けてみないと分からないけどさ。原田の不利の予想は出来るよね」

「あたしは、そういうことはよく分からないけど、もの凄い男同士の闘いが見たいの。ノックアウトシーンが見られるかしら」

「こんなファンがいるんじゃ、ボクサーも大変だな。律子はなんだか闘犬でも見に行くつもりじゃないの」

和夫のそんな冗談に、律子ははじけるように笑いながら、握った和夫の手を振り回した。

体育館はすでに群衆に取り巻かれていて、二人はチケットの受付を探すのに少し手間取ったが、中に入ると長い廊下のような空間があって、お弁当やビール売りの売店が軒を並べていた。その前を通って薄暗い会場に入ると、突然、何か祝祭を感じさせるような、明るいリングが目に飛び込んできた。リングの上ではすでにボクサーたちが闘っていた。前座の試合だった。お目当てのタイトル戦は、八時からだったから、まだ、たっぷり一時間以上あった。お弁当を食べながら、二人は前座の試合を楽しんだ。名前の知られた選手たちに比べると、前座の選手たちは、少し線が細く見えたが、その中から未来のチャンピオンが生まれてくるかもしれなかった。ノックアウトで決まった試合もあり、律子は、きゃあきゃあ叫んでいた。

「これじゃぁ、律子のお母さんが言ったみたいにさ、お前の性別決めるとき、神様が本当にミスったかもしれないな」

「だって、ボクシングってノックアウトが、やっぱり一番の見せ場じゃないの。ただ走り回って、猫がじゃれるみたいにチョコチョコ手を出して、判定なんて試合あるけど気の抜けたビールみたい」

「律子にかかっちゃ、ボクサーもつらいよな。猫にされちゃうんだから」

二人がこんな話をしている間にもいつの間にか会場が熱気に満たされてきた。

前座試合もどうやら終わり、いよいよタイトルマッチが迫ってきたようだ。二人が入った頃は、空き席も目立っていた会場だったが、タイトル戦直前には立錐の余地もないほど観客で埋め尽くされていた。

程なく二人の選手がガウン姿で入場して来ると、前座試合のときとは全く違う異様な興奮が会場に広がった。そこには、剣闘士の命を懸けた闘いを見た古代ローマ人たちの興奮と本質的には何も変わらない、残酷な楽しみを求める人間たちの浅ましい欲求が渦巻いていた。和夫も律子も、その欲求の渦に巻き込まれて古代ローマ人たちになっていったのだ。

国歌が流れて程なくすると、試合開始を知らせるゴングの音と共に、ロープで仕切られた四角い小さな空間に、二人の男が飛び出して来た。ファイティング原田と、ジョージ・ファメションだ。原田のグローブが早くもファメションの顔面めがけて機関銃のように繰り出されていた。物凄い喚声が体育館中を包み込んだ。

試合は予想されたように、原田のフックを主としたラッシュ攻撃を、ファメションが巧みな防御でかわしながら、的確なストレートを時折浴びせるといった、前年の試合と同じような形で進んでいった。

ただし、ファメションのストレートの威力は心もち前年より増しているように感じられた。そして、その通り、試合も中盤になると試合の流れははっきりファメションに傾き始めていた。前年のように、見方によっては分かれるというようなものではなく。

観客の熱気も、少しずつ冷め始めていた。酔っ払った観客が、〝原田、バカヤロウ、俺のいうとおり動けえ〟と叫んで、周りの客の笑いを誘っていたが、それは、試合の流れを反映していたのだ。

「原田調子悪いわね、減量に失敗したかしら」

「うん、それもあるけど、やっぱり、若さには敵わないってことかな」

「わざと調子悪く見せておいて、後半に溜めておいてるんじゃないかな」

「律子はいいね。楽天的で」

「きっと、そうよ。今に逆転、ノックアウトだわ」

「カミカゼでも吹くしかないね」

大方の予想どおり、原田の不利に展開してはいたが、まだそんなに大きな差にはなっておらず、律子の期待どおり、逆転という予想も出来ないことはない状態だった。ただ、原田を若いときからずっと見てきた和夫にはそんな期待も空しいものに思えた。あの牛若丸の八艘跳びのような動きが見られなくなったばかりか、パンチにもいささか衰えが見えていたからだ。もちろん、勝負のことだから、何かの拍子にラッキーパンチがカウンターとなって、一発逆転ノックアウトなんてことがないわけではなかったけれど。

後半に入ると、原田に明らかに疲れが見えてきていた。和夫には、十五ラウンドまで原田はもたないのではないかという懸念が頭をもたげてきた。

「おかしいわねぇ、原田、しんどいみたいねぇ。どうなっちゃうのかしら」

「下手すると、最後までいかないかもな」

「どういうこと」

「決まってるじゃん。ノックアウトさ」

「原田がノックアウトしちゃうの」

「律子のは大本営発表みたいだな」

「だって、あなたがそんな悲しいこと言うんだもの」

二人がそんな話をしていると、突然大歓声が湧き起こった。倒れたのだ。ひっくり返ったのだ。原田ではなく、ファメションが。和夫は文字どおり目を疑った。律子の絶望的な期待が、なにか神憑《がか》り的なことが起こって実現したようにも見えた。レフェリーは、一度カウントを始めようとしたが、すぐに止めて、両手で、起き上がれというような仕草をした。要するに、ファメションが倒れたのはパンチによるものではなくて、二人の体がぶつかりあったとき、何かの拍子ですべって倒された、スリップダウンだというのだ。スリップダウンというのは、ジャッジが付けるポイントの評価にはなにも影響を及ぼさない、単なる偶発的な事故と見なされていた。観客の抗議のブーイングで、館内は大騒ぎとなった。しかし、やがて館内は静まっていった。観客たちも、レフェリーの処置の正しさを内心認めていたからだ。というのも、立ち上がったファメションの躍動感溢れた体の前には疲れはてた原田のよろよろした姿が見えたからだ。

ラウンドもいよいよ十四ラウンド、あと一ラウンドを残すだけとなっていた。和夫は、原田がこのまま頑張って、なんとか判定に持ち込んでほしいと思っていた。もちろん、勝つのは無理だけれど。

しかし、結果は無惨なことになった。ロープに追い詰められた原田は乱打を浴びて、ついにロープの外へと放り出されて、リング下で、そのままテンカウントを聞くことになってしまった。ものの見事なノックアウト負けであった。

「下手に判定負けなんていうより、こんなはっきりした負け方のほうが何か原田らしくていいわね」

「律子は本当に、いい原田ファンだよ。そう言ってあげるしかないよな、この試合」

二人の感想は、その会話に尽きていた。二人は、意気阻喪した物凄い人混みを掻き分けながら、体育館をなんとか抜け出ると、人々の流れにしたがって、代々木駅を目指した。和夫は、律子の横顔をチラッと見た。二人が今夜、初めてそんなことに……なってもいいかなと、内心考えていたが、今はとてもそんな雰囲気ではないなとあきらめた。ちくしょう、原田さえ勝ってくれれば、もう少し盛り上がったのに、と思った瞬間梶原の顔が浮かんできた。梶原に、社に帰らなかった言い訳を何と言うかな、和夫は律子の手を握りながら、そう考えた。すると、つないでいた手を律子は、ちょっと邪険に離して、「あーぁ、課長が明日どんな顔するかな。熱が下がらないんで休みますって、ズル休みするかな」

和夫の予感通り、雪がチラチラしてきた。積もりそうな、細かな雪だった。

そして、まるで雪の降り始めに合わせるように、どこから聞こえてくるのか、〝あの素晴しい愛をもう一度*〟が聞こえてきた。

〝原田が負けたせいで、まさか俺たちの恋も終わりというわけじゃないだろうな。俺たちの愛よ、もう一度だ……。えーいっ、やけくそだぁ〟

和夫の心を代弁して書けばそんなところだったろうか。

『二十五年前の、あの熱戦が再び』

和夫は、ふと目をやった新聞のテレビ欄を見て、目を剝いた。

――ファイティング原田対ジョージ・ファメション戦を再び

民放の衛星放送番組。夜中にシリーズで昔の熱戦を再放映しているらしい。二〇〇五年一月七日の新聞。奇しくも、あの一月六日の明くる日である。

「早苗！」

和夫は妻を呼ぶと、若かりし頃その試合を見た思い出を語り始めた。

「その試合の明くる日には、仕事サボったたせいで先輩から一発お見舞いされたりしてさ……」

「どなたと見たの、一人？」

うん、会社に出入りしてたオジさんからキップ頂いてね、一人で」

「無理しなくていいのよ。誰と見たとしたって、そんなことは、遠い遠い幻みたいなものなんだから」

早苗は和夫の心を見透かしたようにそう言った。もう、二十五年近くも会っていない律子の顔が朧げに浮かんできて、和夫は少し赤くなった。それが早苗に気づかれたかどうかは別として。

和夫と早苗の一枚の名刺から始まった奇跡の物語はまた別のお話。いつかまた、あの自殺事件の真相とともに、お話しできる日を、お楽しみに。

＊「あの素晴しい愛をもう一度」一九七一年、北山修作詞・加藤和彦作曲。

雷鳴

一

朝、登校するときから、空は暗く、ひどく寒かった。不思議な静けさと少し湿り気の混じった空気が学校をすっぽりと包んでいる。雪が降ってくるに違いなかった。少なくとも赤井隆は、それを期待して、教室の窓から何度も何度も空に目をやった。

隆のように、東京で生まれ育った子供にとっては、雪は、文字通り天からの贈り物であった。たとえそれが、どんなに儚く消えてしまう淡雪であったとしても。

三時間目の授業が終わって、女教師が出て行くと、すぐに喧嘩が始まった。

「なんだと、この野郎」

燃え上がっている石炭ストーブのすぐ横で、半分泣き声交じりの怒声が上がったかと思うと、東山正雄が山口孝一の左腕をねじ上げて、背中を蹴り上げた。

隆は、普段ほとんど声を出すことのない寡黙な少年だった東山の形相と剣幕に、呆気にとられて立ちすくんだ。他の級友たちも、かたずを飲んだ格好で、視線を二人に向けた。

喧嘩といっても、二人には力の差があり過ぎた。クラスで一番大きな東山と、三番目のチビの山口では喧嘩にならなかった。ドーベルマンが、お座敷犬に食いかかっているような光景だ。

「痛いーっ、腕が折れるっ！」

山口が悲鳴を上げた。確かに、東山にねじ上げられた華奢な腕は、いつ折れても不思議なく見えた。

さすがに、折れてはまずいと思ったのか、東山は腕からは手を離したが、今度は山口を組み伏せて馬乗りになり、顔を拳で殴り始めた。

止める者は誰もいなかった。止められる者がいなかったと言う方が正確であった。鼻血が、山口の顔全体を染めた。歯も折れたのか、口からも血が噴き出ていた。

けれども、そんな風に圧倒的に有利に喧嘩を進めながらも、涙を流していたのは東山だった。山口のほうは、泣く余裕もないといったところだったかもしれないが。

隆には正確なところは分からなかったが、山口の言った何かに、東山が涙を流すほどに腹を立てて、手を出したことが喧嘩の始まりらしかった。

重なりあった二人の、すぐ横には石炭ストーブが燃えたぎっていた。その上には、大きなヤカンから湯気が噴き出している。

いつ二人の上に熱湯が降りかかっても不思議はなかったし、ストーブが倒れて、教室に火の手が回らないとも限らなかった。

隆は気づかなかったが、女子生徒が職員室に急行したらしく、教師が駆けつけて来た。担任の女教師ではなく、若い男性教員だった。東山の体の大きさは、女教師には手に余ると見て、男教師が派遣されて来たに違いなかった。けれども、大きいとはいっても小学五年生。教師は東山の襟首を後ろからつかむと、そのまま後ろに引きずり倒して、二人を引き離した。

「おい、何してるんだ。二人とも職員室へ来い」

教師は、二人に善悪の役割をつけることはなく、喧嘩両成敗といった格好で引き立てていった。

休み時間はわずか十分だったから、喧嘩そのものは七、八分も続かなかったのかも知れない。隆には、いやに長く感じられたけれど。

喧嘩なんて珍しくもなかったが、今見た喧嘩に、隆は、なにか見たくないものを見たような嫌な後味があった。見たこともなかった東山の泣き顔が、胸の中に澱んでいた。


気がつくと、隆の期待どおり雪がパラついてきた。大雪を予感させるような細かい雪で、すでに校庭が白くなり始めていた。

四時間目が始まってまもなく、東山と山口が教室に戻ってきた。山口の顔面は、瞼まで青黒く腫れ上がり、鼻孔には綿が詰められて、その姿は、滅多打ちにされたボクサーを思い出させた。

山口は、振り返った級友たちに向かって、照れ隠しのつもりか無理にニヤリとしたが、その表情は、まだ怯えで引きつっているのが見て取れた。東山は口を真一文字に結んだままの硬い表情だった。眼には少し赤みが残っていた。

「喧嘩は人と人の戦争ですよ。先生は戦争には大反対。皆さんのお父さんやお母さんが、戦争でどれくらい苦労したか、思ってごらんなさい」

女教師は、二人に向かってか、クラス全員に向かってか、話を馬鹿に大きなものにすり替えて短いお説教をしたが、すぐ授業に戻った。

喧嘩の話題は、そこで終わった。

山口が、どんな言葉をぶつけて東山を激昂させたのかは、結局分からず終いだった。よほど懲りたのか、山口がその話題には決して乗ってこなかったからだ。

東山がいつも教室の暴れ者というわけではなかった。大きな体や、体育の授業などで見せる腕力に、少々のことがあっても立ち向かえる者がいなかったことも確かだったけれど、東山自身、自分が力いっぱい殴れば、相手に相当な打撃を与えることぐらいは分かっていたようであった。

お世辞にも優等生とはいえなかったけれど、劣等生だったわけではない。東山とクラスが一緒になって丸二年、少なくとも隆はそう思っていた。

成績でいえば、東山より出来の悪い連中はゴロゴロいたし、絵が上手いことでも目立っていた。教室の後ろに貼りだされる数枚の絵の中にいつも彼の絵を見ることができた。隆が思うに、ものの形の捉え方が正確というか、デッサン力があったということだろうか。けれども、何よりも彼をこのクラスで目立せていたことは、彼がほとんど口をきかないということだった。声が出せなかったわけではない。教師に指されれば答えもしたし、本も読み上げた。ただ、普段は誰にも声を掛けるということがなかったのだ。だから、友達というものがいなかった。

「なんだかバッチイだもん」

とか、

「くさい」

とか、

「親父さんもおふくろさんもいないんだって」

とか

「無人島」

というような彼への悪口は、隆も散々聞いてきたし、隆自身、そんな東山に対して、何を考えているのかよく分からない奴だという気持ちも持っていた。あえて自分から近づいて、積極的に彼と友達になろうという者もいなかったし、隆もまたその一人だった。

しかし、そんな彼への悪評とも相俟って、この喧嘩以来、彼は、怒らせたら何をするか分からない怖い子供だという決めつけが、隆や級友たちの心に根づいていった。

その日の、東京にはめったにない大雪とこの喧嘩は、いつも結び付いて、この先何十年も隆の心に思い起こされることになった。その何十年もの後に、隆と東山に起こったことを隆が予見していたわけではもちろんなかったのに……。

昭和三十三年、東京郊外の新興地の片隅にあった小学校での、この小さな喧嘩の話題は、生徒たちの家庭にも持ち帰られて、東山に対する悪評は親たちのものともなっていった。

「あの子には近づかないのよ。ひどい目に遭いますからね」

それが、母親たちの反応だった。

そしてその反応は、最後には山口の転校という分かりやすい形で、子供たちにも示されることになったのだ。

隆の東山に対する謎は、彼が何を考えているのか分からないというだけではなかった。

彼がどこから学校へ通って来ていたのか分からなかった。つまり、彼の家の所在が不明だったのだ。

隆は、級友たちの家のありかはほとんど知っていた。隆の町は、〝国鉄〟の線路を挟んで、〝お大尽〟の住む地域と、貧乏人の住む地域に二分されていた。それはもちろん、真実ではなかったが、そういう分け方が子供たちには、自分たちの家庭のポジションを知るのに便利だったのだ。

〝お大尽〟とは、ホワイトカラーの勤め人や、自営業の経営者を意味し、子供心に、工場労働者は貧乏人と思い込んでいた。現実には、ホワイトカラーもブルーカラーも入り組んで住んでいたし、当時のホワイトカラーは、ほとんど貧乏人だったけれど。

隆の家は、商店街から離れた、ホワイトカラーの勤め人が多い住宅街にあった。学区の中でいえば、線路からいちばん東の奥の地域、当時にあっては、羨望のまなざしで見られた、いわゆる文化住宅街であった。周辺には雑木林や公園も多く、緑に恵まれた、今でいう高級住宅地のはしりであった。それはたぶん、戦災を免れた地域であったことも幸いしていたのだろう。確かに誰が見ても、線路の〝向こう〟、つまり線路の西側の地域とは、世界が違ったのであった。

隆の父親は、貿易会社に勤めていたが、その父親、つまり隆の祖父が経営していた会社に勤めていたから、ゆくゆくは経営者になるという恵まれた勤め人で、当時でいえば、本当の〝お大尽〟と言えたかもしれない。つまり隆は、〝お大尽〟のお坊ちゃんだったことになる。

隆の級友たちの家庭の多くは、線路の〝西向こう〟に位置していたが、線路の西向こうにこそ、放課後や休日に隆が友達と遊び回った商店街の裏小路や、工場裏の雑草の生い茂った原っぱがあった。隆は、友達の家を一軒一軒のぞきながら、その日、遊ぶ友達を探し回ったのだ。だから、男子生徒たちの家はもちろん、女子の家もついでに、知らず知らずに覚えていった。八百屋の娘、定期バスの運転手の息子、電気屋の息子、郵便局の娘、銭湯の息子……親の職業は様々だったけれど、そんなものは子供たちには関係なかった。〝お大尽〟と〝貧乏人〟しか存在しなかったし、その〝お大尽〟も、からかいの対象でこそあれ、羨望の対象ではなかった。

確かなことは分からなかったが、東山の家は、この線路の西向こう地帯にあるはずだった。線路のこちら側の〝お大尽〟側に、東山の家があるなどとは、どうしても隆には想像出来なかった。それにしても隆は、線路の西向こう側から通ってくる大勢の子供たちに混じって東山が登校してくる姿は、見たことがなかった。といって、霧の中から忽然と登校してくるはずもない。

教師たちは彼の家のありかを知っていたに違いないし、東山の家の近所からも、通ってきていた子供たちが大勢いたに違いなかった。

要するに、だれかに訊けば簡単に分かることを、隆は謎にしておきたかったのだ。彼自身にも、その理由はよく分からないままに。

あれは体育の時間でもあったのだろうか。隆には、クラス全員でドッジボールをしていた光景が思い出される。

暑い日で、アスファルト敷きの校庭から、苦しいほどの照り返しを受けていた。

プレーする者たちが二手に分かれて、狭いコートの中でボールをぶつけあうだけのシンプルなゲーム。

寡黙な東山から繰り出されるそのボールは、体の大きさもあってか、ひときわ力があって、その迫力は東山への決め込みと相俟って、級友たちを震え上がらせるに十分なものがあった。

ボールをぶつけられると、罰としてコートの外に出される。時間内にコートの中に残った人数の多いほうが勝ち。

つまり、敵のボールを上手にかわすか、しっかりとボールを捕らえて敵に向かってボールを投げつけるかが、このゲームを生き残る道であった。

隆はクラスで一番小さな少年であった。しかし、反射神経に恵まれていたのか、ボールよけは上手かった。

「タカシクーン、キャー、タマヨケ、ウマーイッ」

女の子たちからのそんな声が隆に飛んだ。体の小さな隆への、明らかな〝援助応援〟だった。そんな声も味方になって、隆はひらひらとボールをよけ続けた。

気がつくと、コートに残っていたのは、隆側のコートの中には隆一人。敵側の中には、東山一人であった。

隆一人が東山からの強烈なボールが飛んでくるのを、待つ身になってしまった。

目が開けられないほどの汗が流れていた。水道の蛇口が恋しかった。隆目指してボールが風を切りながら音を立てて飛んで来る。隆が小柄だからといって、東山は遠慮していなかった。

そのうちに、隆のほうは隆のほうで、ボールの威力に慣れてきたせいか、東山のボールに対する恐怖感がなくなってきた。

怖いと思っていた東山のボールをよけるのではなく、自分の胸の中に、すぽっと収めるようになっているのが不思議だった。まるで、サッカーのゴールキーパーのように。

青空と白い雲が眩しい。ランニングシャツが皮膚にへばりついていたが、壮快だった。その状態で闘いがいつまでも続けばいいと思った。隆がきちっとボールをキャッチすると、東山は、そんなはずはないという表情で苦笑いしていた。

隆もキャッチしたボールを投げ返すのだが、その力は弱々しく、東山には楽に捕らえられてしまう。そして、力のあるボールが投げ返されてくる。そんなラリーが何回か繰り返されて、また隆がボールを返すと、何か小石でもあったのか、足を取られた、といった格好で東山が転んだ。それも、足首をぐねるように倒れた、ちょっと嫌な転びかただった。

東山は、〝うわぁっ〟と、ひと声上げたと思うと、その場にうずくまった。

それまで誰も気づかなかったのだが、コートに落ちていたのは、小石ではなく牛乳瓶の細かなかけらだった。給食に出た牛乳瓶が何かの拍子で壊れて、そのかけらがそんな所に転がっていたらしい。

東山の膝から、血が流れていた。肉がえぐられているような傷も見えた。

「東山君、大丈夫、保健室に行きましょう」教師が声を掛けた。

東山のすすり泣きが聞こえてきた。よほど痛かったに違いない。けれども級友たちは、東山に声を掛けるでもなく、ただ彼を遠巻きにしていた。隆もその一人で、自分が投げたボールを取ろうとした結果、東山が負傷したことに責任を感じるというより、どうやって東山に声を掛けたらいいのかが思いつかなかった。クラスで一番しっかり者の女生徒が教師に続いて、

「東山君、保健室に行きましょっ」

と手を差し出しながら彼に近寄ると、涙を流して傷を見つめていた東山が、折った体を

ゆっくりと起こして、

「平気だ」

ひとこと言うと、足を引きずって歩き始めた。痛みが彼の表情をゆがめていた。コートの外に出るのかと見ていると、そのまま、教師に断るでもなく、校庭を横切り校門から出ていってしまった。隆も教師も級友たちも、彼の姿をただ呆然と見ていた。隆は、どうして教師が後を追わないのか腹立たしかった。校庭が陽射しに光っていた。隆は喉の渇きも忘れていた。


隆は、その日の放課後、東山の家を訪ねてみようと思った。謝りに行くのではない。たしかに、怪我の責任の半分は自分にあるような気がしていた。けれども、体育の授業中に起こった偶発的な〝事故〟を謝るのもなんだか変だった。

かすり傷とはいえない怪我も心配だったけれど、それよりもこの機会に、怪我のことを〝口実〟に、秘密のベールでもかぶっているような彼の正体を知りたいと思ったのだ。性分といってしまえばそれまでだが、無人島というあだ名がつくほどの寡黙さの秘密とか、例の喧嘩の真相とか……。

東山の家を訪れようと思い立ったのは、要するに隆の好奇心によるところが大きかったのだが、それよりも大きかったのは、その頃から隆には、東山に対する恐怖心が消え始めていたのだ。周囲の友達や大人たちの反応がどこか根拠のないものに思えてきていた。なぜそう考えるようになったのかは、彼にもよく分からなかったのだが。そして、まもなく二人が持つことになる〝秘密〟によって、このことは、彼の心の中で確固としたものになっていくのだ。

「ひがしやまんちは、〝鉄塔〟のすぐ下だ」

そんな情報が隆の耳に届いたのは、その、二、三日前のことであった。

その日の放課後も、隆が線路の西向こうに行く途中、自転車同士ですれ違った魚屋の倅《せがれ》、隣のクラスの佐々木が、いきなりそんなことを言い出した。

「東山がどうしたって」

隆が訊き返すと、

「ひがしやまの家、見つけたぞお」

佐々木は、なにか得意そうにそれだけ言うと、自転車に勢いをつけて走り去った。

隣のクラスの生徒までがそんなことを言うということは、東山は学校中でそれなりに注目の的だったに違いなかった。

線路の西向こうと、〝そのまた向こう〟を分ける地帯に大きなドブ川が流れていた。

川の向こうは学区も違い、隆は滅多に行ったことがなかった。そこは隆にとって、もはや異郷の地であり、最も近い外国であった。たまに、友達と自転車で遠出すると通ることもあったが、母親によく脅かされていた〝コトリ〟が出ないとも限らない怖い町にも思えた。コトリとは、隆が今思えば〝子盗り〟、つまり児童誘拐のことであった。

もっと幼い頃には本気で怯えた、あの母親の言葉、

〝サーカスに売られてしまいますよ〟

隆はもうそんな言葉に怯える年齢ではなかったが、時として空中ブランコの練習で宙を飛んでいる恐ろしい瞬間を思い描いたりしたものだった。

その川に跨がって送電線の鉄塔が立っている。佐々木の言った鉄塔とは、その塔を指しているとしか考えられない。

隆は佐々木の言葉だけを頼りに東山の家を訪れることにした。〝鉄塔の下〟が具体的にイメージ出来たわけではなかった。〝鉄塔の下〟に行けば分かるだろうぐらいに思って出かけたのだった。

夕方近くになっていたが、まだ陽が強く照りつけていた。町の〝線路の向こう側〟が川で行き止まりになっていることはもちろん知っていた。けれど、鉄塔の下に果たして住宅があっただろうか。いざとなると、毎日の遊び場からすぐ近くの場所が具体的にイメージ出来ないのに驚きながら、汗で道路に斑点を刻みながらペダルを漕いでいた。

やがて川に着いた。川は危険防止のために金網のフェンスで仕切られていたが、その

フェンスに沿って細い道がつけられている。隆がフェンスに突き当たった場所から鉄塔まては、その細い道を歩いてまだかなりありそうだった。自転車を放して歩き始めた。道の両側は、隆の背の高さに近いほど雑草が伸びていた。鉄塔が隆にどんどん迫って来た。西の空が少し赭《あか》くなり始めていた。鉄塔はますます隆に迫る。塔が隆に向かって倒れてきそうだ。鉄塔の思いもよらなかった高さが隆を圧倒した。空の赭さと、その赭に少し染められた雲と、鉄塔。こんな景色が意外と近くにあったことに隆は少し嬉しくなった。

隆は、あの老女の表情を昨日会った人のように思い出せる。考えてみれば、あの日から三十五年以上もの年月が流れているというのに。

鉄塔の下にたどり着くと、歩き始めた所からは雑草のために隠されていたのだが、ブリキ屋根に石を乗せた粗末なバラック建ての家が、五、六軒見えてきた。それは、家というより、隆には小屋という言葉のほうが相応しく思えた。〝小屋〟の周囲は、そこだけ小さな空き地になっていて、鉄クズのような資材が折り重なっている。その側に汚れた軽トラックが置かれていた。

隆は、東山の家はその中の一軒に違いないと思い、トラックに寄り掛かって煙草を吸っていた若い男に、東山の家を確かめようとした。そのとき、女のものらしい、けたたましい声が響いてきた。叫ぶような、泣くような、訴えるような、胸の中からなにかを絞り出すような声だ。声の主を見ると、もう老婆と言ってもいい女が、その空き地の隅で洗いものをしている。女は、盥《たらい》の中に漬けた食器のようなものを洗いながら、どこか宙空でも見つめているといった格好で、顔を仰いで何事かを切々と訴えているようだった。

ようだったというのは、その老婆の発声のせいなのか、それとも、隆がまだ知らなかった、どこかの地方言葉のひどい訛のせいだったのか、あるいは別の理由でもあったのか、老女の言葉は隆には、ただのひと言も理解出来なかったからだ。それに老女が身につけていた白い衣装も初めて見るものだった。着物のようでいて、着物でもない、洋服のように見えて、洋服でもない、不思議な長衣。前を帯でくくっているのに、スカートを穿いているる。少なくとも隆にはそう見えた、名前のつけようのない衣。その老女の、やり場のない鬱憤を空に向かって吐き出しているような切なげな表情は、その不思議な言葉と衣装とともに隆の脳裏に深く焼き付けられた。

隆は、老女の持つ不思議なエネルギーに気圧されたように、隆の家を訪ねるのはあきらめて、そのまま帰ることにした。ようやく美しい夕焼けの彼方から吹いて来た、ひんやりした風に向かって力いっぱいペダルを踏みながら、隆は、少し混乱している自分を見つけて戸惑っていた。大人になっていくことってこんなことなのかな……隆はそんなことを考えていた。

その日、といってても東山の家を探しにいってから、十日ほど後のことだ。その日、隆は放課後の日直だった。日直といってもまだ小学生のこと、大したことをするわけではない。二人一組になって、空になった教室の机や椅子をきちんと整理したり、飾っている花が萎れていたら、水を与えたり、クラスで飼っている昆虫がいたりすれば、その世話、そして床を簡単に掃き掃除して終わりだ。冬には、それに石炭ストーブの片づけがある。燃え残りがないか点検して、念のため、水を掛けて灰をシャベルでこそぎ取る。

二人一組の組み合わせは、固定しているわけではない。教師は生徒を見ていて、普段つき合いの少なそうな同士を組み合わせて、友達にさせようとしていた。

その日の日直の相手は、東山だった。初めてのことだった。もともと友達のいない東山のこと、誰と組み合わせてもいいようなものだったが、なぜか女子との組み合わせだけは避けられているようだった。教師が二人を組み合わせたのも、あのドッヂホールの試合以来、もしかしたら、二人に友情のかけらみたいなものが生まれるかもしれないと思ってのことだったのだろう。そうだとすれば、教師の思惑は、当たっていないとも言えなかった。それが、どんなにとんでもない形であったとしても。

〝終業点検〟の間、二人は言葉を交わさなかった。けれども、隆が東山の怪我のことを忘れてしまったわけではなかった。

「怪我、どうなった?」

隆は、点検の終わり際に、遠慮勝ちに訊いてみた。あの翌日から、東山の半ズボンの下に見える包帯は取れていない。

「うん、大丈夫だ、これくらい」

東山はぼそぼそと答えた。

「ばぁちゃんが、凄い消毒薬持ってるんだ」

東山がふた言も続けて口をきいたのを、隆は初めて聞いた気がした。

〝ばぁちゃん〟とは、自分が見た老婆のことだろうか。隆に、あの老婆の姿が立ち昇ってきた。

隆は、次に東山の口から出た言葉は、ほとんど聞き間違いかと思ったほどだった。

「隆、一緒に帰ろうよ」

鉄塔の下は、自分の家とは正反対の場所なのに、どうしてこんなことを言うのだろう。

隆に浮かんだのは、まず、そんなこと。

「この間分かったんだけど、俺の家、隆の家のすぐ傍だ」

隆は、〝無人島〟の口をついて出てくる驚くべき言葉に、うろたえてしまった。佐々木が、隆にでたらめを言ったとも思えない。証拠があったわけではないが、隆が鉄塔の下で見たものは、東山の棲む〝村〟に違いなかったのだ。隆には、そんな確信のようなものがあった。

となれば、東山が復讐しようとしていると、考えられないこともなかった。隆の家に帰るまでの道程で、どこかに空き地でもあれば連れ込んで、この間の怪我の〝お礼〟でもしようと思っているのかもしれない。

消えかけていた東山への恐怖心がふたたび隆の胸に湧き上がってきた。青黒く腫れ上がった山口の顔が思い出された。

「東山のうちってどの辺なの。うちの傍だって、全然知らなかった」

隆は、念のためという気持ちも手伝って、辛うじてそれだけ言った。東山は、それには答えないで、隆の顔を少し窺うようにして、

「近くったら、近くなんだ」

と小声で、ぼそっと言うとそのまま黙ってしまった。

考えて見れば、東山の家が、鉄塔の下にあったあばら屋のうちの一軒だという隆の確信も、佐々木の言葉と彼に対する思い込みが、そう思わせただけのことだったかもしれないのだ。隆は混乱したまま、

「うん、帰ろう」

と答えてしまってから、膝が震えているのを感じた。汗が噴き出してくるほど暑いのに、

震える不思議な感触を味わいながら、なんとか理由を作って、その場から逃げることができないか考えていた。しかし、東山を納得させられる言い訳など、とっさに思いつくわけもなかった。

校門を出て左に曲がれば、線路の西向こう地帯、つまり〝貧乏人〟の街へ、右に曲がると〝お大尽〟の町へ行くことになっている。東山は、何の躊躇もなく右へ曲がった。

すでに、七月に入っていたと思う。カンカン照りの陽、入道雲、黒いまでに青い空。まるで絵に描いたような真夏の光景の中を、二人は黙ったまま歩いていった。刑の執行人と罪人のような二人連れ。隆の心の中を覗けば、二人はそんな関係と言えたかもしれない。血に染まった山口の顔がまた浮かんできた。

隆の家まで学校から歩いて十五分ほどだ。

その間に空地が二つある。校門を右に出て、小さな商店街を過ぎると、まもなく住宅街に通じる小道になって、その小道の入り口に神社がある。神社といっても、おもちゃのような赤い鳥居と、誰もいないあばら屋になった社。それに、近所の子供たちがザリガニ採りに来る小池。池の回りが空地になっていて、その空き地の奥は、大袈裟に言えば、鎮守の森とでもいうのか、四、五本の立木があって、ちょっと人目につきにくくなっている。これが一つめの空地。

神社を過ぎると住宅街が始まる。ごく普通の勤め人たちの、ささやかな一戸建て住宅が密集している。その住宅街を七、八分も歩くと、いきなりぽっかりと開いた空地に出る。これが二つ目の空地だ。

空き地の隅に、てっぺんが折れた煙突が立っていた。もう決して煙を吐くことはない死んだ煙突。かつて装飾として描かれていたらしい、青い空と白い雲も、色あせて枯れている。隆は母親から、戦争前にはそこに銭湯があったと聞かされていた。戦後に生まれた隆には、戦争前という時代がうまく想起できなかったけれど、空き地は恐らく、戦争の遺物だったのだが、十年以上もほったらかしにされていたために、瓦礫と雑草の楽園になっていた。

突然、大きな雨粒が二人に降り注いできた。

「隆、あそこに入ろうか」

あそことは、煙突の下に遺っていた大きな焚口のことだ。人が屈めば、二人ぐらい入れる隙間がある。とりあえず雨をやり過ごしたいということだろう。我慢していたタガが外れたという感じで、雨は街路を殴りつけるように降り出した。閃光が目を刺し貫き、と同時に、狙った獲物でも目掛けてといった感じで、雷鳴が大地に叩きつけるように轟いた。二人は慌てて駆け出して焚口にくぐり込んだ。雨に濡れたのは、ほんの十秒ほどだったが、二人とも頭からびしょ濡れだった。

焚口の中は思ったより広かったが、いつ捨てられたのかも分からないようなゴミがあって、ひどい悪臭がした。ほかにも、錆び切ったシャベルやカンナ、釘のようなものが抛り込まれていた。要するに、近所の人たちの廃品収容所になっていたのだ。しかしいくら臭くても、その雨では出ることもできない。雨はもはや、滝と言ってもいいようなものに変わっていた。閃光は、闇といってもいいほど暗くなった街にひっきりなしにフラッシュを浴びせ、雷鳴は隆に、映画で見た爆撃機の襲来を思わせた。

奇妙なことに、焚口の中に体を寄せ合うと、隆は東山への恐怖感がまた消えていくのを感じ始めた。つい今しがたまでの怯えが馬鹿馬鹿しいものに思えてきた。東山が空き地へ寄ったのは、激しい夕立を予感して、焚口で雨宿りするためだけのことだったのではないか。そんな風に隆には思えてきた。

東山は焚口の中にうずくまると、青い顔をして狭い〝にじり口〟から空を仰ぎ始めた。どうも雷が苦手らしかった。

雨と閃光と雷鳴の空襲は、簡単には手を弛めそうにもなかった。

猫の鳴き声が聞こえてきたのは、その夕立の真っ最中だった。あるいはもう少し前から鳴いていた気もしたが、雷に気を取られて、聞こえなかったのかもしれない。それが聞こえてきたということは、隆の耳が次第に雷慣れしていたのだろう。

目が暗さに慣れてきたのか、焚口の奥にダンボールが見えてきた。鳴き声は、その中から聞こえてくる。奥といっても、狭い焚口の中のこと、手をちょっと伸ばせば、すぐ取れるところにある。

東山は鳴き声には関心を示さないで、相変わらず青い顔をして、黙ったまま空を見つめ続けていた。気がつくと、細かな揺れが隆の体に伝わってくる。震えているのだ。隆も、雷は好きではなかったが、東山の思わぬ弱みを見た気がして、ちょっと愉快になった。

猫の声がひっきりなしになってきた。一匹の鳴き声ではない。何匹もの子猫の声だ。それも、どうも生まれたばかりの、糸のような声。人の存在を知って、自分たちの救済を必死に訴えているようだ。こんな所に捨てられたのでは堪らない。人の目に届かないうちに死んでしまうところだった。隆はダンボール箱を引き寄せて、中身を覗いた。暗くてよく見えなかったが、まだ目も開いていないような子猫が、四、五匹うごめいているようだった。

「ちょっと、見てみよう」

隆が促しても、東山はまだ空を見上げている。震えは止まっていた。なるほど、雷はそのパワーを少し落とし始めたようだった。雨も、今しがたまでの激しさが嘘のように、突然のごとく小降りになっている。

「ちょっと、見ようぜ」

隆はもう一度、呼び掛けた。東山は、仰いでいた頭を戻すとやっと隆を見た。オタオタした自分を恥じているのか、その顔には少し赤みが差していた。

「わかった」

東山はそれだけ言うと、初めて気がついたとでもいったように、ちょっと神妙な顔をして、ダンボール箱に目をやった。

「ダンボール、外に出すよ」

隆がそう言ってダンボール箱を引きずりながら焚口から外へ這い出ると、空き地は水たまりだらけだった。空に目を向けると、黒い雲が激しく流れていたが、青空もチラッと見えて、明るくなってきていた。東山もすぐ後から出てきた。隆はこのとき、東山に怯えていた自分をすっかり忘れてしまっていた。

ダンボールを開けた。隆はひと声叫んで、思わず目を背けた。血にまみれた小さな生き物が五匹、ゴニョゴニョ重なりあって鳴いている。よく見ると、下敷きになった一匹はすでに死んでいるように見える。鳴いている四匹もまだ開いていない目が、目ヤニでまみれていて、どこに目があるのかも分からない。体毛も生えそろわずに皮と骨が透けて見えていて、その皮膚の上を無数の黒い虫がはい回っている。およそ動物というものが、それ以上痩せられないところまで痩せていて、その姿は猫というより、腐敗したなまゴミが鳴いているみたいに見えた。隆の脳裏には、何かの本で見た恐ろしい収容所の写真が浮かんできていた。それでも、明るい所に出て来たのが分かるのか、あるいは誰か救いに来てくれたとでも思ったのか、頭を上に向けて、競争のように、八本の足がダンボールの縁に手を掛けてもがいている。

箱の前にしゃがんで、東山が覗き込んできた。隆ほど反射的な反応は見せないで、案外と平気な顔で、目を見開いて箱の中をじっと見つめている。

あれほどの大雨も、あっけなく止んでしまい、西の空には夕焼けの気配さえ漂って、爽やかな大気が二人を包み込んできた。その大気の下には、子猫たちが、その爽やかさとは似ても似つかない壮絶な闘いを繰り広げている。

やがて、ダンボール箱から顔を上げると、東山は隆に向かって何かひとこと言った。隆は聞き逃した。何を言ったかよく聞こえなかったのだが、本当は、聞こえなかったのではなく聞かなかったのかも知れない。嫌な予感がした。東山の口がまた動いた。今度ははっきり聞こえた。

「隆、シャベル持ってこい」

シャベルが、焚口の中の錆び切った大きなシャベルを指していることは言うまでもない。

東山の言葉は、頼んでいるのではなく、隆に命令しているように聞こえた。

「家から何か食べるものと水、持ってくる」

この不幸な生き物を救うために、隆にとりあえず考えられたことは、そういうことだった。東山の家は分からないが、隆の家はすぐ近くだ。それに、嫌な予感に逆らいたい気持ちもあった。

「それより、シャベル」

東山は、隆の言葉を遮るように、今まで聞いたこともなかった大きな声で、きっぱりと言った。

「なにするの、シャベルで」

東山は、それには答えないで、面倒臭いとばかりに自分で焚口へ向うと、シャベルを抱えて出て来た。シャベルを抱きかかえたその表情は、教室でも校庭でも見せたことがない、何か決意を秘めたとでもいった、怖い顔をしていた。

そのとき、隆の胸にまた、消えかけていた東山への怯えが再び頭をもたげてきた。まさかシャベルは、自分を殴るためのものではないだろうな……というような。また山口の無残な顔が浮かんできた。シャベルで殴られたら山口どころではないはずだ。

けれど案に相違して東山は、隆の前は素通りして、空き地の特に草がひどく生い茂った一隅に行くと、一点に狙いをつけたように地面にシャベルを立てた。大きいといっても小学五年生、シャベルの柄は彼の頭より高く、東山はシャベルにしがみついているように見えた。

どうやら隆が最初に感じた嫌な予感は、間違いなく実行に移されつつあるようであった。

「東山、なにしてるんだよ、穴なんか掘って」

隆は、分かっていることをわざとのように訊いてみた。

「あいつら、埋めてやる」

決定的な答えが返ってきた。隆の予感どおり、東山はやっぱり猫を生き埋めにする気なのだ。

「かわいそうだよ」

隆は、やっとそれだけ言った。自分の身代わりに子猫たちが埋められるように思えて、彼らへの哀れみで、胸が張り裂けるようだった。けれどもそうかといって、東山を力ずくではとても止めることはできない。

隆の気持ちを知ってか知らずか、東山は、そこに隆など存在しないみたいに、修行僧のような翳りを宿して、一心不乱に地面を掘り続けていた。このとき、東山は小学校五年生という事実をどこかに置き去り、何かの執念にとり憑かれた一人の男になっていた。

呆然と眺めている隆に向かって、手伝えとも言わないで、三十分ほど掘り続けただろうか。

「出来た」

それだけ言うと、東山はやっと隆のほうを見て、手ぶりで箱を持つ仕草をした。

隆は慌ててダンボールの蓋を閉めた。もう一度、中を見る気にならなかったことも確かだったが、それよりも、彼らを救うことが出来ない自分の勇気のなさに対する後ろめたさが、蓋を閉めさせたのだ。

隆にはこのとき、子猫たちを救う方策は考えつかなかった。もしそのとき、隆に出来ることがあったとすれば、その場から逃げ出してしまうことぐらいだったか。子猫たちのために東山と取っ組み合いの喧嘩ができるほど、隆は勇気のある子供ではなかった。

蓋を閉めるとすぐ、ダンボールをかきむしる足音が聞こえてきた。


穴の深さは一メートルほどあるようだった。足元にダンボール箱が置かれると、東山は穴に飛び下りて隆から箱を受け取り、穴の底に置いた。そのとき、箱の蓋がちらっと開いて、猫の痩せた足先が見えた。それが隆の見た猫の最後だった。

箱に土を被せたのは、東山だけではなかった。隆も命じられるままに穴を埋めた。隆の父方の郷里で祖父を土葬した幼い頃の、訳の分からない不安な記憶が蘇った。今度は違う、生きている、生きている、隆は頭の中で何度もつぶやいた。子猫たちの哀れな運命に、隆が出来たのは、そう思い、そうつぶやくことだけだった。

やがて穴は土で埋まったが、土はだいぶ余っていた。

「隆、土の上から跳ねてくれ」

東山はそう言いながら、自分でも、穴の上に山盛りになった土を均すために、ドンドンと跳ねた。隆は、土の下にいる子猫たちを思うと、そこまでする気にはなれなくて、東山の跳ねる姿を呆然と眺めていた。そのとき隆の胸によぎっていたのは、〝猫殺し〟という言葉と、東山という友達が持つ、正体のよく分からない暗い炎のような心の闇への、理解し難い一種の共感のようなものだった。俺だって共犯者なんだ……というような。

街はすっかりと黄昏に包まれて、街灯に灯が点り出していた。

東山は、これが最後だというように、思いきり土の上で跳ねると、

「隆、このことは学校では内緒だぞ」

と、今まで見たこともない明るい笑顔で言った。その笑顔の意味は、隆には理解できなかった。

「隆、今日はここから、俺一人で帰る。俺んちここから近いし」

東山がそう言ったので、隆はやっと、この空き地に来たそもそものいきさつを思い出した。家が近い同士だから一緒に帰ろうと、東山のほうから言い出してこんな所にやって来たのだ。

家が近いから、一人で帰るという理屈が隆には分からなかった。それだったら、一緒にここまで来た意味がない。家が近いというからこそ報復に怯えながらも、一緒に帰ってきたのではないか。隆はそう思いながらも、その気持ちには無理やり蓋をした。

「うん、俺ちょっと、その辺でションベンして行くから」

隆は辛うじてそれだけ言った。小便はとても出そうになかったけれど、隆は適当な場所

を探すふりをしながら、東山に背を向けた。

振り返ると、東山が逃げるように走り去る姿が、隆の目に映った。

「東山君って、朝鮮人ですって」

ある休日の夕食の膳で、隆の母親は突然、

「酒井君のお母さんからね、PTAの帰りに聞いたんだけど、今頃知らないのは、赤井さんぐらいなものよって言われちゃった」と、まるで大切な秘密でも明かすような調子で話し出した。

隆は、チョーセンジンという言葉を初めて聞いたわけではなかった。ただ、チョーセンジンという意味がよく分からなかった。チョーセン……不思議な言葉だな……、まずそんな思いに浸り、その言葉が持つ、必ずしも明るくない響きにも戸惑いを覚えた。というのも、その言葉が人の口から発せられるとき、その人は必ず声をひそめていたからだ。

「川の縁に、小さな集落みたいな汚い家がいっぱいあるでしょ。ほら、鉄塔のあるところ、あそこね、何か前から嫌だなって思ってたら、朝鮮人村なんですって。東山君もあそこから、通って来てるんですってよ」

やっぱり。自分の確信が狂っていなかったことに、隆は少しホッとした。すると、あの老婆の、狂おしい表情と不思議な言葉、初めて見た衣服が思い出されてきた。

とすれば彼はなぜあの日、自分の家は隆の家の近くだと言って、わざわざ空き地まで一緒に付いて来たのだろうか。そのことを思うと、小学生の隆には、ただ、なにも分からないまま黒い固まりのようなドロドロしたものが、胸の底に沈殿して渦巻いた。老婆に代わって、ダンボール箱の子猫たち、土の上で飛び跳ねる東山の姿が、浮き上がってきた。

母親の言葉を聞いたり、あの老婆の様子から想像すると、東山の一家は、どうもどこからかやって来た人たちらしい。でも、髪の毛だって黒いし、目だって黒いし、肌の色だって黄色いし、どこも何も変わりはしない。アメリカ人というわけではない。だいたい、東山は日本人に決まっているではないか。自分と同じ学校に通って、同じに自由自在に日本語をしゃべっている。だったら、チョーセンジンって、いったい何なんだ。なんで大人たちは声をひそめて、チョーセンジンって言うのだ。

隆の頭の中では、そんなことがグルグル回っていた。

隆には、そのとき、朝鮮半島という地理上の地名は、なぜか浮かんでこなかった。何年か前に終わった朝鮮戦争のことも思い出さなかった。といっても、朝鮮戦争の休戦は隆の小学校に上がる二年前のこと。無理もなかったかもしれない。

「東山君って、いつか山口君にひどい怪我させた子でしょ。やっぱり朝鮮人だったのね。やっぱり」

独り言のように言った母親の言葉に隆は反感を覚えて、

「お母さん、やっぱりって、どうしてやっぱりなの。チョーセンジンって、人に怪我させる人たちのことなの」

隆は、自分の質問の馬鹿々しさを知りながら、わざとのように訊いた。

「おい、孝子、そんな話はもうやめろ。不愉快だ。その子が朝鮮人でもそうじゃなくても、隆には関係ないだろ」

黙って聞いていた父親が、いきなりそんな言い方をしてたので、その話はそれで終わってしまった。父親の、不愉快だという意味が、母親が差別的に朝鮮人の話題を出したことが不愉快だったのか、朝鮮人の話題そのものが気分を損ねたのかは、隆には推し量ることができなかった。

「そんなことより、この漬物、やたら塩辛いな、どうしたんだ、塩、分量間違ったのか」

「あら、そんなにショッパイかしら。このところ蒸し暑いから、少し効かせてみたのよ」

二人の話は、すぐそんな話題に移っていった。まだ幼い隆の弟は、何の話だかさっぱり分からないといった、きょとんとした表情で、隆を見つめていた。

スポーツニュースでもやっているのか、買ったばかりのテレビから、〝ローマオリンピックまであと二年、日本の水泳陣は……〟というアナウンスが聞こえてきた。

昭和三十三年、十一歳の夏。隆は初めて、少し大人の世の中を見た。

二

隆は朝食のパンを齧りながら、朝刊を睨みつけていた。なんともやりきれない記事だった。というより、信じたくない記事だった。パンを皿に返したまま、新聞から目が離せなかった。同じ記事を十回以上も読んだろうか。

隆は初め、記事の中の名前は同姓同名かとも思った。しかし、記事の、〝こと〟という言い回しと、その後に書かれている外国人らしい名前、それに、西品川という地名が、彼の気休めをはっきりと拒否していた。

〝東山くんって、朝鮮人ですって〟という母親の声とともに、山口にのしかかっていた東山、いつも教室に貼られていた彼の絵、そして、子猫たちを埋めた穴の上で飛び跳ねていた彼の姿が、浮かび上がってきた。

小学校を卒業してから、彼とは一度も会っていない。二、三度あった同窓会にも彼は現れなかった。卒業してから、もう十年という歳月が流れていた。

隆の日常の記憶からは、もう東山は消えかかっていたと言っても良かった。そのとき、大学の最終学年になりたてだった隆の差し当たっての関心事といえば、大学卒業後の就職であった。そのガイダンスのあるはずの朝の朝刊。

『賭博で、暴力団員逮捕
品川署は、賭博開帳の現行犯で、西品川森下町三丁目、暴力団皆川会系須山組、若頭、沢本三郎（四十三）と東山正雄こと朴賢権（二十一）を逮捕した。調べによると、東山らは、三月五日深夜、組の事務所に地元の商店主らを集めて、賭博を開帳。一晩で五千万円余りを荒稼ぎした疑い』

「隆、いつまで新聞読んでるの。学校に遅れるわよ。今日は、就職のガイダンスがあるとか言ってたでしょ」

隆は、母親の言葉にやっと新聞から目を離したが、隆の白くなった顔色を見て、母親は、

「一体、新聞に何が書いてあんのよ、そんな深刻そうな顔して。贔屓の野球チームが負けたぐらいで、顔色変えないでよ」

と、半分、からかうような調子で言った。

「この記事見てよ」

「あらー、東山って、あんたが小学校のとき一緒のクラスだった子かい。朝鮮人って噂は本当だったんだね」

「こんなことをするような奴じゃなかったけどな」

「なに呑気なこと言ってるのよ。恐い、恐い。やっぱりねぇ」

やっぱり、という意味が、隆には分からなかったが、母親はそんな言い方をしてから、

「早く出かけなさいよ。そんなヤクザ者が、小学校の同じクラスにいたなんて、友達に言うんじゃないのよ」

と、まるで小さな子供に諭すような言い方をした。

隆は本当に、東山がこういうアウトローな組織に入る人間とは思っていなかった。小学校を出てからの、東山のその後について思いを巡らせた。といっても具体的に何かというのではなく、子猫を生き埋めにした日のような、不吉な黒雲が心の中に覆いかぶさり、遠くに微かに雷鳴を聞いたような気がした、そんな思い方であった。

三

それは、たった十五分の遅刻から始まった。確かに大切な会議への遅刻だった。隆の祖父が始め、隆の父に引き継がれた貿易会社は、高度経済成長の波に乗った大商社に揺られて閉じられていたが、倒産したわけではなく、大手商社への吸収という形でその歴史を閉じた。隆も大学卒業後、そうした縁で、少し迷った末に、その大商社に職を得ることになった。

その日は、その商社の来年度の基本方針を討議する会議で、社長以下重役たちはそろって出席していた。

隆は、社の重要な会議に遅刻したことはその日が初めてであった。それほど重要でない会議でも遅刻したことはなかった。よりにもよってという感じであった。ちょうど、ある重役が発言中で会議室は静まり返っていた。その最中に隆が後部のドアを開けたので、いくら気をつけて静かに開けたといっても、百人ほどの出席者の視線は一斉に隆に注がれ、不快な表情を浮かべた幹部も何人か見掛けられた。

隆は小さくなって自分の席に座り、四方に小さく頭を下げた。十五分とはいえ、遅刻者は隆一人であったから、公共交通の事故のせいにするわけにはいかなかった。

隆は一課長にすぎなかったが、たまたま彼の所属する部の部長が体調を悪くしてしばらく入院していたせいで、部長の代理として出席した会議であった。そうした事情からも、その遅刻はその商社の堅い社風からいって、無責任というそしりを免れなかった。

隆は子供の頃から時間には几帳面で、友達との約束にも遅れたことはなかった、東山との〝いっしょ〟の帰宅でも、彼はしきりと、自宅までの距離を時間に置き換えながら計算していた。遅刻が嫌だった彼が、習性として身につけた習慣だったのだろう。

雪が降った朝でも学校に遅刻した記憶はなかった。その彼がなぜ遅刻したのか。

そこにはミステリーなど何もなかった。要するに酒の飲み過ぎであった。明くる日は重要会議と分かっていたが、つい家の近所にある居酒屋に立ち寄り、一人で飲み始めてしまった。家に帰り着いたときのことは、何も記憶がなかった。妻に起こせとも言わずに、そのまま背広を着込んだまま寝込んでしまったのだった。

悪いことに、その会議で隆は、自分が所属するオイル調達部の現在の営業動向を発表する立場にあった。オイル調達部は、その商社の来年度の基本方針に大きな影響を及ぼす部署であった。だから、日頃の隆を知るものにとって、彼の遅刻は二重の驚きとして受け取られた。

しかし、隆の会議での発表はしっかりしたものであった。多くの幹部社員たちを納得させたし、隆のミスを補って余りあるものとも言えた。

「赤井君、しっかりした発表、ありがとう。遅刻は感心せんがね」

という社長の一言で、隆の遅刻もなんとなく不問に付されてしまった。

しかし、その頃から、隆はぽつぽつと会議に遅刻するようになり、また、仕事でも思いがけないミスを指摘されるようになっていくのだった……。そして、時とともに遅刻ばかりか、会議そのものをすっぽかすということも起きるようになっていくのだ。

隆の酒好きは、若い頃から社内でもそれなりに知られていた。夜の酒席などでも隆の酒量は目立つほうだった。けれども驚くほどの酒豪というわけではなかったし、飲むと人格が変わるという風評も立たなかった。

別に隆の能力を脅かすような病気に罹ったわけでもない。まだ四十代半ばの隆がそんな病気になる年齢でもなかった。

　家庭でも少しずつ異変が起こっていた。

「どうしてそんなに毎晩、お酒を飲まなければいけないの。この頃はお休みの日なんて朝から飲んでるし。あなたこの頃少しおかしいわよ」

「つき合いだよ、つき合い。商社なんて酒の飲めるやつが出世するんだ」

「そんな馬鹿なことないでしょ。あそこの佐々木さんのご主人なんて一滴も飲めないのに、大きな商社の社長さんになられたじゃないの」

　近所に住む、大商社の社長に就任したという噂の人物を妻の喜美子が引き合いに出すと、

「うるせぇ馬鹿ヤロー、人のこと言うんじゃねぇ。俺は酒を飲んで出世するんだ」

「ひとみだって、来年は大学受験ですからね。あんまりみっともないことにならないで下さいね。父親として」

「俺の酒は今に始まったことじゃないだろ、若い頃から俺が酒飲みなのを知ってて、お前だって俺のところに来たんじゃないか」

「あなたは昔からお酒は召し上がったけど、とても几帳面で、十時過ぎたら明日があるからって、一滴も飲まなかったじゃないですか」

「若い頃はだらしねぇもんだ。明日が怖くて酒が飲めるか、バカヤロー」

夫婦の会話はもっぱら酒の話題だった。こう書けば格好いいが、内情は、ほとんどアル中になってしまった隆を巡っての夫婦喧嘩であった。

ある日隆は、自分が所属するオイル課の直属の取締役から呼び出しを受けた。隆はノーテンキにも、病身の部長に代わって部長への昇進の内々の知らせかと思った。重役室に顔を出すと、席を勧めてくれた取締役は、笑顔を浮かべながらも何か言いにくそうに、話し始めた。

「どうかね赤井君、この頃仕事は。ちょっと君がこの頃疲れているという噂を聞くんだけど、自分ではどうかね」

隆は、取締役の意向を察知して、いささか慌てて言った。

「いや、自分ではそんな疲れなんて感じたことはないですが、誰がそんなことを」

「いや、別に誰ということはないんだけれど……疲れなんて意外と自分では気づかないもんなんだな。それでだ……君には、少し楽をしてもらおうと思ってね。とにかく入社以来オイル課という重要な部署で大活躍してもらったからね。疲れが溜まるのは当然のことだ。今度、わが社が百周年を迎えるのは君も知っていると思うけど、それを記念して社史を編纂したいと思ってるんだ。その社史の編纂責任者に、君になってもらおうと思ってるんだよ。いろいろの人が候補に上がったんだけれど、なかなか適任者がいなくて……。君はなかなか几帳面なところがあるそうだし、適任だと言う多数の人の推薦もあってね。この事業が終わったらまた現場に戻って来てバリバリ働いてもらうのはもちろんのことだ。それは約束するよ。疲れているときはこんな、言ってはなんだけど楽できる場所でゆっくり静養したまえ。朝の出勤時間も適当に調節していいからね。アルバイトの学生を何人か採るつもりだから、彼らを自由に使ってくれたまえ」

隆が自分の気持ちを話そうとすると、取締役は、会議があるから失礼する、この話は断わらないでくれたまえと宣言して会議室を出て行った。

露骨な左遷だった。こんな話、みっともなくて家に帰って話せやしない。ましてや社内ではとても歩けない。肩で風切って歩いていた俺が、いきなり社史編纂だなんて。隆は自分の評判の悪さは意識していた。それが聞こえないほど隆は馬鹿ではなかった。しかし、それでも酒が断てなかった。

隆の所属する部の新部長人事が、まもなくして発表された。新部長は、隆のアシスタントを長い間やってくれた、隆の五年後輩だった。新部長は隆のところに新任の挨拶には来なかった。いや、来れなかったというのが正直なところだろう。

隆は思った。これは会社を辞めてくれということだと。もっとも、会社を辞めたからといって、隆に行けるところなんてどこにもなかったけれど。

「恥を忍んでも、会社にいればまたいい日も来るかも知れないわ。だけど、あなたは酒を飲んで出世すると言ったんだから、それに失敗した以上、もうお酒はやめてください。お酒をやめて下されば、あたしはまだあなたについていくつもりです。出世ばかりが人生じゃないわ。出世なんてしなくたって良い人生はいくらでも過ごせるわ」

喜美子は、そんなことを言って隆の退社に猛反対した。

恐らくそのときの隆の立場を、妻として応援するのに、それ以上素晴らしい言葉があるとは思えなかった。

それにも拘らず、隆は恥を優先して退社した。しかも、風来坊になった立場も忘れて、退職金を当てに飲みだしたのであった……。

四

そのバスは路線バスに見えた。観光バスや特定の貸切りバスではない。どこかの市内の決まった地点と地点を結ぶ、ごく普通の市民の足としてのバスである。

とある深夜、といってもバスが走っている時刻だから、そんなに深い時刻ではなかったのかもしれない。赤井隆は、ある電車駅の駅前広場でバスを待っていた。

他にバス待ちの人は誰もいなかった。夜にしても、馬鹿に暗い。星ひとつ見えない。電車の駅前なら、必ずといってもいいほどあるネオンの灯りも見られない。曇天だったのかもしれない。新月なら、星が見えてもいいはずだ。

初めて見た駅ではなかった。遠い昔、三十年か、いや、四十年近い昔に隆が小学生の頃、母親に都心に連れていってもらったとき、電車に乗った駅。そうだ、そうに違いない、東京の品川区にあった、あの駅だ。駅舎にへばりついている、あの木製の階段には見覚えがある。

どこか底冷えのする、思い出の中の駅前広場で、隆はひたすらバスを待つ。

やがてバスはやって来た。隆は、ごく自然とバスに乗った。何人かの乗客がいた。お互い知らない同士らしく、バスには沈黙が支配している。運転手の声も聞こえない。バスはゆっくりと走り始めたかと思うと、やがてスピードを上げた。窓外に目をやった。暗い中にも、子供の頃の懐かしい街の風景が見えるのではないかと目を凝らして見たが、流れている景色は、隆の初めて見るものだった。時折、天空からでも差してくるような不思議な光の中にぼんやり浮かんでくる光景は、バスがとめどもなく広い荒野をひた走っていることを隆に知らせていた。砂漠のように何もない荒涼とした大地に、次から次へと、とてつもなく巨大な岩が屹立しているのが見える。瓦礫やブッシュが、巨岩とともに後へ飛んでいく。そんな光景が、いつ終わるともなく延々と続いていく。

急に不安がこみ上げてきた。俺はどこに行こうとして、このバスに乗ったのだろうか。

そういえば、バスの行き先を確かめなかったけれど、こんな遠くまで路線バスが来るはずがないのに……。たぶん俺は子供の頃の自分の家に帰ろうとして乗ったに違いない。でなければ、あんなになんの疑問もなく安心してこのバスに乗るはずがない。

先客たちは何も心配している様子はなかった。客の誰かにバスの行き先を訊こうと思っても、客たちはひどくよそよそしくて、とても口を利ける雰囲気ではない。

いったいここはどこなんだ……。どこに連れていかれてしまうのだ。焦燥感で体中から汗が噴き出してきた。真っ暗な荒野を一台のバスが、行方も知らず猛スピードで驀進している。

どうすれば良いのだ。助けてくれ、降ろして下さい。運転手さん、降ろして下さい……。

夜半に目覚めた。実に不快な夢だった。赤井隆、五十歳の誕生日の当日。その誕生日を祝うにしては、あまりにも凶々しい夢。現実に、体じゅう汗でビッショリ。「寝床」から垣間見える秋の空が明けようとしている。良い天気らしい。清々しい風が心地好い。隆は深く息を吐き出した。

生きている。それが実感だった。今、夢の中で乗っていたバスは、どう考えても、あの世とやらへ行きのバスだったと思えてならなかった。俺にもとうとうお迎えが来るようになったか、夢の中とはいえ。隆は、今、覚めたばかりの夢が持っていた引きずり込まれるような寂しさを思い返していた。

五十歳。いよいよ来たか、五十歳が。絶対に俺だけには来ないと思っていた五十歳という年齢。子供のとき、五十歳の人はただの老人にしか見えなかった。隆が、その到来を最も疎ましく思っていた五十歳の誕生日。その誕生日の明け方にこの夢を見たことに、隆はなんとも言えない恐怖に似た感情を抱いた。隆にとって、五十歳の誕生日とは、老いと死への旅の、旅立ちの日にほかならなかったのだ。

といっても、赤井隆の誕生日を祝ってくれる人が誰かいるわけではない。今、隆には妻も子もいないし、隆に好意を寄せる異性もいなかった。いや、それどころか、金はもちろん、住む家さえないのだから。

夢から覚めると、隆はいつもとはまた違った、半ば絶望的な気持ちで来し方を振り返った。自分はいつから、酒という魔物に身を任せるようになってしまったのだろう。最初は、朝一番の大切な会議への、ちょっとした遅刻が始まりだった。遅刻することが大嫌いだった自分が。

やがて、勤務先のいろいろの部署の者たちから、無責任を追及されるような出来事が少しずつ起こり始めた。その都度、隆は反省した、深く。

けれども、その反省が生かされることはなかった。酒は、その反省の気持ちを根こそぎ消し去った。事態は更なる無責任を生み出していった。

その結果、隆は会社で露骨な左遷を受け、その腹癒せに退社し、無収入になった焦りからギャンブルに手を出し……挙げ句の果て妻や子供に逃げられ……何十回も何百回も何千回も重ねてきた悔恨。

隅田川沿いにある、ホームレス村に住みつくようになって、もう三年が過ぎようとしている。

隆が悔恨の果てにいつもたどり着く子供時代の品川の、今はなき〝お大尽〟の我が家。両親の愛情に包まれて育った、その家に帰りたいという詮ない願望が見させたつらい夢。その夢で見た荒野こそは、今、隆が生きているこの世の荒野なのだ。

ここでの、歳月の流れのなんという遅さ。ナメクジが太平洋を渡り切るのを待つような時間の流れ。伏臥して、ただただ時の過ぎ去るのを待つ。

隆はよろよろ起き上がった。持ち歩いている古びた目覚し時計が、九時を指している。隆が〝組み立てた〟のと同じようなダンボールハウスが何百と〝軒〟を並べるホームレス村。起きているものはほとんどいない。というより、普通、世間で言う起きるとか寝るとかいう意味は、ここでは全然通用しない。目を開いているか、瞑っているか。そんな言い方のほうが正確だ。

とにかく、隆は起き上がって、近くの公園にある水飲み場に向かった。人並みの生活をしていた頃の知り合いには、絶対に出会いたくないという暗い願望が、隆に周囲に目配りをさせながら、水飲み場にたどり着く。

顔を洗い歯を磨く習慣だけは忘れない。それも止めてしまったら、もう隆が人として生きていく意味そのものが、失われてしまうかもしれなかった。隆は、公園の半ばに来てふと足を止めた。掲示板が気になったのである。内容は、明らかに隆たちホームレスの人たちへ向けた〝人材募集〟広告で、掲示主はどこかのソーシャルワーカーの団体らしかった。仕事に就いてもらう前に、アンケートとインタビューに応じてほしいと、そんなことが書かれている。こういう掲示を見たのは初めてではなかった。今まで何度も見たことはあったのだが、隆は熱心に読んだことはない。もう世間とのお付き合いは御免被るという気持ちが先に立ってしまっていた。そう隆に思わせるだけのことが重なっていたに違いなかった。身から出た錆とはいえ。

しかし隆はその日、初めて熱心に掲示板に目を留めた。その朝見た夢が、隆の心を動かしていたのだ。このまま死んでいきたくないと。もう一度、人さまの世界で働く自分の姿を、自分で確認したいと。

自分はこのまま終わる人間ではないはずだという、もう垢にまみれてしまったプライドが、再び頭をもたげて来ていた。子供時代は優等生だった自分がなぜ……〝お大尽〟の家庭で育った自分がなぜ……という。

つい何年か前まで、酒に溺れながらも、なんとか世間との繋がりは持っていた。少なくともその時代までは戻りたい。隆の中で久し振りに芽生えた前向きの気持ち。夢の力も捨てたものではないと思わせる何かが、隆の心の中に残っていたエネルギーの最後の一滴に、点火したのかもしれなかった。

掲示板に指定された日の朝、隆は公園に向かった。いつも顔を洗う水飲み場のすぐ横に、運動会の来賓席のようなテントが張られ、その下にいくつかの机と椅子、そしてその回りにソーシャルワーカーらしい世話人たちの姿があった。テントの前には、すでに十人ほどの男たちが受付を待っていた。男たちは、彼らの境遇の中で出来る精一杯のお洒落をして、中にはネクタイをしている者もいた。

隆は、勇気を奮って男たちの列に入っていった。恥ずかしさはなかったが、少し緊張していた。十分ほど立っていると、世話人らしき人々が五人ほど、隆たちと対面するデスク越しに座り始めた。

十月の秋晴れの朝。気のせいか、空気も透き通って感じられる。隆は、その爽快な天気も自分の再出発を応援してくれているような気がして、自分で自分を励ましていた。そうしながらも、緊張感が高まっていく。

三十分ほどして隆の順番が巡ってきた。学生のように若い世話係に促されて椅子に座ると、まずアンケート用紙を渡された。今の生活環境についての簡単な質問事項が書かれていた。その場で書き込むようにとボールペンが手渡された。

食生活のこと、健康のこと、清潔のためにしていること、仕事への意欲のこと、〝シャバ〟での職歴など。

隆があらかた書き終えると、世話係は、

「今、ソーシャルワーカーの方が来られますので、遠慮しないでなんでも言って下さい」

と言いながら、用紙を別のテントに持って行った。

やがて、そのソーシャルワーカーらしい中年男がやって来た。そして……その男が、赤井隆を見たときの複雑な表情は一体どういう風に形容したら良いのだろう。ゴビ砂漠の真ん中で、喧嘩別れした女房に出会ったみたいなとでも言うか、今にも逃げ出してしまいそうな、座り心地の悪そうな表情で隆を見て、

「区の福祉団体から来ました者です。よろしく」

と、ひとこと言うと、

「ちょっと…お待ち下さい」と言って慌てて立ち上がり、もう一人のワーカーらしき人物にひそひそ話し掛けたかと思うと、その話し掛けられた人物が交代して、隆の前に座った。

「すみません、急に腹痛を起こしたみたいで私が代わります。赤井さんですね……」

ソーシャルワーカーは、隆が答えたアンケート用紙に見入りながら、何事もなかったように質問を始めた。

最初に挨拶したワーカーは、別のテントに走るように去って行った。

自分は気づいていないけれど、長い浮浪者生活で、普通の人には耐え切れないような異臭が、体から漂ってでもいるのではないかと、隆はひどく落ち込んだ。そうとでも考えなければ、彼があんな風に去っていくことは考えられなかった。隆は就業説明会に来たことを後悔した。

「立派なお仕事をなさっていたのですから、お気持ちさえお持ちなら、何か、お世話させていただきたいと思います。あなたのような方は本当にごく少数ですから。いろいろご事情はあったと思いますが、これだけの経歴の方が、あんまりもったいないと思います。ぜひ気を強く持って、簡単にくじけないで、再出発して下さい」

ワーカーは、そんな言葉で、インタビューを終えた。

面接の直後は、未来に対するほんのりとした明るみを覚えはしたが、つい先ほどのことを思い出すと隆の気持ちは、また塞いでいった。ボランティアの言うことなど、上っ面の正義を振りかざした無責任なお節介にすぎなく思えてきた。あの不快な夢までが思い出されてきて、隆の心はひどい絶望感に包まれた。

面接後に渡されたプリントには、早ければ一週間後には、仕事に就ける人が出るかもしれないというようなことが書かれていたが、隆はひとまず希望を捨てることにして、ねぐらに引き籠もった。

もう自分に残されているのは孤独な死だけだという捨て鉢な思いが、隆を、とてつもなく深く掘られた漆黒の穴の中に引きずり込んでいくようだった。就業説明会に参加したことでかえって、隆は、どうにも脱出出来ないような鬱の迷路に入り込んでしまった。

隆の頭をよぎっていくのは、人間としての最終的な白旗、つまり自ら命を絶ちたいという願いであった。


「赤井さんですか。この前、就職説明会で、お会いした者ですが」

説明会から十日ほどした日。どんよりとした曇り空で寒く、冬の到来が遠くないことをはっきりと感じさせる朝のことであった。

隆は、もう公園まで歯を磨きに行くことも止めてしまい、ほとんど無気力に、ただ絶望の中、時間の流れるに任せてその日を送っていた。自ら命を絶ちたいという願望は持ちながらも、死への恐怖はまだ人並みに持っていたのか、なんとか命は永らえていた。

隆は耳を疑った。自分の寝ぐらを訪れて来る者がいようとは思ってもみなかった。

「赤井さん」

二度目の声に隆は目を開き、ダンボールの〝扉〟をほんの少し押し開いて、隙間から訪問者を覗き見した。隆は驚いた。その驚きは単純ではなかった。というのも、決して訪れて来ることはないと思い込んでいたソーシャルワーカーが訪れて来たということに加えて、来訪者は隆をインタビューした人ではなく、逃げるように別のテントに去って行った男であったから。

「何の用だい」

隆はぶっきらぼうを装って答えた。餌には簡単に飛びつかないぞ……そんな気持ちが、隆にそうした態度を取らせていた。

「赤井さん、お仕事をしていただけるようになりました。お話しさせて下さい」

隆には、どんな仕事なのだろうという不安と、この男があの朝、自分の顔を見るなり逃げて行きながら、再び自分のところに現れた理由を知りたいという思いが同時に頭をもたげてきた。

それにしても、自分の暗い思い込みが外れて、ソーシャルワーカーが仕事を持ってきてくれたことに、隆は自らの思い込みを恥じざるをえなかった。

とりあえず公園に行って話すことになった。

公園にしつらえられた白いプラスチック製のテーブルを挟んで座ると、ソーシャルワーカーは、ほんのしばらく逡巡しているとでもいった沈黙の後に、ゆっくりと隆が思ってもいなかった話を始めた。

「私に見覚えがありませんか。もう古いことですが。東山です、小学校で、ご一緒した」

隆は、男の顔を見つめた。何を言い始めたのだという、驚きとも疑いとも言えない不思議な感情が隆を支配した。

「この間は、失礼しました。あなたのお顔とお名前を拝見したとき、ちょっと、いきなり自己紹介できなくて、ここは、時間をおいてと思って」

「それはそうでしょう。今の私のこの姿を見たら」

隆は辛うじて答えた。

「いいや、今のあなたのご環境というよりも、私自身のことも含めてのことです」

男は遠いものでも見ている目つきになって、静かに言った。

〝シャバ〟で知り合った人間にはもう会いたくないという、いつもの感情は不思議と湧いてこなかった。隆にとって、そうした感情を越えた衝撃だった。

隆は、相手の男の表情に、小学校時代の東山の面影を探っていた。もしかしたら、隆が記憶する東山という男の他に、同姓の男が小学校時代にいたのかもしれない、隆はそんな風にも思ってみた。それほど隆にとって、小学校時代は遠い記憶だった。隆は混乱していた。そのとき隆の記憶を支配していたのは、生き埋めにした子猫のことでもなければ、痣だらけになった山口の顔でもない。あの新聞記事である。ヤクザが、こんな仕事で俺のところに来るはずがないと……。あるいは、この男、本当の東山だとしても、ソーシャルワーカーなどではなく、とんでもないヤクザ者で、うまい話で自分を釣って、どこかで誰かの身代わり死体にでもしようとしているのかもしれない……。そんなことまで疑いながらも、就職説明会の雰囲気を思い返せば、それがどれだけ的外れな考えかも、心の底では分かっていた。

〝私自身のことも含めて〟という男の言葉は、東山の過去を説明しているように隆には感じられた。つまり、何があったかは知らないが、この男はあの東山に違いないと。

「きっと驚かれたと思います。でも、お会いできて嬉しいです。今日は、赤井さんにしていただくお仕事のことで伺ったので、お互いのその後のことは、いずれゆっくりお話ししましょう。でも、これだけは言わせて下さいね。私、なんで赤井さんにお会い出来て嬉しいかと言いますと、これからですよ、人生は……と、お伝えできるからです。自分の経験からしてもね。あ、偉そうなこと言って御免なさい」

〝東山〟は静かにそれだけ言うと、隆に持ってきた仕事の話を始めた。話し終えると、最後に、

「立派な会社に勤めておられたあなたには申し訳ないような仕事ですけれど、これも赤井さんにとって、何かとてもいいことが始まるスタートですよ。そう信じて頑張って下さい。私も応援します」

その日は、そんなことで終わった。隆は、今の自分を見下したような仕事なら断ってやる、そんな気持ちで〝ハウス〟を出てきたが、今はそんな気持ちは消えていた。どんな仕事でもする気になっていた。

東山の姿に、隆がとっくの昔に忘れていた、人間に対する深い敬意のような感情が湧い

てきていた。二人は、ひと月ほどしてから今度は友達として会う約束をして、その日は別れた。

肉体労働の仕事にも慣れて、久し振りに自分の労働で手にした現金で買った、こざっぱりしたシャツに綿パンの出で立ちで、隆は、東山と約束した渋谷の喫茶店に向かうために、何年ぶりかで電車に乗った。車窓から見る風景も、真っ正面を向いて歩く渋谷の街も眩しかった。冬がすぐそこに来ようとしていた。街路樹の紅葉の彩りも力を失い始めていたが、隆の目には美しく映っていた。働くことが、精神にこんなにも張りを与えてくれるものなのか、自分のことながら戸惑いを覚えるほど、隆は胸の中に高まりのようなものを感じていた。もう思い出すこともなかった妻や娘の顔がチラッとよぎって、慌てて振り払った。

東山と別れた後、隆は、渋谷から隅田川のほとりの自分の〝棲家〟まで歩いて帰ることにした。電車に乗ろうと思えば、今はそれぐらいの金は持っていた。

歩くしかなかった。いつもの癖ではなく、金が惜しくてでもなく、心を落ち着けるために、隆は歩くことにしたのだ。それに、晩秋にしてはそれほど寒くもない、秋晴れの天気と微風が肌に気持ち良かったこともあった。風が肌に気持ちよく感じるなんて、隆にはここ何年もないことだった。少し自信のようなものが戻ってきたのかな、隆は自分に対して、そんな風にも感じ始めていた。

「ああ、あの喧嘩、よく憶えてますよ。私が、在日なのを正面からからかわれたのはあれが最初のことでしたから。細かいやり取りは忘れましたが、ちょっとした諍いの後に、彼が言ったひと言が、子供の私には我慢が出来なかったんですね。〝チョーセン人のくせに〟という、一言が」

東山の言葉を、隆は歩きながら思い返していた。寡黙で、極端に〝姿〟が見えにくかった少年時代の東山の面影は探せなかったが、旧友であることが分かっても、決して言葉遣いを崩そうとしなかった、そんなところに痕跡が残っているのかな、と隆は思った。

その言葉を東山から聞くと、隆は、東山に持っていた疑問をすべて解き明かしてもらいたい衝動に突き動かされたが、辛うじて踏みとどまった。というのも、そんな詰問をするのは、相手に失礼だという思いやりより、どんなことがあっても、他人にはしたくないと思っていた自分の身の上話を、しなければならなくなるのを防ごうとする自己防衛の気持からだった。この期に及んでも、いわば恩人の前でも裸になれない自分を、隆は恥じてはいたが。

そして何よりも、隅田川のほとりまで歩く長い道すがら、隆の頭を占めていたのは、一枚の絵のことだった。

「ご存知かと思いますが、私は昔、極道をしていたために、五年ほど刑務所におりましてね。あそこは退屈なところで。そんな退屈を紛らわすために絵を描きました」

東山の言葉は、隆に、教室の後ろの壁にいつも張り出されていた東山の絵を思い出させた。「この絵は、そのとき描いた中の一枚です。猫の供養にと思いましてね」

東山は、紙袋の中から一枚の画用紙のような紙を取り出した。そこに鉛筆で描かれていたものはダンボールの中で蠢いている子猫たちの凄惨な姿であった。少年の隆にさえデッサン力の確かさを感じさせた東山の才能が、さらに花開いて、そのリアリズムは、写真とは違う絵画でしか表現できない、研ぎ澄まされたナイフのような凄味を伴っていた。子猫たちの最後のか細い泣き声が聞こえてくるようだった。

「かわいそうなことをしましたが、あの頃の少年の私の鬱屈は、あんな風にしか表現出来なかったんですよ。この絵は、私と赤井さんだけの秘密を描いたものですから、赤井さんに差し上げます」

刑務所で描かれたという、不幸な子猫たちの肖像を幾度も眺めて、涙目になりながら隆は歩き続けた。いつの間にか少しずつ陽が陰ってきて寒くなり始めていた。隆は、初めのうちは自分が歩いている場所を確認しようとしたが、そのうち、どこを歩いていいようと、どうでも良くなってしまった。もはや隆の足は、ただの放浪者になっていた。

「やっと赤井さんの家を訪ねることができました。少し時間は掛かりましたけどね。こんな形で赤井さんは不本意かも知れませんけど、私は、とても言葉にできないくらい嬉しいです」

そんな東山の言葉も思い出された。あの、お大尽と貧乏人が棲んでいた小さな町の端から端を、やっと二人は四十年かけて辿り着いたと、隆は思った。東山の思いも聞いてみたかったが、その機会はいつか訪れるに違いなかった。

隆は、その日の素晴らしい秋晴れの夕刻がちょっと不満だった。雷鳴が隆の耳に、微かに聞こえていた。

文豪は私が殺した

一

大田区山王、馬込の辺りといえば、東京の城南地区では、昔からの有数のお屋敷街である。しかし、大正の半ば頃までは、まだ東京の郊外で、まったくの田園地帯であった。大正の末ごろから、東京市の混雑化と共に、人々、とくに移転の余裕のあった富裕階級の人々を主に市の中心より移り住むようになって、大きなお屋敷町が形成されるようになった。

山王のお隣、馬込村にも大正の末から昭和の初めにかけて、多くの文士や絵描きたちが移り住んできて、一大カルチャーヴィレッジが形づくられた。これが有名な馬込文士村である。文士村の人士は、北原白秋、三好達治、尾崎士郎、室生犀星、萩原朔太郎、宇野千代、などなど数え上げれば切りがない。自決事件で有名な三島由起夫も、この系譜の最後に当たる文士かも知れない。多くの文化人は、その後馬込を去ったが、この馬込に、作家、熊西三郎太の屋敷はある。山王の丘陵地から馬込へと下りかける途中、常緑樹の大木に恵まれた一隅の、豪邸というわけではないが、きちんとした品のある石造りの門構えといい、屋敷を守るように門脇に根を生やした欅の大木といい、いかにも文化人の屋敷に相応しい風格にあふれた邸宅である。

若い頃は、一雑誌記者に過ぎなかった彼は、記者時代は、同じ大田区でも蒲田の裏町の住民だったのだが、文壇にデビューするや、たちまち流行作家となり、客もひっきりなしという事態に対応するために馬込に引っ越しを余儀なくされたというわけだった。

そして、その屋敷の持っている威風とでも言えば良いのか、その屋敷の中から滲み出て来るパワーのようなものは、熊西の作家としての力をも象徴しているようであった。

国民作家とまで呼ばれ、その作品が、多くの教科書にも扱われて、わが国を代表する作家の一人だった熊西三郎太が謎の死を遂げてから、早いもので、もう五年になる。

私がここに〝謎の死〟と書くと、氏の作品の読者のみならず、氏の名前を知る多くのわが国民は衝撃を受けるかもしれない。

というのも、熊西三郎太の死は当時、ほとんどの新聞に、社会面ではなく一面トップに、国際ニュースを抑えて報じられ、一人の作家の死と言うより、社会的な大ニュースとして報じられたし、死の原因は、心筋梗塞とされていて、そこにはなんら疑いを差し挟む余地もない病死として報じられていたからである。

享年八十歳であった。氏の国民作家という評価のみならず、国際的な文学賞まで期待された当時の空気からして、早すぎる死として惜しむ声もあったが、しかし、天寿を全うしたという表現が相応しい享年であったとも言えよう。心筋梗塞という病気は、癌などによる死とは違って、多くの人に突然の死というイメージを与える病であるが、突然死という場合もないことではないが、実は、長い間、狭心症を患い、やがて心筋梗塞へと移行して、決定的な事態に至るというケースが多い病である。

熊西三郎太は、世間では文士としては珍しく、体力にも恵まれ、頑健な人という印象をもたれていた。それはひとつには彼が〝斗酒なお辞せじ〟という酒豪でもあったし、日本ラグビー興隆期の頃の名選手として、若い頃の活躍も伝説となっていたからであった。

しかし実は、四十代から、恐らくは若い頃の無理な運動が遠因となっていると思われたが、狭心症の持病の持ち主で、決して頑強とはいえない健康状態にあった。逆に言えば、そんな持病を抱えていたにも拘らず、その歳まで大変な量の仕事をこなし、おまけに大量の酒を飲み続けていられたのは、奇跡だったとも言えよう。

熊西三郎太の死は、都内の立派な病院のベッド上のことであり、もちろん心臓の専門医、それも、その世界では著名な医師の処置があったうえのことであったから、その死に疑問が差し挟まれる余地など、普通の意味ではまったくなかったと言ってよいだろう。

今、ここに熊西三郎太の死を報じる当時の新聞記事を一つ引用してみることにしよう。平成十八年一月三十日の東洋新聞朝刊。

記事が大スペースのものだったので、全文の引用はとても無理であるから、氏の死因を報じた部分だけを引用する。

『……なお熊西氏は聖ペテロ病院にて、心筋梗塞のため死去。享年八十歳。通夜は明日、ペテロ病院付属教会にて。本葬の日取りは未定。後日、文芸家協会主催による、お別れの会が予定されている』

つまり、大マスコミによる〝アリバイ付き〟の病死であった。そこには変死の疑いが入る余地はまったくなかった。

では何ゆえに、しかも今頃になって、熊西三郎太の死因に、〝謎の死〟などという、不気味で、しかも人の心を揺らす要素が入り込んできたのだろうか。

それには……実は最近になって熊西三郎太の周辺にいた、ある人物から実に不可解極まる、不思議この上ない驚くべき告白を、他でもない、この小説の言ってみれば、〝作者〟のような立場である〝私〟自身が受けたからである。そしてその人物が、なぜ、数多《あまた》いた熊西三郎太の番記者や文学関係者ではなく、ただの商事会社に勤めている私に告白したのかについては、追々話していくことにして、まずは、その告白の中身を語ることにしたいと思う。

私は、まだマスコミにも警察にも知られていない、言ってみれば、今現在はこの世で告白者のほかは、私しか知らない告白の中身を、いきなり生のまま公表したときに、世間、特に熊西三郎太の愛読者に与えるであろう衝撃というか、大きな波紋に、思いを致さざるを得ない立場の人間である。

というのも、この告白の一部には、熊西三郎太が生前、文壇にも、世間にも抱かれていたイメージとは、やや異なる部分が含まれているからだ。

熊西三郎太が抱かれていたイメージとは、『文壇の紳士』といったものではなかったかと私は記憶しているが……。

そして、何よりも端的に言えば、この告白とは、『私は熊西三郎太を殺害しました』という殺人の告白である。


別に告白の中身をそのまま包み隠さずに公表すればいいではないか、と思われる方もいらっしゃろうかと思う。しかし、その中身が虚偽だった場合、私、筆者しては、はなはだ困った立場に置かれてしまうし、また、反対に私は、告白そのものを握りつぶすことも出来なくはなかった。

「警察か裁判所で話しましょう。それがお嫌でしたら、聞かなかったことにさせてください」と。

というのも、私は熊西三郎太の次男という、〝特殊〟な立場にある人間であったし、もちろん、今も、そうであるので。

しかし、告白者本人が『殺した』という〝自首〟を無視するのも限界がある。それに、なんと親不孝なことに、私自身、こんな面白い事態に遭遇したことは、生まれてこのかた初めてであった。

そこで私は、いろいろ思案した挙げ句、文業にはまったくの素人という立場も忘れて、虚と実の入り交じった小説の形をとって、この告白を公表することとし、この作品を国民作家と呼ばれた父、熊西三郎太に捧げることにした。

そして、後は、この小説を読んだ警察の判断に任せてみようと思うのだ。小説上の仮名の告白者を徹底的に推理して捜索し、突きとめた告白者を事情聴取するも逮捕するも、あるいは、まったくのフィクションと判断して、全然相手にしないも、もちろん警察の自由である。

二

改めまして、私は熊西征次と申します。小説家、熊西三郎太の次男で、年齢三十六歳です。大学を出てすぐ、今勤務している商事会社に就職し、石油の輸出入に関係する仕事に従事しています。結婚して実家を出て、もう八年になります。幼い頃より、実家に出入りしていた様々な、父親の仕事関係の方々、例えば番記者の方々とか秘書の方、その他諸々の、子供だった私には何のために我が家を訪れているのかよく分からなかった人々と、親しくさせていただいていました。もちろん、子供とはいえ、向こうから見たら、私は大先生のお坊ちゃんですから、邪険にもできないし、生意気なガキだ、ちょっと陰でつねってやろうなどと思った方もあったはずですが、そんな目にも遭わずに、いつもニコニコと可愛がっていただいていました。

そのうち、少しずつ大人になってくると、すべて達磨さんのように同じに見えた方たちも一人ずつはっきりと違って見えるようになり、私のそうした人々に対する〝好み〟もはっきりしてきました。仕事で来られる人たちは、大先生の、小生意気なガキに品定めされているなんて思いもよらなかったでしょうけれど。

そして私の好みの記者の方々などが来られると、記者の仕事のことなど私には全然分かりませんし、父親の、彼らに対する信頼度なども全然分からなかったのですが、私は、その人になんとなく憧れるようになったのです。憧れるといっても、具体的に何かしてもらおうということではなく、学校のお気に入りの先生に対する気持ちと同じようなモノなのですが。

中川英一という、父親のところに長年通って来ていた、地味で小柄でおとなしい、この頃では草食タイプとでも言うんでしょうか、そんな番記者がいました。中堅の総合出版社である青文社の編集者だったと思います。

どうして、彼が私の〝好み〟の記者だったかということは私自身でも分かりません。好みといっても、男と女でもなく、年齢も全く違い、ただ、仕事のために来ている方たちですから、この感情は、まさに、先にも書きましたように、お気に入りの教師に対するものと酷似していると表現するのが正しいかもしれません。

私が見たところ、中川に対する父親の信頼は、はなはだ薄いと思われました。父親はどちらかといえば、積極的で活動的に見える記者がお気に入りで、いわゆる肉食タイプの編集者を重用していたように私には思えました。例えば、「先生、先生なら、いま書かれている連載の三本くらいなんということもないでしょう。もう一本、わが社に大恋愛小説でもお願いしますよ」なんて押し込んでくるような編集者が。

それに、時々実家で催された、父親の文学賞受賞の祝宴などに、彼が招待されたことはなかったからです。父親の番記者たちは、各々が所属する社が違っても、父親を中心に横の関係が出来て、何かグループのようなものになり、そのグループに、由来ははっきりしないのですが、ムササビ会とかいう名前までつけられて、お互いに時間があるときには、彼ら同士で銀座に繰り出して行くようなこともあったようです。けれども中川英一は、そうした会には見向きもしないようで、番記者仲間からは、変わり者とでも思われていたようです。

私が彼のことをなんとなく気に入っていたのは、強いて言えば、そうした控え目というか、何事にも、少し線を引いて行動しているように見えるところが、格好よく見えたのかもしれません。

彼が初めて父親を訪ねてきたのがいつのことなのか私にはさっぱり分かりません。けれど、それはたぶん遥か昔のことです。というのも、小学生の頃、実家の庭で、彼から、キャッチボールの相手をしてもらったのをおぼえているからです。そんなことを覚えているということは、中川が、父親のところに通うようになって、かれこれ二十五年以上、つまり四半世紀が過ぎたのではないかと思えます。〝若いお兄さん〟だった彼も、今や白髪混じりの、押しも押されもせぬ堂々たる中年オヤジとなってしまいました。年齢は確かすでに五十にはなっていたのではないかと思います。

子供の頃のキャッチボールは別にしても、成長してからというもの、私は個人的に中川とどこかに酒を飲みに出掛けたとか、そうした付き合いというものは一切何もありません。彼にとって、私は相変わらず〝先生のお坊ちゃん〟であり、顔を合わせても、〝やぁ、大学生活のほうはいかがですか〟程度の声を掛けられるくらいでした。彼のプライベートについても何も知りません。子供が何人いるとか、趣味はなんだとかも。もっとも、そんなことに私は関心もなかったですけれど。

ただ、私は一度だけ中川を、芝居を観に誘ったことがありました。それは、私の学生時代の友人で、二流の舞台俳優がチケットを勝手に送ってきたもので、〝出目金の生活と意見〟と題された、前衛劇らしいモノでした。友人が出演していたのは言うまでもありません。

中川は、チケットのタイトルを見て、

「これは難しそうだなぁ、ぼくこういうのちょっと遠慮します。せっかくお誘いしていただいたのに御免なさい」

と、少し気まずそうな表情で断ってから、「その代わりと言っちゃあなんだけど、一度プロ野球でも見に行きましょう」と言いましたが、あれから十年はたったと思うけれど、未だに実行されていません。多分、彼は、先生のお坊ちゃんとそうしたプライベートな時間を持つことには抵抗があったのでしょう。あれは、いわゆる社交辞令というヤツですね。

父の死後も〝ムササビ会〟に所属していた記者たちは、よく母親を尋ねて来てくれました。しかし、中川は一度も姿を見せませんでした。彼にとっては、父親との関係は、あくまで仕事のうえのことでしたから、それは当然のこととも言えましたが、私には少し寂しくもありました。

そんな彼から、父の死後三年も経って、突然手紙が、まだ母が暮らしている実家に送られてきました。なぜか宛先は、私宛てになっていました。私には兄もおりましたが、兄は医師で、すでにそこそこの病院の外科部長をしていましたから、彼にとっては少し敷居が高かったのかも知れません。その手紙には、内緒で私に会いたいという意味のことが書かれていました。

それから一週間ほどして私は中川英一と、日比谷にある、さる大ホテルの静かなバーで会いました。そこで中川から聞かされた話は、私にとって実に驚くべきというか、笑ってしまうというか、なんとも信じられない奇妙な話だったのです。

三

「〝中川君、長い間ご苦労だったね〟と、お父様、いや、熊西先生は、突然そうおっしゃっていました。それも、先生が亡くなられる僅か一週間前のことだったのです、征次君」

ひととおりの挨拶が終わった後、中川は、照明を落とした夕刻の大ホテルのバーの一角で、ビールを飲みながら、何か決意を秘めたように、私にそんな風に話し始めました。中川は、確かアルコールが苦手だったのを私は思い出しましたが、そのときの彼は旨そうにビールを飲んでいました。

「実はね、征次君、僕は、いわば青文社を代表して二十五年ほど、熊西先生のお宅に通わせていただいたんだけど、その間、先生から頂いた原稿は、随筆がたった二つだけでした。小説は、たった一枚の原稿も頂けませんでした。それは、先生に最後にお会いした日の一週間前までのことでしたけど……もちろん、その責任は全面的に僕にあるのは分かっています。だけど、それにしても先生、あんまりじゃないですか……という気持ちは、先生が亡くなられて三年も経った今でも僕の心の中ではくすぶってます。社でも、社長や専務から、熊西先生はお前に任せてるんだから、もう少しなんとかならんのかと、厳しく叱られたこともありました。そのうちあきらめたのか、何も言わなくなりましたが、その方がかえって辛かったです」

私は父の顔を思い浮かべて、あの父に限ってそんなことをするはずがないと思った反面、父は仕事となると、もしかしたら、気に入らない記者には、そんな底意地の悪いところを見せる嫌な性格も持ち合わせていたのかもしれないなどと思い返しながら、

「中川さんに責任があるって、どういうことですか。それが本当のことだとしたら、父も

中川さんにずいぶん酷い仕打ちをしたものですね」

　正直言って、私は、この中川の突然の告白にいささかたじろぎました。

　遥か遠い昔のように思える二十数年前から今までの間に、いくら私が、父と編集者たちの間の仕事のやり取りには全然関心がなかったとはいっても、父が一人の編集者に、そんな冷たい仕打ちをし続けたなんて、やはり、どうしても信じられなかったからです。

　中川は、遥か遠い物を見る目つきになって、

「それはね、僕が、先生に書いていただきたい小説のイメージを二十年以上もの間、具体的に提示できなかったからだと、僕は思ってます。最初のうちは、私はまだ学校を出たばかりの若造で、社の先輩編集者にくっついて先生のお宅にお邪魔していたんですけど、そのうち先輩は定年を迎えて、僕が彼を引き継ぐような形で、熊西先生を担当することとなりました。先生は青文社を嫌われていたわけではないですよ。なぜって、先生の代表作の一つ、ほら、イギリスでのラグビー発祥の歴史とその日本到来を描いた『大地遥か』は、その先輩が頂いた作品でしたから。つまり僕は、先生のお宅に伺って、奥様のお茶を何百杯も頂いておきながら、先生にとんちんかんなお願いばかりしていたんだと思います。僕もそれなりに大きな出版社の編集者ですから、いろいろな作家のお宅に出入りして、無数といってもいいほどの作品を頂いてきました。だけど、なぜか熊西先生の原稿には縁がありませんでした。多分、僕が先生にいろいろお願いしてきたことは、どちらかといえば思

想小説みたいなもので、先生のようなストーリーテラータイプの小説家にお願いするようなものではなかったんだと思います。具象画しか描かない画家の方に抽象画を注文するみたいな見当違いをしていたんでしょう。二十五年ものお付き合いを頂いたというのに」

中川は、そんなことをぶつぶつと悔恨を込めた表情で、私に語り続けていたのです。

四

ここでもう少し、中川英一という人物について私が知るところを整理して読者の皆さんにお伝えしたい思います。この人について実は私は何も知らないのです。先にも書いたように彼のプライベートについてはとくに。ただ、大した理由もなく、肉食タイプが多い父親の担当記者の中では草食タイプの彼が少し格好よく見えたというにすぎないのです。ここに書く中川英一という男のプロフィールについては、私が長い間に、なんとなく彼から、そしてまたムササビ会のメンバーから聞いたものを簡単にまとめたものにすぎません。そんなわけですから、彼の実像はここに私が紹介するものとは全然違うものかもしれませんが……。

中川英一、五十歳。東京生れ。大手とはいえないが、堅実な中堅の総合出版社である

「青文社」に、啓明大学卒業後、三十年近く勤めているベテランの編集者である。得意は小説誌の編集だが、「青文社」のような、なんでも屋の出版社に勤めた以上は、週刊誌の記者もやらされたし、スポーツ誌の編集も経験した。しかし、どの分野をやらされていても、彼が目を向けていた先は、「青文社」が出版している小説誌『小説世界』の編集部にあった。『小説世界』という小説誌は、いわゆる純文学と呼ばれる硬派の作品から、時代小説や推理小説のようなエンタテイメントまでなんでも幅広く掲載している小説誌で、小説が売れない時代に売れ行きもまぁまぁである。中川は根っからの小説好きで、小説を書くというような小器用な才能には恵まれていないが、小説編集こそ天職だと信じ込んでいる男だった。

もともと読書好きな学生だった中川にとっては、「青文社」に入社して、最初に見習いみたいな形で『小説世界』の編集部に配属されたときは、まるで夢のように幸せだったはずである。死ぬまで会えることもないと思っていた、あこがれの流行作家たちに毎日会える生活。職務ゆえとはいえ、何か自分が偉くなったような気にさえなったであろう。

先輩編集者に付いて、あるいは時には、原稿受け取りなどのお使いを頼まれて、一人でいろいろな先生のお宅にお邪魔する毎日が始まった。彼が若い頃は、まだまだアナログ時代で、先生たちからメールで原稿を送っていただくなどという時代ではまだなかった。ファクスはあったけれど、先生たちに面倒をおかけするのも……という空気がまだ支配的で、結局入社間もない若い編集者たちが、原稿受け取りのお使いに行かされていた。しかしそんな仕事こそ、小説家に自分の顔を売る絶好のチャンスだった。この辺りは彼からの聞き書きである。

「この頃来る、青文社の若い人、中川とかいう子、なかなか感じのいい子ね」

などと先生たちの奥方から言われたら、しめたものである。出入り許可証を手にしたようなものだ。そのうちに数年もすると、先輩の仕事ではなく、自分の仕事で、先生たちのお宅に上げていただけるようになった。当然、文壇に、編集者として顔が売れていく。といっても、先生たちにも人の好き嫌いはあるし、編集者のほうにも、先生との相性というものはある。

中川は述懐する。

「この頃になると、先生方のお宅にお邪魔していくうちに、贅沢なことに、先生の好き嫌いが生じてきました」

作風ももちろんだが、編集者を仕事の相談相手として、いわば自分の戦力として扱ってくれる作家に惹かれていくようになったのは当然である。

「正直言って、征次君を前に言いにくいけど、熊西先生は、自分の好みのタイプの作家ではありませんでした」

熊西三郎太の作品といえば、国民作家と呼ばれたように、老いにも若きにも、だれにでも親しまれる読みやすい教養主義的な作品が多かった。とくに彼が得意とした、熊西自身を主人公とした自伝小説は、多く教科書に取り上げられたせいで、国民の大多数が嫌でも親しまされたものである。その他にも、中世ヨーロッパに題材を取った歴史小説や都会を舞台としたソフトな恋愛小説。これらの作品は、度々テレビドラマ化されたり映画化されたせいで、これまた人々の記憶に残されたものが多い。

要するに、熊西の作品には、適度な文学性と娯楽性が織りなす上品なストーリー小説が多かった。中川には、熊西の作風は、何か物足りなかった。中川の好みは、いわゆる純文学作家だった。例えば三島由起夫とか、大江健三郎とか、石川淳などの、熊西とは正反対のタイプの、いってみれば思想文学とか、芸術至上主義タイプの、大衆には取っ付きにくい作風の人たちだった。そうはいっても熊西の大量の作品群の中で、中川の大のお気に入りのものもあった。

それは、熊西の小説群を通俗的だと一刀両断の下に切り捨てる、文壇のうるさ方たちをも黙らせる、透明で人間の魂を根っこから揺さぶる散文詩にあった。難解な現代詩とは正反対な、日常生活に題材を取った、中学生にも読める平易な詩でありながら、世界各国語に翻訳されて、世界中に愛読者を持っているような、不思議な魅力を持った詩であった。

要するに熊西三郎太というもの書きは、大衆にも芸術青年の要求にも応えることができる、稀有な幅広い才能の持ち主だった。ここまで詳しく熊西の仕事を取り上げたのも、これから読者に読んでいただく物語の進展にどうしても必要なことだったからである。

よくあるタイプの文学青年だった中川英一が、最初は贅沢なことに、自分のただの文学上の好みで、熊西三郎太を敬遠していた。私が思うところ、中川が父親に今ひとつ可愛がられなかったのは、彼の熊西観が父には敏感に感じ取れたせいであろう。

といっても、新入社員に毛が生えた程度の若い編集者に担当作家の選り好みなどできるはずもない。熊西家に上げていただくだけで大変なことだった。熊西の、少し気位の高そうな、取っ付きやすいとはとても言えない奥方に中川が気に入られたのも、彼のうぶともいえる、近頃の若者には稀有な純な心の持ち主だったことが微笑ましいものに思えたからであろう。

中川という編集者を簡単に紹介すればこんなところになるだろうか。

五

さて、話をまたホテルのバーに戻すことにしましょう。先にも書いたとおり、大田区山王のお屋敷街の中でも、豪壮な邸宅というのではないにしても、広い風格にあふれた熊西三郎太の屋敷。門構えといい、屋敷を守っている、樹齢を重ねて息づいている太く逞しい欅といい、屋敷を取り巻いているモルタル塀のゆかしい暖かみといい、文豪の屋敷に相応しい光を放っているといえましょう。

普通の若者であれば、たとえ何か用があったとしても、門を潜るのをためらってしまうはずです。中川も、初めて一人で熊西邸を訪れたときは、仕事とはいえ呼び鈴を押す手が震えたのを覚えているといいます。

「というわけだから、征次君、僕は先生のお宅にお邪魔したのは、原稿をもらいに行くというよりも、先生に忘れられないためと、奥様のお茶を飲みに伺ったようなものでした。もちろん、僕だって、お忙しい先生のところに遊びにいっていたわけではないですから、僕なりの先生への原稿のお願いはあったのですけど、さっきも言ったように、まぁ、ことごとく空振りというわけでした。先生からしてみれば、なんて要領の悪いとんだ奴だと思われたでしょうけど。だけど、感謝だったのは、僕がこんなヘンテコな編集者だったのに、僕の社の幹部に、僕の悪口を言ったり、担当交代を仄めかしたりというようなことは一切なかったみたいで、社長や専務たちも、そのへんのところは不思議がっていました」

中川は、ぼそぼそとそんな思い出話を私に語って聞かせましたけれど、正直、私は早く、核心に触れた話をしてほしかったのです。父親が冥途へ旅立つ一週間前に、彼にどんな話をしたのかを早く聞きたかったのです。

「中川さん、それで、父は旅立つ一週間前に、どんなことを中川さんに言ったのですか」

「うん、それが実に驚くべき話なんですけど、その前にもう一つだけ話させてほしいことがあるんです」

中川は、もったいぶるように、核心の話を先に延ばして、ビールの小瓶を二人分追加して注文しました。それから、妙なことに、彼は父親の死因について尋ねてきました。

「父親の死因って、何かおかしなことでもあるんですか。中川さんもご存じだと思うんですけど、心臓病ですよ。心筋梗塞とかいうやつです。父は若いときから、心臓を患っていたみたいで、それは母から聞いたんですけど。僕ら子供たちも、医者である兄貴ですら、父が心臓が悪いなんて全然思っていなかったので、とても驚いたんですけど。ご存じのように大酒のみだったんで、肝臓がやられて死ぬとばかり思ってました」

「そのことは新聞にも書かれてましたから、もちろん知らないわけはないんですけど、それは世間への体裁かとばかり思ってました」

私は中川の言葉の真意を計り兼ねました。というより、あまりにも意外な言葉に対応する準備がなかったのです。

「僕は、先生が、殺害されたとばかり思っていました」

耳を疑うという俗な表現がありますが、そのときほど、その陳腐な表現がぴったり感じられたことはありませんでした。私はまさに自分の耳を疑ったと同時に激しく腹を立てていました。

「中川さん、何を証拠にそんなことをおっしゃるんですか」

私は、怒りで語気を強くしました。それは、草食タイプと思い込んでいた中川の口から発せられた言葉とは到底思えませんでした。私の反応にも、中川は全く動じないで相変わらずもそもそと、「いえね、お腹立ちは分かりますけど、証拠なんてどこにもないんです。だけど、あえて言えば、私のこれから話すことが証拠といえば証拠と言えるかも知れませんし」

「ちょっと待って下さいよ。だって父は、病院のベッドの上で、それも天下の聖ペテロ病院のベッドの上で、しかも循環器部長で、心臓の分野では日本を代表するといわれる田中敏彦先生が手を尽くして下さったにも拘らず……、要するに私が言いたいのは、殺人者が外から入ってきて父を殺したなんて可能性は、全くゼロだということなんですよ」

私は興奮して、そこが一流ホテルのティーラウンジだということも忘れて、つい大きな声で中川に食ってかかりました。それも話が話ですから仕方なかったかもしれません。

「まぁ、征次君、ちょっと落ち着いて下さい。興奮するのも分かりますが、私は、先生が、聖ペテロのベッドの上で亡くなられたことを否定しているのではありませんよ。先生が最終的には、日本中にその名前が轟く有名病院で、心臓病の権威の田中先生に看取られて亡くなられたことは動かない事実です」

「といいますと……中川さんが言われている殺人とは一体どういうことを指すのですか、そしていったい誰が父を、熊西三郎太を殺したのですか、どういう手段を使って……」

私は中川が、しばらく会わないうちに、精神に異常でも来したのかと疑いました。

「だから、そのことは、これから追々と説明していきますから、まず、僕の話を聞いて下さい」

中川は、私の追及にも、悠揚として迫らずといった感じでこう切り出したのです。

「先生は、ひと月ほど前に、奥様や秘書の高橋さんではなく、わざわざ先生自ら青文社に電話してこられて、しかも社長や専務に電話してこられたのではなくて、私を指名して、明くる日に自分の家を訪ねるように伝えてくれと、デスクのものに言付けられたのです。あいにく僕は外出していたのですが、後から先生の伝言を聞いて本当に驚きました。だって、僕は先生がわざわざ電話してくるような仕事は先生としていませんでしたし、これは、先生がお忙しい最中に何か慌てて他の編集者と間違って電話したのではないかと思ったぐらいでした」

話が長くなりそうだし、いくら大ホテルのラウンジとはいえ、そうそう長くもいられないので、話をいったん中断して、私は中川を食事に誘うことにしました。私が商談で使う小料理屋が、たまたまそのホテルからそう遠くない場所にあったので、席を変えることにしました。それに、半分パブリックな場所でもあるホテルのラウンジで話すには、あまりに相応しくない話題になってきたこともありましたし。

場所が変わって、小料理屋で魚料理を食べながら、中川の話は佳境に入っていきました。

「明くる日、先生のお宅を訪ねたのはいいけれど、先生の間違いで大恥かくのではないかと恐る恐るお玄関をくぐったんですよ。ところが先生は、僕の顔を見るなり、最初に僕が言った台詞を口にされたのです。いやはや、何がなんだか分かりませんでした。そして、この先生の台詞で、僕がこんな事態に追い込まれるなんて、そのときはそれこそ夢にも思いませんでした」

中川の眼は怪しげに光って見えました。その熊西三郎太の最初の台詞とは、あの『中川君、長いことご苦労だったね』という台詞であることは言うまでもありません。やっと話が、スタートに就いたのです。

六

さて、中川の物語、つまり、彼の台詞をすべてここに書いていくとすると、原稿用紙がいくらあっても足りないので、私はここに彼の話の要点を摘んで書きながら、時にこれは面白いと思った彼の台詞は、直接使わせてもらいながら話を進めていきたいと思います。中川が、精神に異常を来していて、まるで作り事の妄想を話している……のではないと、なんとか思い直してのことですが。

まず、父、熊西三郎太は、なぜ突然に、わざわざ中川を呼んで、そんなことを言う気になったのだろうか。中川に言わせれば、父は次のように言ったといいます。

「二十年以上もの長い間君を無視していたわけではないんだ。むしろその逆なんだよ。君には他の記者たちにはない不思議な魅力があるから、どうせなら、僕のとっておきの、生涯ナンバーワンといえる、僕の持てるすべてを注ぎ込んだといえる作品を君に渡してあげたい、そんな風に思っていたんだ。そして、その、僕のすべてが見事に花を咲かせた作品が、実は昨日完成したんだ。長いこと待たせてすまなかったね」

中川の言う父の言葉が、中川の全くの作り話でないとしたら、これをなんと解釈したらよいのか私は戸惑いました。私が知っている父親は少なくとも、こんな台詞を吐く人間ではありませんでした。酒が強かったですが、なにしろ、八十を越えた老人でしたから、時には酩酊することもありましたし、また時には、これといった仕事のない日など、昼間から飲むようなこともありました。中川には非礼な話ですが、彼を呼んだのは、そんな酩酊の成せる技だったのではないかと疑う気持ちもありました。まぁ、何かの小説を渡してやろう、くらいの気紛れな気持ちは起こったのだろうと思います。けれども、二十年以上もの間、一篇の小説も渡してあげなかった番記者に、突然小説を渡すのも気恥ずかしかったので、酒の力も借りて、そんな大袈裟な台詞を吐いたのではないかというのが私の推測でした。それとも、やっぱり中川のでっち上げか……。

私は焼酎を飲みながら、もっぱら聞き役に回っていましたが、酔いは全然感じませんでした。

「先生はこうもおっしゃいました。中川君、原稿枚数は六百ある。短編では若い頃書いた恋愛心理小説がいくつかあるけれど、長編で、これほど恋愛心理だけに絞って書いたものは初めてだ。これこそ、ぼくが小説家として書きたかったものだ」

「それでどうだったんですか。父の作品の出来栄えは。本当に父の生涯ナンバーワンの作品でしたか」

「そのことはちょっと後回しにしたいんです」

中川は少し顔色を白くして、父が言ったことを続けました。それは、父がその作品の複写を一切取っていないこと。中川の前に置かれ、袋に入れられた、万年筆で刻印された生の原稿作品だけが唯一この世にある父の〝最高傑作〟の、この世に二つとない〝存在〟であること。

「僕はね、これはよく書けたと思った作品は絶対にコピーしないんだよ。なぜって言われても困るんだけど……。まぁ、一部の絵描きが、自分の作品の複写を嫌うのと同じような心理かな。もちろん、絵そのものが作品となる画家と単なる作品の写し書きにすぎない作家の原稿とは全然意味が違うけど。でも、純潔性を守りたいというか変な趣味が僕にはあるんだねと、先生は真剣な顔をされておっしゃってました」

しかし、二十数年にわたって通っても、エッセイわずか二本しかもらえなかった大作家から、〃生涯の最高傑作〃を手渡されても、中川は、どうにも納得できなかったと言います。嬉しくないはずはないのだが、熊西三郎太から何かとんでもないトリックに嵌められているのではないかという疑いが頭をもたげてきていたようです。大きな封筒に入れられた分厚い原稿の束は、実は白紙で、一番上の原稿用紙に〃中川君、長い間ありがとう。今後は我が家に出入りに及ばず〃とでも書かれているのではないか、それが最高傑作だという、先生独特の痛烈な皮肉なのではないかと。つまり、お前くらいピントはずれの担当記者はいなかった。もう来宅に及ばずと。

しかし、息子の私に言わせれば、父はそこまで人は悪くありませんでした。中川も相当な被害妄想だなと思いながら続きの話を聞いていました。中川が、父に断って、恐る恐る封筒を開いて見ると、父独特の筆跡で、ビッシリと、升目が埋められていたといいます。

「いやはや、参りました。先生は本気なのだと、嬉しいやら驚きやらで、逆にその場から逃げ出したいような気持ちでした」

中川に言わせれば、父は青文社の社長にも専務にも、このことをすでに通告済みだった。〃お宅の中川君に、私が生涯で最も気に入った出来の長編小説をあげました。長い間通ってくれた努力に対するご褒美として〃と。

さてしかし、そこからの中川の述懐は、なんて言って良いのやら、実に驚くべき馬鹿げたものでした。人間は、過失を犯す動物であるということが一面の真理としても、彼の置かれた状況を考えたら、極刑を申し渡されても、抗弁不可能な罪とでも表現するほかない程の。

七

簡単に言えば、彼はその原稿を読む前に紛失したのです、六百枚の原稿用紙すべてを。

「ケチらないでタクシーで帰れば良かったんですよ、家まで。だけど僕は、ウチの役員たちみたいにタクシー券なんて便利なものは、夢にももらえないし、それに子供の頃から、落とし物とか忘れ物とかいったなくし物は一度もしたことはないんです」

この頃から、中川の顔付きがまるで違ってきました。それまでも深刻な表情はしていましたけど、それは草食タイプによくありがちなことなので、私はなんとも思っていませんでした。しかし、『自宅に帰る途中の電車で居眠りして、原稿を網棚に置き忘れた』と告白した辺りから、目の回りは黒ずみ、それまではふっくらと見えた頬はこけ、目には涙も浮かべていたように見えました。頬がそんな一瞬にこけるわけはないので、私の目もどうかしていたかも知れませんが、要するに中川の表情は、興奮の極点に到達していたようです。

私はここまで中川の話を聞いて、ははぁ、中川は、自分が犯した罪の重荷を早く下ろしたくて、私に真実を告白したのだなと思いました。ところが中川にはそんな殊勝な気持ちは微塵もなかったのです。

「先生のお宅から原稿袋をしっかり抱えて、最寄りの大森駅から品川まで出て、山手線に乗り換えて、代々木駅まで立っていたんです。代々木でちょうど、座っていた人が降りたので座り、それまで抱えていた原稿の袋をつい網棚に載せました。原稿用紙六百枚が入った袋は抱えているのには、それなりに重かったのです。僕の自宅の最寄り駅は大塚ですからまだ少しありました。先生から原稿を、しかも生涯の最高作品を頂いて、それを網棚に乗せた時点で、僕の悲劇は始まったのです」

「代々木から大塚までは、まだ六駅あります。座れたし、凄い原稿は手に入れたし、興奮で疲れてもいたのでしょう。電車が代々木駅を離れるとまもなく僕は眠ってしまいました」

中川は途中では一度も目が覚めなかったという。大塚まで、思いがけなく熟睡してしまったらしい。

「大塚、大塚ですというアナウンスが微かに頭の中で響いていました。僕の体はそのアナウンスに反射的に反応して、ドアから飛び出してしまったのです。原稿のことが頭の中を直撃したのは、ドアが閉まって二秒ほど経ってからです。僕は狂ったように大声を上げて叫びました。止まってくれ、ドアを開けてくれと。ホームにいた大勢の客が遠巻きに僕を見て、駅員が一人飛んで来ました」

　駅員は中川から事情を聞くと、その電車の車掌に連絡しておくから、翌日に駅を訪ねるようにと言い残して去って行ったと言います。

「僕は、しばらく混乱してどう行動したのか覚えていません。国民作家、熊西三郎太の原稿。しかも複写の保存がない、この世に、あの生原稿一つしかない、真っさらの彼の最高傑作を電車に置き忘れてしまった。どうしたらいいのだ」

　こんな思いがただ意味もなくグルグルと中川の頭の中を、数えられないくらいの回数、回転して、時に急に冷静になって、まあ待て、駅員があゝ言うのだから、とにかく明日まで待とう、と自分を説得する声も聞こえたといいます。しかし、ホームでそのままそうしていても仕方がないので、彼はとにかく帰宅して、今後のことを落ち着いて考えることにしたようです。

「女房にも二人の子供たちにもとてもそんな事情は話せませんでした。このまま原稿が発見できなかったとしたら、一体自分はどうなるのか、とても会社にはこのままいられないだろう、専務はおろか社長だって、熊西先生の所で土下座して謝らなければならないだろうし、僕は会社を解雇されるのは当然として、刑事告発されるかもしれない。そんなことになったら子供たちはどうなるのだ。大学生の上の息子はともかく、下の娘はまだ中学生だ。妻だって今のように平穏な主婦でいられないだろう。僕の頭の中はそんな思いでほとんど一睡もできませんでした。女房も僕の様子がおかしいのには気が付いていたようですが、会社で嫌なことでもあったのだろうと思ってか、何もそのことには触れませんでした」

話がここまでくると、私だっていい気持ちはしません。中川の窮状はともかく、話の中心は私の父親のことなのですから。しかも父にはなんの落ち度もありません。悪いのは一方的に中川なのです。

「それで、次の朝、大塚駅に行かれたわけですね」

「ええ、もちろんです。ただ、早い時間に行ってもラッシュ時だと話もできないので、十時頃に出かけました。前日に話した駅員はすぐに見つかりました。ところが、駅員がすまなそうに言うには、僕が乗った電車の車掌からの報告では、網棚には原稿の入った袋らしきものは見当たらなかったと言うのです。僕は一瞬気が狂うかと思ったほどの衝撃を受けました。一晩眠れない中でも、翌日駅に行けば九分どおりは原稿が手元に帰ってくるだろうと自分に言い聞かせていたからです」

ないということは、誰かが持って行ったということです。持ち帰った理由にはいくつか考えられます。まず悪意のない場合。まったくの偶然で、その誰かが、たまたま外見が似ていた自分の持ち物と間違えって持ち帰ったケース。その場合には、その誰かがある程度の知識人ならば、原稿の熊西三郎太の名前を見て、普通のものではないからと交番にでも届けてくれたことも考えられる。ただし、その誰かが、熊西三郎太の名前を知らなければ、自分にはまったく無意味なものだからと、そのままゴミとして処理したとも考えられます。あるいは、電車が車庫に入ってから、清掃員が網棚に紙袋を見つけて、拠点駅にある遺失物取扱係りに届けているケースもあり得ます。このケースがいちばん可能性がありそうです。

それから、悪意のある場合。その誰かが、袋を開けて、原稿に刻印された熊西三郎太の名前を知っていた場合、熊西本人に電話をしてきて、原稿と大金を交換しようとするか、古書店に匿名で大金で売ろうとするか。その場合には原稿は、熊西氏に戻るかもしれませんが、中川の不名誉は殆ど犯罪的です。というのも、特に古書店に売られた場合には、その誰かとは中川かもしれないと熊西にも警察にも考えられてしまうからです。中川は一瞬のうちに考えたいくつかのケースを私に話しました。私も、自分が中川の立場なら、同じことを考えたと思います。ただ、こうしたケースの中でも、最初に駅員から受けた報告が中川にとって、極めて厳しい報告であることは確かです。というのも彼が乗った車輌の担当車掌が〝なかった〟と言うことは、清掃人が届けているかもしれないという、いわば最後の頼みの綱を否定しているようにも思えるからです。

中川は、それから何日か費やして、拠点駅の遺失物取扱係をしらみ潰しに回り、沿線の交番も回れるところはすべて回って原稿を探し歩いたけれど、すべては徒労に終わったといいます。要するに、熊西三郎太の原稿、つまり私の父親の生涯の最高傑作は、この世から消え去ったと言っても間違いなさそうです。

新鮮な、ひらめの刺身にちょっぴり醤油を付けて口に運びながら、中川は相変わらず、苦しそうな表情で言葉を続けました。

「僕は追い詰められました。この場合、僕が取るべき対策には、二つのことしかないように思えました。一つは、頬被りしてしまうことです。簡単にいえば、そんな原稿は、熊西先生から受けとっていないと言い張ること。たとえ社長が何と言ってこようと、〝熊西先生は何か勘違いされてるんじゃないですか。そんな大切な原稿ならイの一番に社長にお届けしていますよ。先生この頃酔っ払うとひどいからなぁ。社長、僕は今度という今度は、熊西先生の担当は辞退させていただきたいです。こんな濡れ衣まで着せられちゃうなんて〟とかなんとか言って、とにかく部外者を装おうかと思いました」

しかし、この場合は、どう見ても立場は熊西三郎太の方が遥かに強いから、中川がどんなに無関係を言い張ろうと、出るところに出れば中川はただの大嘘つき、つまり偽証の罪を負うばかりか、国民的な財産になったかもしれない名作をネコババした窃盗の罪を負うことにもなります。公安から見れば、中川は、熊西三郎太の代表作をどこか秘密の場所にしまい込み、時期を見て、高額で売り飛ばそうと思っていたと勘ぐれないこともないからです。ということは、中川の言う〝頬被り〟はどう考えても無理。それは彼自身もよく分かっていました。それでは、もう一つとは。

八

「三日、四日と日が経つにつれて僕の立場はいよいよ苦しくなってきました。社長や専務どころか、編集部の若者たちまで、熊西作品の存在をかぎつけ、僕に〝公開〟を迫ってきていたのです。ここに至って、僕の心は決まりました。正直に先生に真実を申し上げて、謝ろう。その結果、社をクビになるのだったら、その後のことはそのとき、考えれば良いのではないかと」

しかし、心ではそう決心しても、中川の足は馬込方面に向かなかったようです。原稿を電車に置き忘れて一週間が経過して、中川は、ついに最終的な解決方法に思い至ったといいます。それは、すべてをなかったことにしてしまう、根っこからの解決法ともいえます。しかし、その話を聞いた私には、中川が、うまく組み立てた冗談を言っている風にしか聞こえませんでした。まさか、自分が殺害したという相手の実の息子に、そんな話を小料理屋で酒を飲みながら話す人間がいるはずもないというのが私の常識だからです。

「先生にあの世を行っていただければ、僕の悩みはすべて解決するはずです。というのも、まず、先生が私に生涯の最高傑作を下さったというのは、実は私しか知らないからです。もともと先生がコピーをとっていれば、そもそも僕のこんな深い悩みはあり得なかったのです。だから、先生にも、大きな責任があるのです。もちろんオリジナル原稿をなくしたという道義的な問題は残るとはいえ、小説を発表するという本質的な意味においては、コピーさえあれば、なんの問題もなかったといえます。それに奥様にも秘書の高橋さんにも、書生の山田さんにも、先生は、この小説のことはひと言も話していないとおっしゃっていました。それが本当だとすれば、先生の存在が消えると同時に、この小説も消えるというわけです。先生からの電話を受けた社長や専務には、先生がお酔いになったときに時々発揮される質の悪い冗談とでも説明することもできたからです」

中川は、ここまで長々と話してきて、ちょっとトイレに立ちました。客は少なく自分たち以外に二、三組でした。客が多ければ、いくら個室とはいっても、とても出来る話ではありません。

それから、我々はいよいよ核心の話に入っていきました。つまり、中川がどうやって、父、熊西三郎太を殺害したのか、そして、中川の話が本当だとしたら、聖ペテロ病院で死んだ熊西三郎太は一体誰なのだと。

私が子供の頃から、数多の番記者の中でも、最も好意を抱いていた他でもない中川英一がまさか、父親を殺害したなんて、いくらなんでもそんな馬鹿なことが。しかも、それを実の息子に告白するなんて。そんなことが現実にあるはずがない。繰り返しますが、これは実によくできた冗談に違いない。おとなしそうに見えた中川もなかなかの文学青年、今頃になって、多少は世話になった私に、殊勝な心の償いどころか、こんなエンタテイメントを仕掛けてくるなんてと、思いを新たにして、続きの話を聞いていました。

「早く実行しないと、僕の立場はいよいよ危なくなります。青文社の社内に〝先生の冗談〟が通用する期間は精々一週間です。ついに先生にあの世に行っていただく決心をした私は、奥羽山脈の山奥までトリカブトの採取に出かけました。トリカブトといえば、いろいろな犯罪に使われた有名な猛毒草です。アガサ・クリスティが「アクロイド殺害事件」という有名なミステリーを書いていますが、アクロイドというのは、トリカブトの猛毒の成分を指しています。猛毒中の猛毒で、口に入れたら、大体二十四時間以内に死んでしまいます。というのも、フグの毒と一緒で解毒剤がいまだに開発されていないからです」

中川はトリカブトを採集すると、取って返して熊西家に直行したと言います。

「先生のお宅に伺うと、ちょうど夕食時でした。その日はたまたま書生の山田さんも、秘書の高橋さんもお出掛けらしく、僕が『美味しい山菜をお持ちしました、ただ、量が少ないので先生分しかありません。私がおひたしにしてお持ちしましたので、後で、厚かましいですが私もお食事をご一緒させて下さい』と、こんなことを奥様に申し上げると、奥様はいつものようにニコニコされて『今日は主人は寂しそうだから大喜びですよ』とおっしゃって、手伝いの勝沼さんに、なにか指図されていました」

「母は、何か疑う様子はありませんでしたか」

「いいえ、全然。そして、先生も私の顔を見ると機嫌よく膳につかれて、『中川君、どうだった、僕の今度の小説は』と開口一番尋ねられました」

私は中川が何と言ったのか興味津々でした。

「はい、大変面白く読ませていただきましたが、その話は後でゆっくりさせて下さい。失礼ですが、僕は社命でろくに飯も食わないで山形のさらに山奥まで日帰りしてきましたので、まず腹拵えをさせていただいて、それからゆっくり、あの、先生の最高傑作について、お話しさせて下さい。それでなんですが、山形駅で美味しい山菜を買って参りました。時間も余りなかったのですが、とりあえず帰宅しまして、僕がおひたしにしてきましたのでお召し上がり下さい……とそんなことを申し上げました。その日の奥様が作られた主菜は、野菜と海老のテンプラでした。私もおひたしに手を付ける真似をしたら、先生はすぐ口に運ばれました。そのときは私と先生しかいませんでした。奥様はまだ台所で、お汁ものでも作られている様子でした」

父、熊西三郎太はそれから五分もしないで、胸を押さえながら倒れたといいます。中川はすぐに〝おひたし〟をあらかじめ持って来たレジ袋に捨てて、用意していた別のありふれた山菜のおひたしに入れ替えました。

「奥様は様子を察して、飛んでいらっしゃいました。先生が胸を押さえられていたので、間違えなく持病の心臓狭心症の発作と見当を付けられて、すぐ勝沼さんに救急車の手配を命じられていました。僕は自分が招いた大変な事態というのに、どうしていいか、ただウロウロしていました。すると奥様が、『私も乗るけどあなたも救急車にお乗りなさい』と言われました。僕は奥様に何か見破られたのかと思って、瞬間凍りつきましたが、それはなく、奥様は先生がいつもの発作のときよりも苦しみがひどかったので、心細くて、僕がその場にいたただ一人の男性だったので、頼りにされたのだと分かりました」

救急車に乗ると、母は、救急隊員にすぐ聖ペテロ病院の名前を言い、循環器内科の田中医師の名前まで告げたらしい。

「車内での先生の様子はよく分かりませんでした。というのも、隊員たちが先生の胸に、何か機械のようなもので、しきりと衝撃を与えていたりで、先生の様子は見ることができなかったからです。病院に着くと、医者と思える人物が乗り込んで来て、隊員たちに指示を出して、先生はタンカに乗せられて、そのまま救急センターみたいなところに送られてしまいましたから、それが先生の姿を見た最後でした。奥様は先生に付いていかれたので、そこで別れました。そして翌日の新聞は、先生が心筋梗塞のために亡くなられたという大報道でした。そこには、犯罪の匂いはどこにもありませんでした」

中川はこんな、とんでもない話を淡々と私に語って聞かせました。この話を聞くと、確かに父は聖ペテロ病院で、〝心筋梗塞〟のために死んだというストーリーはちゃんと成立していたのでした。そこには、殺人者が侵入する余地などどこにもなかったのです。中川の告白が本当のことだとしたら、殺人者は、病院の外で父を殺したのですから。

中川の話は大体終わったようでした。

「最後に申し添えますが、僕がなくした先生の御作は、先生の死とともに、この世から消えてしまいました。なぜかといえば、繰り返しになりますが、その御作の存在を本当に知っている人はこの世に先生と僕しかいなかったからです」


いくら事の重大さを知らないで中川と会ったにせよ、あんたのオヤジさんを殺したよと〝自首〟してきた犯人と二人、小料理屋で食事をするという極めて不自然な状態に私は置かれたわけです。普通なら激怒して、その場で携帯から110番して、警察に犯人を突き出すのが当たり前ではないでしょうか。しかし、私はそうした行動は一切取りませんでした。それというのも、中川の告白は、私には何かとても現実感がなかったのです。たしかに話はよく出来ています。辻褄も合っています。

しかし、父親が二十五年もの間ほとんど相手にしなかったという中川に、生涯最高の作品を書いて渡したという物語の前提が私には嘘臭く感じられたのです。そのうえ、その原稿を電車の網棚に置き忘れたなんて、そんな〝都合のいい〟話があるでしょうか。それに、簡単に言えば、そのときの私は、そんなことがあってたまるかという気持ちだったことも確かです。中川がすべて話を作り上げてきたとしか思われませんでした。恐らく、二十五年間通って、もらったのはエッセイ二つだけという、そもそもの話からして。

それでは、なぜ中川は、こんな複雑に組み立てたフィクションを、父、熊西三郎太の死後三年も経った今頃になって〝殺した〟という小説家の、実の息子に話す気になったのでしょうか。大先生の〝お坊ちゃま〟に……。

私はその場ではそこまでは考え付きませんでした。私は、そのとき中川にこう言いました。「とても面白い小説のストーリーを聞かせていただいてありがとうございました。さすが、小説家志望だった中川さん、素人には考え付かない面白い物語ですね。だけど、中川さん、私は今夜の話は聞かなかったことにしますよ。だって、中川さんがおっしゃったお話がもし真実だとしたら、私はあなたを死刑台に送らなくてはならないですからね」

するとと、中川は、

「ありがとうございます、と言えばいいんでしょうか。とにかく、熊西先生が殺されたと知っているのは、世界中で僕と征次さんの二人しかいないのです。それで、征次さん、僕が狙ったとおり、先生の新しい小説のことは、先生の死後三年経っても、まったくだれの口にものぼっていません。つまり書かれなかったのと同じ。完全にこの世から消滅してしまったのです。なかったことになってしまいました。同時に僕の殺人の罪も。だけど征次さん、それではどうして僕が、つまり、完全に〝無罪〟となった僕が、わざわざ自分の罪を、手に掛けた相手の息子さんに、今頃になって告白したのか、不可解に思われるでしょう」

と、やっと一番核心になる部分に触れてきました。

「それはね、僕自身の命が、残り少なくなってきたからです。こう言うと驚くかも知れません。征次さんには、僕はまったくの健康体に見えるでしょうから。最近の医学の延命術には本当に驚かされますよね。僕は今、五十三歳ですから、六十歳以上がかかるといわれるこの病気を患うには僕はまだ若いのですが、世界的に見ると二十代で死んだ人もいるということですから、僕は例外ではないのかも知れません。実は、前立腺に出来た癌が、気がつかない間に腰骨に転移し、そして、今は肺にまで広がって医学的には手がつけられない状態です。僕の担当医は……皮肉なことに『聖ペテロ病院』の担当医は、私の妻も病室に呼んで、医者として出来る最も神妙な表情で、私の余命を三か月と告げました。僕が今日こうして征次君と会えたのも、麻酔科の医者の、モルヒネによる絶妙な痛みのコントロールのお陰です。僕の大罪を神様が御覧になって、僕に平均より遥かに早い死をお与え下さったのだと思います。俗に言う、罰当たりというやつですね。これで、僕も死刑台に上がることになったのです。ちょっと遅かったですけれど」

中川の長い話に私は疲れました。この中川の言葉すら、すべて嘘かもしれない。私が聖ペテロ病院に事の真偽を尋ねて行っても、そんな大切な個人情報を、息子とはいえ他人に教えるわけはありません。そこまで話を聞くと、私は、

「大変ですね。でもまだあきらめないで、養生なさって下さい。今の医学の進歩を見ていると、明日特効薬が開発されるかもしれませんし」

と、社交辞令的な〝お慰め〟をして、とりあえずその日は別れることにしました。


中川の話が真実だとすれば、彼としては、自分が犯した罪を、自分の死を前にして、殺害した相手の息子に潔くすべて白状して、自分の人生にけじめを付けようとしたのだと思います。だって、黙っていれば少し早いとはいえ、彼の人生は平穏無事に幕を閉じたのですから。でも、それでは、二十年以上も父の番記者を務めた彼の気持ちが許さなかったのでしょう。

それに、〝告白〟を聞いて、私がどんなに腹を立てようと、まもなく死ぬことが予告されている人間を警察に告発はしないであろうという計算もあってのうえのことだったのでしょう。

中川と会ってからしばらくというもの、私の心は揺れ動いていました、妻にこの話をすべきかどうか。

妻に話せば、妻は激昂して、

『中川さんが闘病中なんてことは関係ないわよ。今すぐ110番して彼を逮捕してもらいましょう』

と言うに違いありません。普通は、こう考えるのが当たり前です。これは、母に話しても反応は同じだと思います。

それにしても、中川がもし私に嘘を言っていたのだとしたら、何のためにそんなことをしたのかが、よく分かりません。まさか、私が中川に言ったように、彼が勝手に作り上げたフィクションを、父の死後三年も経って、わざわざ息子に言いにきたことになりますが、その真意はいくら考えても私には分かりませんでした。強いて無理に考えれば、父の死後三年経って、長年にわたり余りにも冷たかった父の態度に対する報復として、息子にそんなホラ話を語って聞かせたと考えられないこともありませんが。

その晩帰宅した後、私は、母にも妻にもこの話は一切しないことに決めました。つまり、中川の言う、すべてを〝なかったこと〟にする決心をしました。

というのも、中川の話をいくら思い返してみても、私には、依然として現実感がまったくなかったのです。そして私が、この〝事件〟に、最終的に下した結論は、中川は前立腺癌ではなく、何か精神を病んでいるに違いないということでした。つまり、物事を妄想して巨大な幻の城郭を築き上げる、そんな精神病を。その方面には浅学な私ですが、たぶん言うところの統合失調症、昔は、精神分裂病と呼ばれた、そんな種類の病を。

しかしそう結論しても、私は、例えば中川の夫人にわざわざそんなことを尋ねに行ったり、中川本人に、医師を紹介したりといったようなお節介をするつもりはまったくありませんでした。私は父の死がどんな形にせよ、世の中で〝別な〟騒がれかたをしてほしくなかったのです。

あとがき

小説家が自分のことをテーマに小説を書くというのは普通にあることだ。しかし、そんな場合、ほとんどのケースは、いわゆる私小説と呼ばれるその作家自身の自伝小説であったり、作者自身が、作家として今現在生きあぐねている日常生活をありのままに書いている作品がほとんどだ。

しかし私は、今度初めて、自分の死をテーマに、そんな肩に力が入ったものではなく、まったくのフィクションである、言ってみれば、遊びの小説を書いてみた。小説というより、一幕ものの戯曲を書いたつもりである。

読者の皆さん、ご存じのように私はまだ死んでいないし、こんなに長い間、当番記者を干した覚えもないし、それに私には娘しかいない。

しかし自分は八十歳という高齢であるし、明日死が訪れても、なんら不思議のない人間である。自分の死をテーマにこんなエンタテイメントを書いても誰も私を叱る人もいないでしょう。実は私は、前立腺癌に冒されていて、その癌がすでに全身に転移している身である。登場人物の〝中川〟のように。

私が知らない間に、私を殺しても飽き足らないという人物がおられるならどうぞ私を殺して下さい。ただし、あんまり苦しくない方法でお願いします。どうせもうすぐあの世とやらに行かせていただく身ですから。

中川といえば、小説の中で中川が〝紛失〟した長編恋愛心理小説であるが、近々青文社ではない、別の某出版社から刊行される運びです。読者の皆さん、お楽しみに。もっとも、そのときは、私はこの世を失礼させていただいておりますが。

あ、それから自分のことを文豪だなんて面映ゆいもいいところ。これも娯楽小説創作上の言葉の遊びとして許していただきたい。

平成二十某年　盛夏

熊西三郎太

お久しぶり

まるで、相撲とりかプロレスラーのように並みはずれて大きなその男の姿は、何度も見たことがあった。それも、その男の姿を見るときはいつも遠くからと決まっていた。仕事先のそばの路上で、遠くに彼の姿を認めると、あぁ、あそこに彼がいるな、大きな奴だなと、そんな彼の大きな体軀に感心して、ついつい目を向けたのであった。

彼が一人でいるのは見たことがなかった。いつも何人かの男達に囲まれて、回りの連中より首だけ飛び出して、自分の大きな体を持て余すように、上半身を小刻みに揺らしながら、その小さなグループの中心格といった感じで歩いていた。しかもその表情は、何か面白いことでもあるのか、たいてい笑っていて、体に合った大きな顔のなかで、まあるい鼻と細い目が、くちゃっと寄り集まって笑いくずれているのは、どう見ても格好いいとは思えなかった。

初めてその男を見たのは、まだ彼が二十代の頃だったと思う。

というのも、私もその頃は学校を出てまだ何年目かの若造で、勤めていた銀行に嫌気が差して辞めてしまい、なんとかしてフリーの放送作家で飯を食おうと悪戦苦闘していた頃であったからだ。

私がその男を少し気にしていたのは、彼の体軀のせいばかりではなかった。

その男が自分と同年代ながら、フリーのテレビディレクターとして、すでに関係者の間ではちょっと知られた名前になっていて、駆け出しの自分としては、多少の嫉妬も覚えていたように思う。

私は自分の原稿や企画が、番組として取り上げられたとすれば、誰に演出をしてもらうかと、そんなことを夢見ていた日々であったから、遠くに見える彼の姿が、その大きな体よりもっと大きく見えていた気もする。

けれども、それは大きな羨望というようなものにはならなかった。

というのも、彼が演出した番組が、歴史ドキュメンタリーのようなものにしろドラマであるにしろ、当時の私の心を揺さぶるようなものではなかったからだ。はっきり言ってしまえば、器用ではあるけれど、知的なものが感じられなかった。

自分が近い将来、コンビを組む相手として、その男の才能に頼るものは感じられなかった。

それに、時とすると、真っ昼間に局の近所の雀荘からゾロゾロとはい出てくる、彼と彼を囲む局の社員らしき連中の寝不足の膨れ上がった顔は、どう見ても利口には見えなかった。

そんなことで、男のことはいつも少し気にはしていながら、なんの接触もないままに、二十年以上も遠くでほんの時たま眺めるだけの関係が続いていた。関係といっても、私のほうからの一方的な関係であって、恐らく男のほうは、私の存在にすら気がついていなかったであろうけれど。

ただ、よく考えてみると、この間に、この男との接触がまるでなかったわけではないのだ。それが接触という言葉に相応しいものかどうかは別としても。

あれは、もう十年以上前のことになろうか。

「佐々木さん、今度、天下食品が創業百年を迎えるんですよ」

私も放送作家としてなんとか格好がついてきた頃のことで、放送局の同年輩ほどの番組制作員から、その頃得意としていた、紀行もののシナリオ依頼の電話がちょくちょく来るようになっていた。

「天下食品って、佐々木さんもよくご存じだと思いますけど、インスタントラーメンの会社として有名でしょ。何か聞いた話じゃぁ、天下さん、創業百年記念に、一袋一万円のインスタントラーメン出すんですって。冗談かと思ったんですが、調べてみると本当らしいんですよ。もちろんただの話題作りのつもりで、商売としては考えていないんですがね。天下さんといえば、ウチの大事なスポンサーじゃないですかぁ……」

中央テレビのプロデューサー、若林は、私のほうがすこし年長だったけれど、学生時代から多少の知り合いということもあって、時々食事する間柄だった。けれど仕事はそれまでしたことがなかった。若林は映画好きで、私も映画では、ちょっとしたマニアを気取っていたから、話は合うほうだったし、一度、プライベートな関係は忘れて仕事をしたいと思ってはいた。そんな彼からの仕事の電話だったから、正直、嬉しくもあった。天下食品に金を出させて、上海に美味しい麺を見つけに行く紀行番組を作りたいのだが、その構成を考えてくれというのだった。天下食品が洒落に売り出すとかいう一万円のラーメンの名前は、「上海天下極楽ラーメン」というものだった。

「もちろん、やらせていただくけどさ、その一万円のインスタントラーメンって一体なにが入ってるんだろう。シナチクの代わりに金の延べ棒でも入ってるのかね」

「それがね、中国の何とか省やらの海の方のとんでもない崖っぷちでしか採れない燕の巣だとか、どこやら省の、山奥のまたその奥地から採ってきた、不老長寿の素とかいわれる謎の茸だとか、とにかく有り難いものが山ほど入っていて、締めて一万円ってことになるんだそうです」

若林は、かぐや姫と添い遂げることができそうな、そんな有り難いお宝をなぜインスタントで食べなきゃならないんですかね、などとまくし立てながら、とにかく私に、できるだけ早く番組の構成案か、もう少し突っ込んでシナリオのラフみたいなものをと、せっかちに言ってきた。私は、そんな有り難い中身のラーメンのネーミングがなぜ、商業都市である「上海」にこだわっているのかよく分からなかったけれど、もしかしたら、私の中国への無知のせいで、上海は知る人ぞ知る旨い麺の本場なのかもしれないと思ったりした。

「ただね、佐々木さん、ちょっとこの企画で、俺、考えてることあるんですよ」

若林は少し秘密めいた口調で切り出してきた。若林という男は、仕事で直球勝負するタイプではなく、必ずどこかに変化球を忍ばせることを楽しみにしているような奴だった。

若林は、私の書いた構成案が、局の企画会議でオーケーが取れたら、すぐ私に上海へ行ってほしい、ただしそのときには……同行させたい男がいると言って、あの男の名前を出してきたのだ。

「ということは、俺のシナリオで、彼が演出するってことになるのかな」

若林は、私のその一言に含まれている毒を感じ取ると、

「でもね、佐々木さん、彼ってさ、こういう紀行もののシナリオ膨らませて面白くするの得意でしょ」

と、彼の弁護に回った。

「俺ね、彼の名前ぐらい知ってはいるんだけどさ、彼の仕事って、どうも俺の体質に合わないみたいなんだよ。俺って、こう見えても、いちおう、ものの中に入り込んで行きたいタイプの人間だと自分じゃ思ってんだけど、彼にかかっちゃうと、たぶんアイドルタレントなんか連れてきて、キムタクの上海グルメの旅なんてことになっちゃうんじゃないか。

そういうのって、俺、いちばん苦手なんだな」

私は、仕事をもらっている立場も忘れて、若林に突っ掛かるように、まるでなにか男に酷い目に遭ったことでもあるみたいに、反射的に反応した。

「まぁ、佐々木さんが、そう言われるならしょうがないけど、あんまり毛嫌いしないで、彼と一度仕事するのもいいと思うんですよね、あの人って、まあ、そういう仕事も確かにあるけど、あの大きな体で、なかなか細かい凝り性なんですよ。こういう仕事だと、上海についての本、少なくとも、十冊ぐらいは読んでくるだろうし、それに語学もなかなかのものがあるから……」

若林は、何回か男とそれなりの仕事をしたことがあるのか、もっぱら男の側に回っていた。しかし、彼が凝り性であろうと英語の達人であろうと関係なかった。自分が何晩か恐らく徹夜して、中国の食の歴史や上海の事情をもとに、視聴者に喜んでもらえる番組構成をひねり出す、その苦しみの結果を、あの大男に触られると考えるだけで気持ち悪かった。男のことを何も知らないで、そう考える気持ちを自分で理解できないことも確かだったけれど、あえて言えば、若い頃の男への嫉妬の名残りが、私にそう言わせていたのかもしれなかった。

「彼がこの番組の演出やるって決まってるんなら、この仕事、俺がやらないほうがいいかもしれないな。俺みたいなフリーがこんな生意気なこと言って申し訳ないけどさ、トラブルが目に見えるような気がするんだよ」

私は一気にそこまで言ってしまった。そう言いながら、他人が言っている言葉みたいに、その言葉を聞いている自分がいた。

「なにもそんなこと言ってないじゃないですか。決まっているなんて、まだ全然。例えば彼はどうですかと、というだけのことですよ。佐々木さん、今度構成案考えてきていただいたとき、それに相応しいと思われる監督さんの候補を挙げてきて下さいよ、彼のことはもう忘れますから」

若林は私の反応に驚いた様子でそんなことを言うと、別の打ち合わせが始まるので、そろそろ失礼しますと言ってから、

「佐々木さんって思い込みが激しいんですねぇ。知らなかった」

と、ひとこと言い残して行った。


あれは、それから三年ほどた経ってからのことだったろうか。

それは四国の、ある局からの依頼だった。私が愛媛の出身だったから来た仕事なのか、それとも、その頃から少し売れ始めていた私の「民衆ドキュメンタリーもの」を評価してくれる業界人がそろそろ出始めていたのか、私の小さな事務所に電話してきた大西というプロデューサーは全然知らない人だった。

芸術祭への参加作品にしたいのでと前置きしてから、大西は、

「私たちは隣国のことを余りにも知らな過ぎますよね。隣国のことをもっと深く知らなければ、やっていけない時代がもう来てますよ。日本は、アジアといえば真剣に考えるのはせいぜい中国のことだけ。もっと近くて、もっと私たちが知らなければいけない国があるじゃないですか、韓国という。確かに韓流ドラマは毎日嫌というほど見ますけど、底が浅いものばかりだ。私たちのほうからもっと隣国の民衆に根を生やした本当の韓流ドキュメンタリーを作り返してやろうじゃないですか。日本人も韓国人も目が覚めるような」

大西はそんな風に切りだしながら、

「もう何年前でしたか、確かキー局は中央テレビやなかったかと思うんですが、佐々木さんが構成された、上海に旨い麵を食べに行く番組がありましたね。普通でしたら、つまらんグルメ番組になるところを、上海の本当の庶民の生活に焦点を当てて、安くて旨い麵のルーツを探る旅になっていて、大変楽しく見せていただいたのを覚えとります。なによりいいと思ったのは、アジアを見つめる目に愛情が溢れていたことですよ。我々はアジア人だということを忘れさせない番組でした」

大西は、私には懐かしい四国訛りを交えて、仕事を頼んできたわけを話した。明らかな買いかぶりではあったけれども。

私は数年前の苦闘を思い出していた。若林に監督のことで啖呵を切った以上はいいシナ

リオを書かなければならなかった、崖っぷちに立っていた自分を思い出した。

「佐々木さん、私はね、日本人が知らない、お隣りの国との庶民生活の違い、まぁ、それが、本当の文化の違いというやつだと思うんですけど、そんなものをテーマに、アジアを知る面白い番組ができないかと思っとるんです。日本人の一番悪いところは、アジアの人の考え方は、全部、日本人と同じだと思い込んどるところですよ」

大西は、熱を込めてそんなことを話し始めたが、

「なかなか大変そうですねぇ。そちら方面には疎いものですから、これは相当勉強しなければ、大西さんに恥をかきそうだな。私も、大西さんの言われる、アジアに無知な日本人の一人かもしれません」

そんな答え方で、私は遠回しにその仕事を引き受ける返事をした。韓流熱が起こってからまだ数年しかたっていない頃のことだったから、大西のアジアを見つめる熱い目に説得されたということもあったし、地方局の番組で芸術祭賞を取りたいという欲が起こったことも確かだった。

それからしばらくして、私は単身ソウルへ出掛けた。二月の酷く寒いときであった。その寒さは東京とは比べるべくもなく、寒ければ、耳が痛いことや、鼻の頭まで痛いことを、久し振りに味わっていた。そんな思いは、学生時代にスキーに行って以来のことだ。それもそのはず、朝方は零下も十度を下回っていた。頭の中では、ソウルが酷く寒いことを

知ってはいたが、私は帽子もかぶらず手袋もせず、厚手のウールのセーター一枚にジーパンのスタイルであった。隣国に無知な日本人である私が寒さに震えていた。

冷凍庫に入った高層ビルが乱立した大都会ソウルの町を、慌てて買い込んだ防寒着に身をくるんで、地下鉄と自分の足で動き回った。東京や大阪にそっくりなようでも、そこはやはり外国であった。繁華街では、今は日本では聞こえなくなった露店商の声が、凍りついた空気を引き裂くように飛び交い、地下鉄では、物売りが車内で、平気な顔をして商売していた。もちろん、ソウルに当てもなく見物に行ったわけではなかった。韓国の歴史や文化についていくらかの本を読み、本で得た予備知識の中で私が面白いと思ったことが、芸術祭参加番組のテーマとして、果たして相応しいものであるのかどうかを、現地の空気の中で知らなければならなかった。番組取材のごく当たり前の手続きである。

ソウル行きは初めてだったので、局の人間に手伝ってもらおうと思ったが、やめにした。言葉はまったく出来なかったが、出来なくてもなんとかなると思った。まずはひとりで行って、自分の考えていることの妥当性を知りたかった。駄目でも、一人なら誰にも迷惑はかけない。

私は、パンソリという、今なおこの国で大衆に絶大な人気を保っている、一人語りの謡いモノについて調べたいと思っていた。一度、だいぶ昔、テレビで聞いたことがあったが、そのときはそれっきりになってしまった。この国の人なら誰でも知っている、李朝時代の身分違いの悲恋物語のような、大衆的な物語を謡いながら聞かせるものである。日本でいえば、講談とか義太夫に近いものだが、もう少し音楽性が豊かで、素朴なオペラと形容してもいいようなものだ。私がパンソリに興味をもったのは、音楽性もさることながら、その形式が、そんな遠くない昔に、日本の義太夫とその源を一つにしていたに違いないという思いからだった。取材が上手く行けば、案外面白い発見があって、大西の意図に近いそれなりの番組になりそうな気がしていた。初回はまず当たりだけつけて、次からは言葉もできる専門家を連れてくるつもりだった。

この国に少しでも慣れるために、初めてやってきたソウルの街を、どこか体温が低く感じられる見慣れないハングル文字の洪水に戸惑いながら、二、三日、少し興奮して歩き回った。そして、とんでもない「発見」をしたのだ。こんな異国の町で。

あの大男だ。あの男を、ソウルの繁華街の雑踏の中で見つけたのだ。そのとき、私と彼は、広い道に隔てられていたから、彼の姿は、遠くに捉えられただけだが、あの男であることには間違いなかった。案内人とでも連れ立っているようだったが、遠目ながら、ここでも男は、口を開けて笑っているように見えた。

彼の姿を確認するとまもなく、私は猜疑心に囚われていた。こんな所で男の姿を目にするという偶然性が腑に落ちなかった。〝偶然とは必然の一つの形である〟という言葉が浮かんできた。ソウルに出掛ける前に、四国へ大西を訪ねておくべきだったのに、雑用にかまけて、結局会わずじまいで出掛けてきてしまったことを後悔した。

大西は、私には、番組構成の依頼の理由を私の仕事が気に入ったからなどと言っておきながら、実は、内緒で男にも仕事を依頼して、保険を掛けているのではないか、あるいはそこまでいかなくても、私に何の相談もなく、演出を男に頼むことに決めてしまっているのではないか。

そんなことを私の猜疑心は、密やかに語り掛けていた。そうとでも考えなければ、男が大きな体を小刻みに揺らしながら、よりにもよって、このタイミングにソウルの町をうろついていることにどうしても納得がいかなかった。

勝手に想像を巡らしながら、私は、次第に腹を立ててきている自分を感じていた。

けれども考えてみれば、私と男が、ソウルであろうとニューヨークであろうと、外国で偶然出会うことは、お互いマスコミで働いている以上、怪しいことでもなんでもない。たとえアフリカの砂漠の真ん中で遭遇したとしても。

しかし、冷静に考える余裕が私にはなかった。あの男のことになると、意味もなく興奮してしまう自分に、私自身、困惑していたのだから。

私は、パンソリの取材もろくにしないまま、東京に戻ることにした。国際携帯一本、大西に掛けさえすれば明らかになることなのに、大西に直接会って自分の猜疑心を晴らしたかったのだ。男に出会うまでは、私の乾きかけていた好奇心に、溢れるほどの泉を注いでくれていたソウルの街の雑踏が、急につまらないただの混乱した空虚な街に見えていた。

「確かに彼には、ソウルに行って下さいとお願いしました。それは、佐々木さんを信用していないからではありません」

大西は、その地方局の打ち合わせ室で、静かな口調でそう言った。大西は、電話でも感じていた実直そうな人柄が、表情からもよく見て取れる、信用の置けそうな人物であった。けれども、大西の人柄とは関係なく、私は、猜疑心が猜疑だけに終わらなかったことに、暗然たる思いをしていた。ソウルに出掛ける前に、やっぱり大西を訪れておくべきだったと改めて後悔した。この仕事を引き受ける前に、大西にはきちんと、演出の人選について話しておくべきだったのだ。友達だった若林の場合とは違う。大西は、見ず知らずの私を選んでくれたプロデューサーなのだ。自分の我は通しにくい立場だった。

「今、佐々木さんが言われた、パンソリと言うんですか、それはとても良いところに目をつけられたなぁと思うんですよ。アジア、特に東アジアは、根底のところで繋がっていることが、それひとつ取っても、よぉ分かりますよ。ですから私は、そんな佐々木さんのアイデアを彼に、人に面白く見せる番組に仕立ててもらいたいんですわ。彼はきちんとした固いテーマを、ただの教育番組ではなく、質の高い娯楽番組に昇華させる才能を持っている稀有な監督ですよ」

　大西はそう続けてから、さらに、

「彼にソウルに飛んでもろたのは、最終的には、佐々木さんのシナリオを彼に演出してもらいたいからですけど、やはり彼の目からも、韓国の民衆の、今現在の様子を見ておいてもらいたいと思っとったからです」

　と、私に説明するように言った。

「大西さん、芸術祭参加番組として作りたいとおっしゃってましたよね。彼がそういう番組の監督として相応しいとお考えですか。私には、大西さんがお持ちになっていらっしゃる高い志が、彼の小器用な小手先の技で、ぶち壊されていくのが目に見えているような気がするんですが」

　私は、若林の場合とは立場が違うことをよくわきまえていながら、大西にも強く反論してしまった。そしてこのときも、あの男の起用に強く反発する理不尽さを説明できない自分がいることを感じていた。

「佐々木さんに、前もってご相談しなかった私もいけなかったでしょうが、佐々木さんも食わず嫌いされないで、ここはひとついい機会だと思って、監督は彼に任せてみませんか。私が全責任を持ちますから。もし何かトラブルでも起こりましたら、そのときはすべて私におっかぶせて下さいよ」

大西は誠実な物言いで私を説得にかかったが、私はそんな大西に、不作為の裏切りを感じて、

「言いにくいですが、この仕事、下ろさせていただけますか。シナリオから彼に任せたらいいですよ。パンソリのアイデアは、どうぞお使いになって構いません。彼の起用は大西さんの中でお決まりになっているみたいですし、私もまだ、この仕事何も始めておりませんので」

と、突っかかった。

私の言葉と興奮した様子に、あのときの若林と同様に、大西も怪訝な表情を見せた。しかし、その後の大西の返事は、若林とは違っていた。それでは仕方がない、残念ですが、どうぞお引き取り下さいというものだった。地方局のプロデューサーを馬鹿にしないでくれという気持ちも多分に含まれているのを感じた。私は、ソウルは自分で勝手に行ったものですからと言い残すと、ひどく居心地の悪さを感じて、局を飛び出した。


それから二年ほどしたある秋の日、私は富山にいた。それは、ある国民作家の知られざる青春を再発掘するという、そんなテーマで、放送局ではなくある雑誌社からルポルタージュを頼まれたのだ。

私は妻に、雑誌社の仕事で富山に行くと伝えた。非常に正確なメッセージであった。そ

の言葉に一切の嘘はなかった。その旅に同行する、雑誌社の若い女性編集者と私の関係は、一切伝えていなかったのだから。

私には、その仕事のテーマなんかどうでもいいことであった。そもそも、その当の文芸誌の編集者である山崎里美が、私との逢瀬のためにでっち上げた企画といってもよかったのだから。私は、その作家のものなら、主だったものは大体読んでいたから、彼が富山で過ごした青春時代のことなら、富山になんか来なくても、目をつぶっても書けるものだった。昼もだいぶ過ぎてから、分かり切った取材をざっと済ますと、私たちは夕食を市内の落ち着いた魚料理屋でとることになった。

「佐々木さん、このまま二人でどこかに消えてしまいたいわね」

夕食の時間にしては、まだ少し早かったせいもあって、客は私たちだけだったが、小さな座敷に落ち着くと、山崎はいきなりそんなことを口にした。

「おいおい、冗談言うなよ。俺はしがない放送作家。この年になって、駆け落ちする余裕なんてあるわけないよ。もちろん、金もないけど」

「また、そうやって逃げる。佐々木さんにとっては、あたしってただの都合のいい愛人なんだから」

「そういうことは言いっこなしって、つきあう前から言ってあるだろ」

私たちは、そんな痴話喧嘩にもならないようなことを言いながら、ジャレ始めていた。

と、山崎が突然、座敷から少し離れたテーブル席の隅に置かれていたテレビに目を移した。

「あ、あれ、前に見ようと思って見逃した番組だわ。一昨年だったかな、芸術祭賞とったものよ」

いかにも再放送番組にでも相応しい、夕方の中途半端な時間だった。テレビには、私も見覚えのあるソウルの繁華街とハングル文字が映っていた。

「なんだよ、驚かすなよ。いきなり話が飛ぶんだから」

「あたしね、一昨年、まだ女性誌やってた頃、ソウルショッピング情報って特集やるんで、初めて韓国行ったのよ。そしたらすっかりハマっちゃたの。あたしたちのルーツが皆、向こうにあるって分かっちゃったんですもの」

私は、山崎の言葉を聞いた瞬間から不愉快な気分になっていた。再放送されていた番組は、明らかに私が〝降りて〟しまった、あの地方局制作のものであった。

あの番組の行方については、その後まったく関心を持っていなかった。はっきり言えば、考えるのも嫌だという気持ちだった。冷静に考えれば、見ず知らずの大西から声を掛けてもらった幸運な仕事だった。それを、なんの根拠もない思い込みで、せっかくの大西の好意を無にしてしまったのだ。私が、あの男の演出作法をどこまで深く知っていたというのだ。ただなんとなく気に入らないという、いささか乱暴な決め付けで、なんの足しにもならないプライドとやらを振り回しただけのことであった。心の底では、それを分かっていながら、私はそれに抵抗する術を持ち合わせなかった。

今、自分から離れていったあの仕事が、大西の狙いどおりに賞も取り、したがってそれ相応の出来のものになったであろうことを、よりにもよって山崎の口から聞くことになるとは。

私の〝不愉快〟を分析すれば、そういうことだった。

しかし、二年以上の時間を越えて、こんな形でここまで番組が追いかけて来たとなると、私は神様から、その作品を見るように命じられているようなものだった。

私は観念した。富山の魚料理屋で、ついにあの男に逮捕されたようなものだ。

「おい、せっかく旨そうな料理屋に来たんだから、テレビなんか消してもらって食うことに集中しようぜ」

私は、神様に最後の抵抗を試みて、それだけ言った。

「なに言ってるんですか。これ、あの当時、ずいぶん話題になったじゃないのよ。お隣の国を知らない日本人の目を覚ます作品とか日韓新時代を予感させるとか言われて。私だって、一応、ジャーナリストの端くれですからね。韓国にもはまってたし、普通の人よりは関心を持っていたんだけど見逃しちゃって。ほら、監督さんだって、この人、有名な人でしょ、私はよく知らないけど」

山崎は、運ばれてきた料理にはほとんど目もくれずにテレビに釘付けになっていた。

番組は、あの当時私が作ろうとしたものとはまったく違う内容だったが、よく出来ていると言わざるを得なかった。

韓国の歴史や宗教や儒教文化をテーマに、なにか日本人に教えてやろうなどといった大上段に振りかぶったものではなかった。もちろんパンソリなどは、パの字も登場していなかった。

番組は最初から最後まで庶民へのインタビューで構成されていた。お隣りの国の消費文化の総本山である、ソウルにある大きな市場が舞台だった。その有名な大市場で働く何百人という老若男女に、〝あなたは、今、何を目標に生きていますか〟という質問を繰り返したものだった。無数ともいえる男女たちが、無数ともいえるほどの様々な答えを返していた。

それは、まさに現代韓国に生きる人々の熱い息吹が吹きかかってくるような、エネルギーに溢れた作品だった。

特別そこからなにか教訓を引き出そうとするようなものではなく、視聴者にお隣りの国の今を、生の感覚で聞いてもらって、あとは視聴者自身が考えてくれればいい、といった投げ掛けたスタイルになっていた。教科書的にお隣の国の文化を紹介されるより、よほど隣国のことを知らしめてくれる作りであった。どうせあの男のことだから、日本からアイドル歌手でも連れていって、俄かパンソリ歌手にでも仕立て上げているのではないか……

といった思いを巡らせた自分に、私は少し赤面した。

「めちゃ面白かったわねぇ、佐々木さん」という言葉を聞きながら、私はある種の敗北感を懸命に隠しながら、頭の片隅では、私を冷たく見返す大西の表情が浮かんでいた。そしてそのとき、私の頭のもう片隅では、この女とはこの辺りが潮時だな……という想いもたげていた。


その頃からだろうか、私は放送作家という仕事に、少しずつ飽き足りなくなってきていた。仕事がつまらないのではない。いや、むしろその逆であった。

仕事の注文は、相変わらず切れることなく続いていた。それは歴史ドキュメンタリーだったり、紀行ものであったり、ただのグルメ探訪であったり、様々な内容だったが、どの仕事もそれなりに楽しく出来たものばかりだった。けれども私の気持ちの中には、ほんの少しずつ風が吹き始めていた。それも最初は心地良いそよ風だったのに、気がつかないほどゆっくりとではあるが、冷たい木枯らしへと変わっていった。

要するに、ただの消費物を作っていることに嫌気が差してきていたのだ。どんなに苦労して原稿を書いても、放送が終了してしまうと、その瞬間に消えてしまう、そんな仕事に疲れていたのだ。若い頃の私から見ると、それは考えられないほどの贅沢な想いであったけれど。

私はその頃から少しずつ、テレビの仕事の傍ら、自分のために小説を書き始めていた。自分の身の回りを題材に。

その頃というのは、富山の〝取材〟から帰ってきた頃だろうか。

そして……今だから気づくのだけれど、あの男の名前をテレビで見なくなってしまったのもその頃からのような気がする。それもバッタリと、まったく。

しかも、それはブラウン管からだけではなく、私の肉眼からも。

つまり、私が何か月かに一回は、遠くから必ずと言っていいくらい見た、あの大きな体は、どの放送局の廊下からも、局の近くの路上からも消えてしまったのだ。

実際、不思議な話だった。もともと売れっ子の彼が、その頃には大きな賞まで獲得するような仕事をしていたというのに。

局の消息通に尋ねれば、彼についての何かが聞けたかもしれない。しかし、私はあえてそうしなかった。考えてみれば、彼とは一面識もなかったわけだし、はっきり言えば、業界においての彼の〝行方不明〟は、私には悲しい事件とは言えなかった。

たまたま大きな賞を取ったとはいえ、結局は、娯楽番組を器用に作る彼の才能は、あの頃を境に、もう世間に通用しない古いものになっていたからだ……と私は考え、富山で味わった敗北感も忘れて、私は自分の、人の才能を見る眼の正しさを密かに誇った。一度は売れた彼も、過去のテレビ演出家に成り果てたというわけだ。

小説を書き出したからといっても、私の気持ちとは関係なく、放送局からの番組構成の仕事の依頼は減ったわけではなかった。大体、ベストセラー小説でも書いたのならともかく、自分の日常生活での思いをただつぶやいていているようなモノを、小説を書き出したなんて思ってくれる人もいなかったであろうけれど。

中央テレビからの仕事は久々だった。若林が現場を離れて事務職に移ってしまってからも、中央テレビから声は掛けてもらってはいたが、なぜかタイミングが悪く、具体的に仕事にならなかったということもあった。

ところが、今度の中央テレビの仕事は、意外な依頼であった。意外という言葉がよそゆきならば、思いも掛けなかったほど嬉しい仕事といえばよいか。

それは、私が書いた小説をドラマ化したい、というものだった。身の回りのことばかり書いていた私だったが、ただ一つだけ、少しフィクションの、水商売女性との恋を織り交ぜたストーリー仕立てのものを書いてみたら、それが初めて文芸雑誌ではなく娯楽雑誌に掲載された。それをたまたま中央テレビの真田という若い局員が読んでいて、面白いと思ってくれたらしかった。彼は私に、小説の作者本人が、テレビドラマ向きにシナリオとして書き直してくれと注文してきた。〝アメリカなんかの映画の世界では、当たり前のようにあることです〟と、少し私のプライドをくすぐるように、つけ加えた。

その、第一回目の顔合わせといった会議が、中央テレビで開かれた。

二十人ほどの会議でも出来そうな大きな会議室に入ると、今度のドラマで演出もするという、私にシナリオを依頼してきた真田と、私もよく知っているベテランのプロデューサー竹内が私を迎えてくれた。

私は、会議室に入るとすぐに、今までの局での打ち合わせとはどこか違う眩しさを感じていた。つまりこの会議では、私は局に雇われたフリーの放送構成作家ではなく、ドラマ原作者である先生として迎えられていたのだ。そんな甘美な立場に少し血が上っていたのかもしれない。その会議室の隅で、もうひとつの打ち合わせが行われていたのに、私はうかつにもしばらく気づかなかった。

ひどく貧相な後ろ姿の男と、中央テレビで昔、若林のアシスタントをしていたのでよく知っていた加瀬次郎が、何かの番組の演出らしき打ち合わせをしていた。

加瀬は僕の姿に気がつくと、微笑して目で挨拶してきた。

僕も挨拶を返すと、後ろ姿の男の声が耳に入ってきた。

「加瀬ちゃん、ここは、こう撮りたいんだけどね」

後ろ姿の男は、両の手の指でカメラのファインダーの格好をつくり、そのファインダーに眼を近づけて、ひどく力のない枯れた声で、そんなことを言っていた。と、私の視線が気になったのか、男はチラッと振り向いて、視線を返してきた。その瞬間、私は男の横顔を正確に捉えた。

凍りついたような表情をしたに違いない私を、竹内や真田は、それとなく見逃してくれたらしい。

その横顔は、間違いなくかつての売れっ子演出家、あの大男のものであった。それにしても、その痩せかたは尋常ではなく、顔は骸骨に一枚皮をかぶせただけ。首から下は、想像するのも怖かった。

しかし、どんなに姿態が落魄しても、人を認識する目はあの男をひと目で識別してしまうのだ。

「佐々木さん、ここのところ、ほら、主人公が、地獄に生きたいと思い悩むところですけど、文学としてはわかるんですけど、映像にはちょっとなりにくいでしょ、ここのところ、シナリオでは、失礼ですけど、上手くはしょっていただけると」

真田はそんなことを言っていたらしいが、私の眼だまは、あの男の背中に張りついたままだった。すると竹内が、注意を促すように私に少し顔を近づけると、

「彼のことは後ほど、お話しさせて下さい」と囁くように言った。

男を見つめている自分の不躾な視線に気がついて、私は慌ててトイレにでも行くような格好で立ち上がろうとしたそのとき、男は、打ち合わせが終わったのか、〝加瀬ちゃん、

また〟と言うと、ふらふらと椅子から立ち上がった。その足取りは、おぼつかないという言葉では表せるようなものではなく、会議室の中に急流でも迸《ほとばし》ってでもいるかのように、ゆっくりと自分の足下を確かめながら一歩出すと、また次の一歩の置き場所を考えているようであった。加瀬が男の腕を抱えようとしても、

「自分で歩くって、いいもんなんだよ」

男はそんな言い方で、加瀬の助けを断っていた。私たちの打ち合わせはいったん中断した格好だった。

私は、いよいよ男の姿から目を逸らすことが出来なくなっていた。幽鬼のごとく、枯れ細った体が、抜けきらない癖のせいなのか、それとも極端な体重の減少のせいなのか、やはり前後に揺れていた。痩せ細った野良猫の子が、餌を探しながらであろうか、倒れているのを見てひどく傷ついた、そんな子供の頃の記憶が、脈絡もなく蘇ってきた。

そうやって何度か足の交差を繰り返し、男はなんとか私たちの所までたどり着いてテーブルに手をつくと、ひと休みといった格好で息を整えてから顔を上げた。

男の顔が、私とちょうど向き合う格好になった。男は私の顔を見つめると、ほんの少し微笑んだ。いや、正確に言えば、私には微笑んだように見えた。顔面に張り付いた薄い皮膚が少しうごめいたにすぎなかったけれど。それは、私と男の、言ってみれば初対面の挨拶であった。私も戸惑いながら、軽く会釈を返した。いや、これも正確に言えば会釈した

つもりだった。すると、男は意外にも私に向かって、

「佐々木さん、お久しぶりでした」

と、ひとこと言った。それからゆっくりと、テーブルから手を離し、ドアに向かって再び足を踏み出した。

私は、男に挨拶をされるとは思ってもいなかった。そのこと自体も戸惑いの一つであったが、〝意外にも〟と思ったのには二つのことがあった。

一つは、男が私の姓を佐々木だと知っていたこと、もう一つは、男に〝お久しぶり〟と言われるようなことは、どんなに記憶の底を浚《さら》っても思い浮かばないことだった。

同じ業界で長く仕事をしてきたのだから、男が私の名前を知っていても不思議はなかったし、あるいは、私には聞こえなかったけれど、打ち合わせの最中に男が加瀬に私の名前を聞いたということも考えられないことではなかった。

けれども、〝お久しぶり〟とは一体どういうことだ。

「真一さん、タクシーを呼びましたから……」

そんな加瀬の声と共に、男は、ドアの外に消えていった。真一とは、テレビでさんざん見た男の名前、高森真一の〝真一〟であることは容易に知れた。加瀬が、はるか年長の男を名前で呼んでいることからも、中央テレビと男の付き合いの深さが窺えた。

考えてみれば、私は男から佐々木と呼ばれたのだから、これを潮に、私も男を高森と名前で呼ばなければ失礼に当たるだろう。

高森が、お久しぶりと言う以上、私と高森の関係が、どんなに疎遠だとしても一度は言葉を交わしたことがあるとか、交わさなかったにしても、どこかの席で同席したことがあるとかしなければならなかった。しかし、私にはそうした記憶は一切なかった。明らかに人生の終焉の入り口に立っているように見える高森が、混乱して誰かと私を間違ったと思うこともできたが、それにしては「佐々木さん」という正確な呼び掛けが気になる。

彼の姿が視界から消えた後も、私はそんなことを考えたまま、真田に声を掛けられるまで、立ちつくしていた。

「佐々木さん、もう一か所、主人公の恋人、令子ですね、彼女が初めて彼を裏切る夜のところですが」

いったん中断した格好になっていた打ち合わせが何事もなかったように、また始まった。私の頭の中では、男の一言と枯れ細った姿が、まだ渦巻いていた。

打ち合わせが終わると陽はすっかり暮れていた。

「たまには飯でも食いましょうか、若林も呼びますから」

竹内は、そんなことを言いながら社内に電話していたが、

「若林は、高森さんとは本当に長い付き合いでしたからね。いろいろな思いがあると思いますよ」

竹内のそういう言い方からしても、高森の置かれた立場の厳しさは、徒ならないものがあるはずだった。

竹内と若林、それと加瀬も一緒に、中央テレビ近くの寿司屋の二階の小さな座敷に連れだって行った。

しばらくは、私の小説のことを話題にしたり世間話をしたりしていたが、タイミングを見計らっていたように若林が、

「佐々木さん、あんまりご存じないと思うんですけど、高森は、あっ、僕友達ですから、高森って呼び捨てにしますけどね、リンパ腺の癌に冒されてましてね……、もうかれこれ四年ばかり、病院を出たり入ったりなんですよ」

と、少し遠い目になって言った。

四年前といえば、高森の名がテレビから消え始めた頃と符合する。

「一時は、抗癌剤がずいぶん効いて、彼自身も、すっかり現場に戻る気になっていたんですけどね。今は、佐々木さんが御覧になったとおりですよ。惨いもんですね」

「でも、加瀬さん、さっき高森さんと打ち合わせしてたじゃないですか」

私は、高森があの体になっても、私には仕事の話に聞こえた会議らしきものに参加していたのが不思議だった。

「高森さんは一生独身でしたから、高森さんの身の回りを見る方がいらっしゃらないんですよ」

加瀬は、私の疑問には答えないで、それだけ言うと、竹内の方に助け船でも求めているような表情になった。

「佐々木さんと高森さんが仕事したことがないなんて不思議ですよねぇ。お互いこの世界で長いこと売れっ子だったのに」

竹内も、そんな社交辞令ともとれるような言い回しで、私の疑問から遠ざかろうとしていた。私は、会議室での出来事には触れてはいけないものがあることを感じて、話を若林に振ろうとすると、若林のほうから、

「佐々木さんには一度、ずいぶん前だけど、高森を勧めたことあるんだけどさ、佐々木さんも、あの頃は若かったから、人見知りだったんですよね」

と、冗談めかして少し昔話に触れてから、私がまったく知らない高森と若林の交遊録を語り始めた。高森と若林は、若林がまだ中央テレビに入る前、学校を出てすぐに入った番組制作会社の同期で、ドラマやドキュメンタリー番組の制作の下準備の辛い仕事で駆けずり回った仲だったという。

「まあ、奴隷みたいなもんですよ、番組制作の一番の下積みなんてね。ちゃんとやったって、なんだかんだ怒鳴りちらされてましたからね。もう、寝る時間探すのがひと苦労ってなもんですから。まあ、佐々木さんも素人じゃないからよくお分かりでしょうけど。それでも、夜ちょっとでも時間が空くとね、渋谷の裏手にあったこ汚ない飲み屋に、二人ですっ飛んでったもんですよ。婆さんがひとりでやってた、でたらめに安いとこでね」

そんななかで一緒に仕事した高森に対して、若林は、言ってみれば、戦場で深手を負った戦友をいたわるような気持ちを持っているように見えた。病院にも週に一度、若林と、そしてやはり同じ制作会社出身の加瀬が当番になって、順繰りに見舞いに行っていたという。

「とにかくあいつは身寄りがないから、いざ大病すると、誰もあいつに寄りつかなくなっちゃうんですよ。ひどいもんです」

こうして、若林と加瀬、高森の交遊録を聞きながらも、私は、どうして高森が私の名前を知っていたのか、どうして一度も接触のなかった相手に、お久し振りでしたと言われたのか、そのことばかりが気になっていた。

「それは、佐々木さんは今や有名人だもの、高森さんだって、顔と名前ぐらい知ってますよ」

若林に訊いたのだが、竹内が横から答えてきた。竹内は、私を喜ばすつもりだったかもしれない。しかしこういう答えが、私には一番迷惑だった。先に進まないでそこで途絶えてしまう。外から見ていても小生意気で、虫酸が走るほど嫌な奴だったから、名前を憶えていたのかもしれないし、あるいは厚かましく想像すれば、密かに私と仕事をしたいと思っていたから名前を知っていたのかもしれない。あるいは会議室で、しつこく自分をねめつける奴が気に障って、加瀬に私の名前を聞いたのかもしれなかった。

高森への無関心を装った、根のおどろおどろしく深い関心が、私にそんなことをこだわらせていた。

「まあ佐々木さん、そんなこと、どうでもいいじゃないですか。高森は佐々木さんの名前を知っていた。ただそれだけのことですよ、人の名前を知っていることにいちいち理由なんてないじゃないですか」

若林は、至極もっともな答を返してきた。そのとおりだった。人の名前を覚えるのにいちいち理由なんかない。

「それにさ、これ悪く取らないでね、佐々木さん、酒が入ったんで言うわけじゃないんだけど、佐々木さんが嫌っていたほど、高森は佐々木さんのこと、嫌っていなかったと思うよ」

「若林さんも、人が悪いなぁ。きゃあ、強烈」

私は、この場は笑ってごまかすのが一番と考えて、そんな言い方をしてから、

「だけどさ、若林さん、俺が嫌われていなかったとしてもね、一度も口も利いたこともない人間に、お久し振りでしたと言われるとちょっと驚きますよ、しかも、高森さんの場合が場合だから」

「だからね、それもさ、佐々木さんは忘れてるかもしれないけど、何かの接触があったとか、よしんばなかったとしてもさ、高森が、佐々木さんと接触があったと思い込んでるほど、あなたのことを気にしていたと言うことだよ。いいことじゃないの」

若林は、少し酒の入った口調にはなっていたが、今度も、至極まともな答え方だった。

加瀬も笑いながら、

「いやいや、芸術家は考え過ぎで困りますねぇ。佐々木さん、高森さんのことは、ここらでひとまず置いて、これからの佐々木さんの仕事のこと、聞かせて下さいよ。なかなかこんな機会ないですし。これからもテレビ中心なのか、それとも作家稼業に邁進なさるのか。それによって、中央テレビもいろいろ考えなきゃならないですし」

「いやぁ、今日はいろいろ脅かされるなぁ、ほんと、フリーの身は辛い。作家稼業に邁進なんかしたら、明日からオマンマの食い上げですよ。あれはあくまで、フリーの身のストレスの治療薬みたいなものです。毒薬かもしれないですけどね、は、は、は。ひとつ、これ以上、佐々木をいじめないでやってください」

私は、そんな言い方で切り返したりしていたが、その場の空気は、もう高森の話題に帰ることを禁じているようであった。竹内はともかくとして、若林や加瀬にとっては、高森の話題は酷く痛ましいことであったろうし、言ってみれば、外部の人間である私が好奇心で話題にするようなことでもなかった。

その後は、テレビ業界のこと、政局の話、果てはプロ野球談義にまで及び、気がつけば日付は翌日にもなろうとしていた。竹内に二週間後の次の打ち合わせを約束させられて、私は〝先生〟として、初めて家までタクシーで送り返された。

私の高森への関心は「お久しぶり」という言葉の謎から、次第に、あの会議室での打ち合わせの謎へと移っていった。高森があの体で、どう見ても番組の演出など出来るわけがなかった。それよりも、病院が外出を許していること自体が不思議なほどだった。医学に素人の私から見ても、高森はまさに、〝デッドマン・ウォーキング〟という映画のタイトルそのものであった。あの日、たぶん病院まで送り帰されたに違いないタクシーの中で、こと切れていたとしても、誰も驚かなかったであろう。そんな人間が、テレビ局までやって来て、撮影の打ち合わせをしているとは一体どういうことだったのだろうか。

あの夜、その話題はそれとなく避けられてしまった。ということは、中央テレビの連中には、そのことに触れたくない何かがあるわけだ。

その翌日は、ラジオ局で打ち合わせがあって、夕方帰宅すると、妻が、

「明日は日曜日だし、直哉、お友達のうちに泊めてもらうなんて言ってたから、ご飯食べてから、久し振りで映画にでも行かない？」

と、珍しいことを言い出した。大都会の中の田舎だと思っていた私の家の近所に、シネマコンプレックスと呼ばれる大型映画館群が突然のごとく出現したお陰で、夕食を食べてから映画館に行くなんてことが出来るようになってしまった。高校生の一人息子が外泊するという解放感も手伝ってか、妻は、

「たまには、気晴らしさせてもらわなきゃ」

と、浮き浮きしていた。

「うん、行ってもいいけど、何か面白いものやってるかな」

「映画館が八館もあるっていうから、行けば、何か面白いのやってるわよ」

妻が、そんないい加減なことを言うので、私は新聞の映画欄を見て、映画のタイトルと開始時間を調べ、見たい映画を決めるように妻に言うと、

「あんまり深刻な映画はやめましょうね。何かハチャメチャに面白いやつがいいわ。だって……あなたこの頃、例の高森さんとかいう人の話ばかりしてるでしょ。あんなこと、もう忘れたら。会ったこともない人に久しぶりと言われたぐらいで、そんなに深刻に考えなくてもいいわよ。何か面白い映画見たら、きっと忘れるわ」

この妻の言葉には、私は少なからず驚いた。妻は、私のために映画を観る気らしかった。

確かに、何回かは妻に私の疑問をぶつけたことはあるけれど、妻には、私がノイローゼにでもなったように思えたらしかった。

「そうかなぁ、君にそんなに言ったかな。まぁ、でも、高森さんの姿が姿だったからな。俺には結構ショックだったんだ」

「それは分かったから、もういいわよ。それより、どの映画が面白いかしらね。あなた、商売なんだから勘で分かるでしょ」

妻は、またそんな乱暴な言い方をしていた。

妻にそんな言い方をされても、それなりに面白い映画を見ても、私の高森への関心は薄れたわけではなかった。ただ、私はもう決めていた。中央テレビに行こうと、家に帰ろうと、どこへ行こうと、高森の話は再びすまいと。これは、私と高森との二人だけの謎であって、この世の他のいかなる人とも関係ないのだからと。

中央テレビとの打ち合わせの日は瞬く間にやって来た。テレビ局特有の落ち着きのない空気の中を、右に左に曲がる細い廊下を歩いて、会議室までたどり着くと、会議室は空っぽだった。

打ち合わせ時間を間違えたかなと思いながら、広い会議室の片隅で、訳もなく居心地の悪い思いで座っていると、五分ほどして、担当の竹内ではなく若林が現れた。

「佐々木さん、いやぁ、もっと前に携帯にでもご連絡出来れば良かったんですけど」

そう言う若林の眼から涙が見えた。鼻も赤い。

「たった…今…高森が逝ったという電話が……病院から……入ったものですから」

若林の言葉は、さらに涙声となり、嗚咽まで混じりだした。

そこに、竹内と真田が入ってきた。

「佐々木さん、今日の打ち合わせ、中止にさせていただいてもよろしいですか。せっかく局までお越しいただいて恐縮なんですけど」

竹内は、私に、ひとまずそう謝ると、

「若林や加瀬ほど、私たちは高森さんとは深い付き合いではなかったですけれど、そうは言っても十本ほどの仕事はさせていただきましたからね、亡くなるとは分かっていても、やはり……」

と言いながら、やはり少し涙声だった。私が、加瀬君もショックでしょうと言いかけると、若林が嗚咽を堪えながら、

「加瀬は、佐々木さんに泣き顔は見せられないって言って……どこか会議室に入り込んでしまいました。佐々木さん、本当に申し訳ないですが、今日はお引き取り下さい。落ち着きましたら……すぐ竹内からご連絡させます」

と言い終えると、急ぎ足で出て行ったが、行き先は恐らく洗面所と思われた。

中央テレビから出ると、普段はバスに乗って電車のターミナル駅へ向かうのだが、その日は、歩いたら三十分はかかると思われる駅までの道程を歩くことにした。なにか無性に歩きたかったのだ。歩くしかないという感じだった。

四十にも五十にも手が届きそうな男たちを慟哭させる高森の死とは一体なんだろうか。私は、男たちの友情というような単純な言葉ではとても言い表せないものを見せてもらったような気がして、強い風が吹く都心の道を脇目も振らずに、興奮して駅に突進していた。そのとき、私の心を支配していたのは、死によって若林たちを慟哭させた高森に対する、またしても説明のつかない嫉妬であった。

私の死によって、誰が彼らみたいに号泣してくれるだろうか。妻に対してさえ、甚だ自信が持てなかった。私はこの期に及んでも、高森に言い知れぬ敗北感を味わっていたのだ。高森はこの世を去ったというのに。

そして、そのとき初めて、私にはある一つの想念が浮かんでいた。そうか、そうだったのか、そうに違いないという。

あの会議室での高森と加瀬の打ち合わせの意味に、ようやく光が差してきたのだ。あれは、番組制作の打ち合わせをしていたのではなく、高森の葬儀を作品として残そうとしていたのではないかと。

〝ここは、こう撮りましょうね〟

という高森の声が蘇ってきた。あの言葉は、加瀬に対して、〝ここは、こう撮って下さいね〟と頼んでいたとも解釈できる。

そう考えれば、寿司屋の二階での、若林や加瀬の、私の疑問を避けようとした態度にも合点が行くし、あの体を押して、高森がわざわざ局まで出て来た理由も分かるような気がした。

高森は、テレビ番組演出家としての自分を全うしたかったのだ。上質な娯楽番組を作り続けてきた高森真一の最後の作品として、彼自身の葬式を、ある種のエンターテイメント作品に仕上げること。彼の一生の区切りのつけ方として、これ以上見事なものはなかったかもしれない。

そして、半生のほとんどをテレビ局で過ごしてきた高森にしてみれば、自分の最後の作品の打ち合わせも、やはりそこでやりたかっただろうし、その情熱を医師も押さえることは出来なかったのではないか。現代医学に見放された患者というものは、もはや医師の持ち物ではないのだから。

私はそんな想いに包まれながら、ターミナル駅まで歩き続けたが、結局は電車にも乗る気になれず、販売機で買った小瓶入りの清酒を片手に、また歩き出した。歩くというより、ほとんど徘徊に近い感じで。

今となってみれば、〝お久しぶりでした〟という言葉は、高森が、この世で私に向けて発した初めての言葉であり、最後の言葉でもあった。しかも、あの言葉を耳にきちんと受けたものが、私の他に誰かいただろうか。ということは、あの言葉の存在証明すら怪しいものなのだ。妻が私をノイローゼ扱いしてしまったのも、分からないわけではなかった。

けれども、会議室での打ち合わせの謎が、私なりに解けてしまうと、私はやはり、高森が私に残したこの宿題の謎解きにかかることにした。世界でただ一人、私にだけ出された宿題の。

私の脚は、相変わらずどこに行くという当てもなく、興奮した私の体を抱えたまま、ターミナル駅から続く裏町を徘徊し続けた。まるで野良犬ように。

一週間ほどして竹内から、流れていた二回目の打ち合わせの知らせが携帯に来た。竹内と真田と私。前の大きな会議室ではなく、小人数の打ち合わせに相応しい小さな部屋だった。

私がファクスで送っておいたシナリオについて、彼らの注文を聞くというのが打ち合わせの趣旨であったが、なにしろ、シナリオになる前の小説の作者が私自身であるので、打ち合わせはスムースに一時間ほどで終わった。

「この前は本当にすみませんでした、せっかくお越しいただいたのに。まぁ、事が事だったもんですから、お許しいただいて。高森さんのお葬式も、一昨日無事に終わりました」

竹内は私に報告するように言った。

「そうですか、なにしろ、この前が初対面で、次が〝亡くなりました〟でしょ。予想は出来たといっても、まぁ、僕にはちょっと驚きでしたよね」

私は、正直にそんな感想を言うと、打ち合わせの後、若林や加瀬には会わずに街へ出た。あの打ち合わせの事実関係を彼らに尋ねてみる気は私にはさらさらなかった。自分で納得できる解釈に出会えたのだから、それで十分だという思いだった。

その日は、久し振りで大学時代の友人、吉川清明を母校に訪ねることになっていた。

吉川は、母校で哲学の教師をしていて、学会では、何か今時の新しい哲学を研究している学者たちのリーダー的存在とからしいが、私にはそんなことは関係なかった。ただの友達である。その吉川から、たまには酒でも飲もうという突然の誘いだった。普段はまったくの音信不通なのに、何か魂胆があるに違いなかった。私は、吉川がこの頃、時々テレビなんかに出て、偉そうに社会現象を大衆向きに解釈したりするので、半分からかってやろうという気分だった。

ところが、大学のそばにある喫茶店で会うが早いか、

「おい、お前の小説、こないだ何かで読んだぞ、下手くそ」

と、いきなりストレートパンチを浴びせてきた。

「おいおい、ご挨拶だな。そんなに下手かよ」

「ああ、とんでもなく下手だ。チェーホフの下書きにもなっとらん」

「それは、結局ほめてるってことかな。哲学者としては」

「テレビ屋でおとなしくしてればいいものを、余計な気を起こすから、世間に恥をかくんだ」

吉川がけなすのは、テレビドラマになるものではなく、私が文芸誌に書いた身辺雑記小説であった。

そんな話から始まって、お互い共通の友達の噂話みたいなものをしばらくしてから、軽く飯でも食おうということになって、近くの商店街の裏手にある小料理屋へ行った。

近頃の大学は、なっとらんとかぶつぶつ言いながら、あっという間にビールを一本空けてしまうと、吉川は、ところでいよいよ本題に入るといった感じで、カウンターに向かった椅子を座り直すと、

「おい、今日はお前の小説をけなしついでに、もう一つ言っておくぞ」

と、私を威嚇するように声を張った。吉川の言うのには、学者生活二十五年、五十にも手が届こうという歳になって、初めて専門書ではない、一般読者相手の、彼の言葉を借り

れば、〝お教養の足しにもならない哲学遊びの本〟を、〝腹を満たすために〟書いたと言うのだ。その本の出版元を聞いた途端から、私は嫌な予感がしていた。吉川の言いたいことが、もう分かっていたのだ。

「おい、友達として、いや、男として言うがな、女とは上手に手を切れ」

正面から切ってかかる、吉川流の物言いに、私は逃げも隠れも出来なかった。ただ照れ隠しに意味もなく笑っていた。

山崎里美が散々私の悪口を社内で言い続け、その切れ端が、その出版社から本を出す吉川の耳にも聞こえてきたのだろう。

「女が恐ろしいのは、神代の昔からだ。用がなくなったら、なんにも言わずに知らん顔ってんじゃなくて、お前は俺にはあんまりもったいない女だから、自分から身を引くとかなんとか言ってだな、女にでっかい花を持たせなきゃ、女だって怒るぜ。お前のかみさんじゃないんだから」

吉川は、それから延々と、私を一人前の小説家にするための、友情ある忠告だと称して女性論をぶち始めたが、それは、哲学とはなんの関係もないものに聞こえた。

四年以上も前に縁切りを済ませたと思っていた女が、こんな形で今頃現れるなんてと、忌々しく思いながら、私は富山の一件を思い出していた。私の耳には、高森の〝お久しぶりでした〟の声が届いていた。

その夜、私は、自宅近くのアパートの一室を借りた小さな事務所で、夜明け近くまで、シナリオに最後の手を入れていた。いや、入れようと苦闘しながら、本当は別のものを「書いて」いたと言ったほうがいいかもしれなかった。事務所に帰りついても、高森の声がこびりついていたのだ。そしてそのとき、私はやっと、心の安らぎを得ている自分を見つけていた。高森がこの世に残した宿題の解答を、私はこの夜やっと「書く」ことが出来たのだ。吉川に会わなければ決して見つけることが出来なかった解答を。

私は今まで、自分が忘れていたかもしれない高森との接触を、探そうとばかりしていた。自分の記憶では絶対にあり得ない接触を。そして、私が確信したとおり、高森との接触は、やっぱりあの初対面の日以外にはなかったのだ。

高森が私に言った、〝お久しぶりです〟とは、〝ずいぶん待たせたじゃないか〟という意味だったのだ。お前のことはずいぶん待ったけれど、とうとう俺が、自分の葬式の撮影の打ち合わせに来たときに現れるなんて、ひどい奴だ。卑怯な奴だ。弱虫め。彼はそう言いたかったのだ。骸骨にかぶった最後の一枚の皮をほんの少しうごめかせて、彼は私に唾を吐きたかったのに違いない。呑気な私はそれを初対面の微笑と受け取ってしまった。

思えば、私が若林から、初めて高森との仕事を相談されてから十年近くが流れていた。大西からの勧めを断ってからも、もう七年ほどが経つ。そしてあの富山で、私が初めて高森に敗北を感じた夜からもすでに四年半近く。

確かに、私は高森を待たせた。待たせ過ぎたのだ。

吉川に会って、山崎のことで説教を食らわなければ、私はこのことに気がつかなかっただろう。私と高森との本当の初対面は、あの富山の夜のこと。あのテレビ番組を見て、密かな敗北感を抱いたときではなかったか。確かに、〝お久しぶり〟に違いない。

私はシナリオに手を入れるのは諦めて、自宅に戻ることにした。ほんのりと明るくなりかけた、一日で一番静かな時間を、本格的な夏の訪れを予感させる湿り気の混じった生暖かな空気が支配していた。

私はその気持ちの良い空気の中を自宅に向かってゆっくり歩いていた。

もし、あの世とやらがあるとすれば、私は、高森に何と言って会えばいいのか。今度は私が、〝高森さん、お久しぶりでした〟と言う番かもしれないな……そんなことを思いながら。

極楽トンボ

一

テレビコマーシャルの撮影にはお誂え向きの、秋晴れの天気だった。十月の澄みきった大気が玉置大輔の、昨日までのささくれ立った気持ちを柔らかなものに変えていた。

このところ咳を続けていた父親の体調が、肺癌のせいだと判明してから、それも決して早くはない発見だと医師に打ち明けられてから、玉置は、自分の四十年にわたる生涯を、つまり父親との、切ろうにも切れない宿命的な親子関係の四十年間が、いかなるものだったのかを考え続けていた。

玉置は父親と一緒に暮らしていたわけではない。たまたま気が向いたときに、仕事の帰りにでも実家に立ち寄るぐらいなもので、それも、父親の顔を見るためというより、母親の機嫌を伺いに行くのが主な目的であった。母親から見れば、訳の分からない仕事をしている息子を見捨てないでくれとでもいった意味で。

もっとも、学校を出たての頃ならともかく、いくら一人息子であろうとも、四十歳の息子がどんな仕事をしていようと、七十近い母親にはもう関心はなかったかもしれないが。

母親の関心はもっぱら玉置のひとり娘が、つまりたった一人の孫が、音楽学校に行く希望を捨てていないかにあって、

「冴子、ピアノ、練習しているかい。一日でも怠けると、指はとっても正直だから。冴子にそう言っといてね」

などと、もっぱら孫の話ばかりであった。

父親は、中堅の銀行で専務まで務めた男であったが、今は定年後の顧問の肩書きも取れて、悠々自適の毎日であった。もっとも、七十代の半ばにもなれば当たり前のことであったが。幼い頃から弾いていたというヴァイオリンの腕は、クラシックなぞにはとんと縁のない玉置にも、普通ではないものを感じさせた。チゴイネルワイゼンは父親の十八番で、あの暗いセンチメンタルなメロディは、玉置にとって、父親の人となりとも重なりあって聞こえた。つまり、父親はひと昔前のエリート教養人の典型で、音大のピアノ科出身の母親とも、コンサートで隣同士の席になったのが馴れ初めだったという、玉置にとってはうんざりするような、何か恥ずかしい聞きたくもないような出会いがあったらしいのだ。

そんな両親を持ちながら、玉置がドレミファもチンプンカンプンだということは、一人息子を音楽家にしようという甘い夢を持っていたに違いない親に対しての、玉置の反抗期の中身を想像させるというものだ。

選んだ職業だって、せっかく有名大学を卒業しながら……つまり父親は、今度は息子に

銀行員になってもらうという、最低限の約束を果たしてもらえると思っていた矢先の、聞いたこともない、小さなコマーシャルフィルム制作のプロダクションへの就職なんて、いくら子供は親の言うとおりにならないといっても理解の外の出来事であった。

みっともなくて人に言えやしない。玉置の思うところ、父親も母親もそんな風に玉置の就職先を位置づけていたに違いない。簡単に言えば、彼らの思っていたコマーシャルフィルム制作会社とは、ヤクザ仕事と五十歩百歩の稼ぎごとぐらいにしか見えなかったのだ。

しかし、それももう、歳月の流れとともにどうでもいい話になって、玉置が六年ほどでその会社を辞めて、フリーのCM演出家になると、息子は結局親の希望に沿って芸術家の道を選んでくれたのだなどと勝手に都合のよい解釈をして、納得したようなところがあった。CMの演出家が芸術家だなんて、面映いもいいところだと、親の勘違いに気恥ずかしい思いをしながらも、玉置は、それで親が納得するなら勝手にさせておくのが一番いいと思ったりした。

「どうだ、大輔、仕事は忙しいか」

父親は一人息子の顔を見ると、いつもそんな、季節の挨拶みたいなどうでもいいことしか言わなかった。あとは、

「子供は元気か」

それで終わりである。もっとも母親同様、それ以外に言い様もなかったであろうけれど。

そんな大時代的なエリートであった父親が、多分に手遅れ気味な肺癌を患ったとなれば、ほかの病気とは違って、いくら不孝者の玉置でも思うところはいろいろあった。

簡単にいえば、彼にとっての親子関係は煩わしく、気恥ずかしく、もみ消してしまいたいものであった。けれども、自分の父親が死に確実に近づいているらしいとなれば、そうもいかない。

「あなたね、いくら忙しいといっても、お父さんが、普通の病気じゃあないんだから、週に一回ぐらいはお見舞いに行ってあげて下さいね」

母親は、電話でそんな言い方をした。

「お見舞いってのは、回数じゃないだろ。気持ちだよ、気持ち」

「その気持ちが、あなたは怪しいんだから」

電話でもこんな調子で、親子は擦れ違う。

「分かったよ、とにかくできるだけ早く、病院には顔を出すから」

こう言って電話を切ると、側で聞いていた妻の淑江が、

「自分の父親のお見舞いでしょ。仕事なんかほっといても行けるはずよね。またお母さんに何か叱られたんじゃないの、あなたって、一体いくつまで叱られるのかしら」

と、ちゃちゃを入れる。

中学生の娘の冴子まで、

「あらら、お父さん、おばあちゃんに叱られたぁ、叱られたぁ」

と囃し立てる。

玉置は、結局自分と父親の関係は、太陽と地球の関係みたいなものだったなと思う。血という嫌な、切っても切りようのない関係、それは、地球がどんなに太陽を疎ましく思ったとしても、未来永劫に太陽の回りを巡らざるを得ないのと同じだ。限りない太陽の恩恵を受ける陰で、気候異変で何万人もの人が餓死したり、凍死したりしている。玉置もまた、父親の恩恵を経済的に受け続けてきた一方で、辛うじて逃げ切ったとはいえ、職業の選択まで干渉もされてきた。父親の引力圏からどう脱出するか、それが玉置のこれまでの人生の最大のテーマだった。四十にもなってようやく、その引力圏から脱し切ったように玉置は思い込んでいたが、父親が死病にとりつかれてみると、そのしつこい引力がまたぶり返してくるようだった。まさか知らぬふりをするわけにもいくまい……。


五反田にある不動産会社が、撮影用にビルの屋上を貸してくれた。ある製薬会社の風邪薬〝コルレオーネ〟のテレビコマーシャルの撮影である。まさに秋晴れ。ビルの屋上にも、秋の陽が柔らかに降り注いでいる。

そのＣＭには、若い頃はスポ根ドラマで大変な人気スターであった川上栄一という男性タレントが起用されている。今はもう中年であるが、渋い役者として時代劇などでそれなりの活躍をしている。そのCMに起用された理由も、若い頃の二枚目としてではなく、その風邪薬のCMがこのところ数年続けて訴えている、家庭常備薬としての、〝風邪薬のことをよく知っている賢いお父さん〟といった役柄での登場であった。性格も温厚な人として知られていた。玉置はこのCMづくりを通じて、そのタレントとはすでに昵懇と言ってもいい間柄だった。

玉置の仕事は、映画でいえば監督である。CMにも監督がいて脚本家がいる。ただ、映画と違うのは、CMの脚本とはビジネスのためのものだから、広告代理店のコピーライターが書いている場合がほとんどである。けれどもこの仕事は違った。その製薬会社を担当する大手の広告代理店の営業の人から、何年か前、この仕事が始まると同時に、フリーである玉置に直接、アイデア作りから演出までの依頼があった。

だから、玉置はもう何年も前から、いわば信頼されてこのCM作りを任されていた。

それはとりも直さず、広告代理店ばかりか、製薬会社の担当者にも信頼が篤いということを意味していた。

「川上さん、コンテ見ていただいたと思うんですけど、二枚目で活躍された川上さんをこんな三枚目にしてしまって本当に申し訳ありません」

「いやいや、僕ね、こういうの嫌いじゃないですよ。もともとはコメディアン志望だったんですから」

コンテとは、CMの脚本のこと。玉置が今度のCMで、元アイドルといってもいいような、まだまだなかなかのイケメンである川上栄一を、これまで以上に三枚目として起用しようとしたのには理由がある。ここ数年、川上に与えていた、〝風邪薬に詳しい賢いお父さん〟という設定が、やや飽きられてきていることが代理店の調査で明らかになったからだ。ちょうど商品の中身も変わり、ビタミンCが入れられて風邪薬としての効能が強化されたのを機会に、テレビCMの内容も改訂されることになった。冬場の風邪薬商戦は大変な激戦である。業界有数の売れ行きとはいえ、CMだって油断はできない。

川上の役柄は、知ったかぶりの会社の課長さんということに変わった。その風邪薬にビタミンCが入れられて、効能が強化されたことをいち早く知っていると、自慢げに社内にふれて歩くが、ビタミンC添加タイプは、発売されたばかりの新商品だということを忘れて、学生時代から愛用していると吹いて、若い女子社員の笑い者になっているかわいそうな中年サラリーマン。

CMのこんな設定も、玉置が製薬会社の宣伝部に提案したもの。担当者は、タレントが変わらないのに、CMを見ている人が戸惑わないだろうかと渋っていたが、なんでも面白がる社長が出てきて、即刻オーケーとなった。

会社の昼休み。屋上で日向ぼっこしているネジの弛んだ課長さん。そこに、バドミントンに興じていた若い女子社員が、〝すみませーん〟と声を掛けながら、課長の所にまで飛

んで行ってしまった羽を小走りに取りに行くと、課長はその社員をつかまえていきなり、

「キミキミ、知っているかね……」

と、時と場所もわきまえずに、例の知ったかぶりを始める。そして……笑い者になるのであるが、女子社員たちの机の中には、風邪の季節に備えて、もうとっくにその風邪薬がしっかりとしまわれている。そんなコント的なＣＭである。

玉置はフリーの身であるから、どんなタイプのＣＭでもこなさなければならなかったが、いわゆる格好いいタイプよりも、どちらかと言えば、コメディタッチのものを得意としていた。だから、そんなＣＭを欲しがっている客たちから声が掛かることが多かった。客とは、広告代理店の制作担当者や商品を作っているメーカー、つまり広告主たちだ。


十月の初め、快晴の秋晴れである。暑くもなく寒くもなく、一年に何日もないような快適な天気。風が、屋上を借りた会社の社旗がほんの少し揺れるくらいに吹いている。その風が玉置たちスタッフをさらに爽快な気分にさせている。

屋上はコンクリートのたたきで、バドミントンが悠々と出来るくらい広い。その広い屋上に、玉置のほかに、このＣＭの制作を担当するプロダクションのプロデューサー、広告代理店の営業担当者、製薬会社の担当者、撮影をするムービーカメラスタッフ三人、照明スタッフ三人、雑用係であるプロダクション・アシスタント二人、ほかに衣装チェックを

するスタイリストや、出演者にメークを施すメークさん、そして、川上栄一を始めとする出演者たちが、川上のマネージャーも含めて六人。広いといっても、小さな会社のビルの屋上である。人間と撮影機材と照明機材とで満員の盛況だ。その日の集合時間は朝の六時。光の回り具合がいい時間帯に撮影したいから、どうしても集合時間は朝が早くなる。六時なんて決して早くない。朝五時集合だって、ロケーションの場合はざらだ。

全員が持ち場につくと、いよいよ撮影の開始だ。玉置も段々気持ちが高ぶってくる。

「川上さん、いまさら、説明することもないですけど、へんな課長さんを、思い切り変にお願いします」

「ハハハ、分かっています。僕も実はこの課長みたいにみっともない人ですからね」

川上は、玉置をリラックスさせようと、そんな答え方をしてくる。

〝その気持ちが、あなたの場合、怪しいんだから〟

母親の言葉が、突然、玉置の頭をよぎる。そう言われても仕方のないところが自分にはあるなと、玉置は、大勢のスタッフが、撮影開始を目前にして緊張を高めている姿を目にしながら思う。玉置は昨日までのささくれ立った気持ちから完全には解放されていない自分を嫌でも意識した。

「監督、準備できました。最終確認お願いします」

プロダクション・アシスタントが声を掛けてきた。玉置は、その声で現実に戻された。

するとと今度は、

「玉ちゃん、どうしたの、ちょっとお疲れなんじゃないの。いくら売れてたって、あんまり、あっちこっちの仕事やらないでね。体が資本なんだからさ」

と、広告代理店の営業の佐々木邦一がそんなことを言いながら寄ってきた。佐々木は、この仕事で、玉置に最初に声を掛けてきてくれた人。玉置がプロダクションの社員ディレクターだった頃から、目を掛けてくれていた。年頃も同じ四十になるかならないかというところだ。玉置が、いわば頭が上がらない人。快活で清潔な、感じの良い男だ。

「いやいや、仕事と分かっているんだけど、つい昨日飲みすぎちゃいましてね。イヴニングの連中に久し振りに誘われちゃって。フリーの身は断れないんですよ」

イヴニングとは、玉置がフリーになる前に勤務していた制作会社である。冗談めかしてそんな言い方をしたが、それは一面の真実でもあった。

「は、は、は、玉ちゃんは義理堅いな、相変わらず。ま、今日はよろしくね。俺はただ見てるから。いまさら、玉ちゃんに言うこともないしね」

佐々木はそう言うと、屋上に普段からしつらえてあるらしい壁側のベンチに座った。

「監督さん、川上さんには、どんな風に近寄って行ったらいいでしょうか」

バドミントンの羽を小走りに取りにくる、女子社員役の女性が玉置に質問した。

「特別なことはないよ。ごく普通に近寄っていきなさい」

こうしたエキストラに近い人は、玉置は直接会ってはいない。写真選考で選んで、あとはプロダクション・アシスタントが万一のために、前もって会って決めている。とても美人だ。エキストラなんてもったいない。玉置は、写真にこんな美人がいたかなと思いながら、つけ加えて言った。

「この課長さんは社内の変人。それを社員のあなたは知っているはずだから、近づいて行くときにも、それなりの心構えがあるでしょ。そんなところまで演技の中に込めてね」

課長役の川上が苦笑している。エキストラが美人でなかったら、ここまで細かく演技指導したかなと玉置は自問した。

「さて、では、皆いいかな。そろそろリハーサルから始めるか、陽の回りもいいみたいだから」

〝大輔、仕事は忙しいか〟

母親に代わって、今度は父親の声。

〝そんなことないよ。忙しいのも嫌だけど暇も怖い〟

「監督、もう、スタンバイの用意ができています」

玉置は、その声に再び我に返って、

「はい、テストいきまーす」

と、大声を張り上げた。

三日ほど前の家庭内の別の記憶が、何の脈絡もなく玉置の頭に忍び込んできた。

「あなた、冴子ね、最近、さっぱりピアノに熱が入らないみたい」

玉置の妻の淑江が、告げ口でもするみたいに声を低めて話す。冴子が、一年に一度の学校からの一泊の見学旅行とやらへ出かけた日の夜。玉置は好きな中国史劇モノの文庫分に眼を走らせていたところ。淑江は、テーブルで食後にリンゴを剝いている。「それは俺も気がついてるよ」

玉置は、本から目をちょっと離して、気にも留めていないというように軽く答えた。

「気がついていて、どうして注意しないんですか。音楽学校に行こうって子がそんなんじゃ困るじゃないですか」

「音楽学校なんて行かなくたっていいじゃないか。中学二年生ともなりゃ、半分大人だよ。そろそろ自分の才能の限界に気がついてきたんじゃないか」

玉置は、仕事の空いている日は、家にいて好きな本でも読んでいるか、映画でも見に外に出かけたりする、それも映像の研究と称して。家にいると妻とほとんど顔を合わせていることになる。妻の話はほとんど娘のことだ。もう一人男の子がいるが、こちらはまだ小学生、それも低学年。当面の妻の関心は、高校受験を控えた娘、冴子のこと。

「あの子、ピアノしかないじゃない、成績なんてまるで駄目なんだから」

「まぁ、そんな近視眼的に見るなよ、長い目で見りゃ、ピアノ以外に何か出てくるかもしれないよ」

「あなたって楽天的ね。あの子にそんなものが出てくるんなら、世の中の人はみんな才能の持ち主ってことになるわよ」

「まぁ俺の見るところ、冴子のピアノは大したことないね。あの世界はとんでもない才能の持ち主が集まって、またその中で落ち零れていくんだ。音楽学校に行って、コンプレックスに取りつかれるより、普通の高校行って、これまでやってきたものを楽しめばそれで十分だよ。〝もしもピアノが弾けたなら〟って歌があるくらい、ピアノが弾けない人にとったら、冴子だって羨望の対象なんだから」

「これだからイヤになっちゃう。あなたみたいに甘い人が子供の才能の芽を摘んでいくんですよ。男親だったら厳しく叱るのが当然でしょっ。小さいときからやってきたものを投げ出すなって。才能なんて、磨けば誰にだってあるもんですよ。磨きもしないで止めさせたら、なんにもならないじゃないですか」

夫婦の会話は切りがなく続く。

「お義母さんだって、楽しみにしてるし」

「おふくろの人生と冴子の人生は違うぜ。おふくろのためにピアノやってるわけじゃないだろ。親父のヴァイオリンだって、俺たちから見りゃ上手いけど、プロとしてやってけるわけないよ。だけどあれだけ弾けりゃ、アマチュアのオーケストラなんかに入って大いに楽しめるよな、何にもない俺たちからしたら羨ましいじゃないか」

玉置が学生時代に知り合った二つ年下の妻。玉置の偏見では、女性は自由なモノの考え方をする人が少ないと思い込んでいる。だけど淑江はそれが出来ると、玉置は気に入っていた。それなのになんだ、淑江もこれじゃぁ、世の女性と何も変わらないじゃないかと、玉置は自分の女性を見る目も当てにならないなと内心苦笑していた。

どこの家庭でもある子供の教育問題を、夫婦は、それがまるで義務であるみたいに話し続ける。

「だけど、これは、俺たちが話す話じゃなくて、冴子本人の気持ちを訊かなきゃ話になんないよな。明日、冴子が帰ってきたら早速本人の気持ちを訊いてみよう」

と、玉置はその問題はとりあえずこれで打ち止めにしようという思いで、きっぱりと言ったつもりだった。

「あたしに訊けって言うの。こんなことは父親の仕事ですよ。男の仕事、まさにね。娘っていうのはね、母親が何か言うとすぐ反抗したくなるものなのよ。現にあたしがそうだったんだから」

「だけど俺が言えば、もうピアノは止めなさいって言うと思うんだ。君とは正反対にね」

リンゴは、皿の上にひとかけらも残っていなかった。

「ま、いいかっ、冴子が帰って来てからね、何事も」

淑江が、そんな言い方をしたのを潮に、その話は終わりそうな気配が見えてきた。

現場で演出しているときになんでこんな記憶がと思いながら、玉置は指示した。

「川上さん、ここではもう少し、嫌な奴の顔になってほしいんですよ」

「俺にもっと悪い奴になってほしいんだ。は、は、は、監督も人が悪いね、それじゃ、腕に撚《より》かけて、変な奴になりましょう」

撮影は佳境に入っていた。朝六時の集合から早くも三時間が流れていた。

課長の、女子社員たちへの知ったかぶりのシーンが延々と繰り返されている。

きみたち、まだ知らないのかね、〝コルレオーネ〟には、ビタミンCが入っているんだよ。僕なんかね、学生時代から愛用しているんだよ、おかげでクシャミもしたことがないんだ。ふ、ふ、ふ、ハ、ハ、ハァクショーン！

川上は、この台詞をもう十回以上言わされている。

「川上さん、とてもいいですよ。もう一回だけいきましょうか。最後に、思い切り見苦しい自慢顔でお願いします。あっ、それからお嬢さん、失礼、お名前、あっ、橋爪さんか、橋爪さん、あなたも思い切り課長さんを馬鹿にした顔でね」

このシーンが撮れれば終わりというわけではない。女子社員たちの反応を、今度はカメラを切り返して、彼女たちの表情を撮らなければならないし、ほかにも場所を移して、彼女たちの机の中にすでにキチンとしまわれている商品のカットとか、エンドタイトル用の商品カットの撮影とか、まだ色々ある。快晴の日和だから、ロケに付きもののお陽さま待ちというヤツがないので、スムーズに進行していくはずだが、それでも終了は夕方になるだろう。

「玉置さん、関口さんがいらっしゃいました」

撮影の合間を見て、プロダクション・アシスタントが声を掛けた。関口とは、製薬会社の担当者の上司、宣伝部長の関口徹のことだ。関口の姿を見て、早朝から来ていた製薬会社の担当者の田中修は、関口のところに駆け寄り何か報告をしているようだった。それから二人で玉置のところにやってきた。

「お疲れ様です。どうですか、順調のようですね」

少しせっかちなところもあるが、大変なジェントルマンである関口は、微笑を浮かべてそう玉置をねぎらうと、

「玉置さんの思うままに、自由にやって下さい。責任は私たちがとりますから」

とつけ加えた。

「関口さんに御覧いただきたいところはこれからですよ。川上さんの芝居は大体終わりましたけど、これからちょっと照明待ちしてから、女子社員たちの芝居を撮りますから。こ

れから撮る女子社員たちの芝居がこのＣＭの命ですよ」

撮影するシーンが変わると、カメラの方向転換に応じて、役者の表情をキチンとフィルムに定着させるために照明機材の位置や、強度を調整し直す。そのためにかかる時間を照明待ちと呼ぶ。晴れているので照明は補助的に使っているだけだが、やはり少しは必要ではあった。

関口は、事務所で見せる顔とは違った解放された表情になって続けた。

「楽しみだなあ、ちょうど良いときに来ましたね。ああ、そうそう、あとで社長も顔を出すなんて言ってました。珍しく」

「え、ほんとですか、一体どういう風の吹き回しですかね。社長がいらっしゃるなんて緊張するなぁ」

本心では玉置は、緊張するなんてまったく思っていなかった。製薬会社の社長、山中剛は、父親である先代社長から五年ほど前に会社を譲り受けた二代目社長で、すでに五十をいくつか越していたが、ユーモアを理解する感性に恵まれていた。玉置のような仕事をしている人間からすれば、願ってもないタイプの権力者だ。権力者とは、物事を決定できる人という意味である。

「撮影が終わったら、社長にも入っていただいて、皆でどこかで飯でも食いましょう。それまでごゆっくりお過ごし下さい」

玉置はそんなことを言いながら、次のカットの撮影について、カメラマンの岡庭と相談するために、カメラ機材の方に移動した。

佐々木が慌てて折り畳みの椅子を抱えてやって来て、関口に何やらペコペコしながら、座るように勧めている。

いつの間にか十一時を回っていたが、まだ午前の風が頬をくすぐる程度に吹いていて快かった。晴れ渡った空のわりには眩しくもなく、一年中こんな天気ならいいのにと、玉置は岡庭と打ち合わせしながらも、そんなばかげたことを子供のように思ったりした。風ひとつ、空気の匂いすら感じられないスタジオの撮影じゃなくて良かった、そう思いながら玉置は空を仰いだ。

空を仰いだ玉置の脳裏に、冴子の弾くピアノの調べが微かに響いた。何という曲なのかは知らないけれど、メロディーが脳の神経細胞にこびりついている。瞼の裏で燦めく光が、そのメロディーと溶けあって玉置の心を甘美に昂ぶらせた。この仕事が落ち着いたら、親父の見舞いに行かなくちゃな。玉置は、改めてそう自分に言い聞かせながら、メロディーを聞き続けた。

この仕事が終わると、製菓会社、不動産屋、車、携帯と、次々仕事が決まっている。ハードスケジュールが玉置を待っているが、忙しいのは、玉置が売れているということだ。玉置は自分の感性がまだ世の中に受け入れられていることに、くすぐったいようなプライドも感じていた。けれども、いつまでも売れるという保証はどこにもない。今なのだ。売れている今しかないのだ。今、すべてをぶつけるのだ。それで、燃え尽きてしまえばいいのだ。あとのことを今考えても仕方ない。

玉置はセミの死骸を無数に見てきた。世の中で、ひとしきり騒がしく鳴き続けたディレクターの名前を、突然聞かなくなる。すると、彼に声を掛ける人は今や誰もいないなどという残酷な噂が聞こえてくるのだ。自分もいつ骸に成り果てるかもしれない。骸になる前に、目茶苦茶に鳴き喚いてやるのだ。フリーの自分にある権利は、自分のありたけの感受性を世の中にまき散らしてやることだ。そしてある日突然、枯れ葉の下で、誰にも看取られずに密やかに業界を去っていけばいい。玉置は勤めていた小さな制作会社を辞めるとき、妻に言った言葉を時々思い出す。

「明日から食えなくなるかもしれないし、一生大金持ちとして、安楽に暮らしていけるかもしれない。俺は風来坊になるのだ。そんなオレが嫌なら、早く逃げることだな」

そうだ、今や玉置は、天下の風来坊なのだ。

二

撮影の日から三日ほどして、都心にある癌治療専門の病院目指して玉置は歩いていた。

撮影が終わってから、あの日、夕方にやって来た社長を交えて、撮影現場のビルからほど近い中華料理屋で、皆で食事をした。俳優の川上も一緒に。そのときのことが、歩きながらしきりと思い出される。これから父親に会って、どんな見舞いの言葉をかけようかと考えていたのに、そのことは後回しにされてしまう。

〝あなたの場合は、その気持ちが怪しいんだから〟

そんな母の言葉も、あながち厳しすぎるとも言えない。それは誰よりも玉置が分かっていることだ。

「私が社長をやっている間は、コルレオーネのコマーシャルづくりは、玉置さんにお願いしますよ。もちろん、川上さんに出ていただくという条件でね」

社長の山中は上機嫌だった。

「いやあ、社長から、そうおっしゃっていただくなんて光栄です、いつまでお役に立てるか分かりませんが」

玉置はそう答えた。自分ながら権力者に媚びる嫌な言い方だなと意識しながら。

「玉置さんは売れっ子だから、気がついたら、エービーシーさんの風邪薬やってたなんて、まさかそんなことにならないようにね」

山中は、ライバル社の風邪薬を引き合いに出してそんな冗談を言ったが、それは必ずしも冗談に聞こえなかった。というのも、もし玉置に今後のコルレオーネの仕事で、少しでも不出来なものがあれば、関口あたりがどんなに自分の責任だと言ったところで、あっさりとスタッフ交替となるのは、業界では普通のことだったし、権力者というものはそういうものだと玉置は思っていたから。クビになれば、風来坊の身では、たとえ昨日までの敵も味方にしなければならない。山中は、そこまで分かって言っているに違いないのだ。

〝しかし、まだ大丈夫〟

玉置は、そう考えている。とにかく、今は売れているのだ。商品も自分も。

「社長さん、私もお忘れなくね。私みたいなロートル役者は、社長さんから見限られたら、路頭に迷うしかないですからね、もっとも役者というのは、昔は乞食みたいなものだったんですから、それも私に相応しい運命かも知れませんが、ハハハ」

「川上さんはさすがに大役者。冗談もスケールが大きいですね。川上さんに降りていただくときは、我が社が倒産するときですよ」

山中は若い頃、まだアイドルだった川上のファンだったらしく、川上には特別な思い入れがあるらしかった。

他にも、代理店の佐々木邦一や製薬会社の関口徹、田中修が同席していたが、もっぱら、山中と玉置、川上で、話が進んだ。

「それにしても、皆さんのお陰で、コルレオーネはよく売れてますよ。このコマーシャルがテレビに出れば、この冬の風邪のシーズンには、生産が間に合わなくなるぐらい売れるでしょう。皆さんみたいなスタッフに恵まれたということは、幸せな経営者ですね、私は」

玉置は、そんな風に山中に言われても、嬉しくもなんともなかった。むしろ、撮影現場で関口に掛けられた真摯な言葉のほうが何倍も嬉しかったのだ。〝自由にやって下さい、責任は私たちが取りますから〟という、あの言葉の方が。関口みたいな誠実な男がこういうオーナーの下で働くのはかわいそうだな、だから俺はサラリーマンになりたくなかったんだ、たとえどんなに一流の銀行だったとしても。玉置はそこまで思った。彼には、山中の言葉が心の底から出てきたものではなくて、今現在、山中の会社経営にとって、自分たちが便利だからそう褒めているだけのことだと、理由もなく悪意に受け取った。

確かに山中はユーモアを理解する力には恵まれていて、そのお陰で玉置は、ろくなコマーシャルがない風邪薬のコマーシャル群の中で、異色の話題CMを作らせてもらっていたのだ、高いギャラをもらって。そんなことは分かり切っていても、玉置は山中が好きになれなかった。要は、ただ肌が合わなかったのか、それとも権力者というものに対する、それとない嫌悪感から来ていたものなのか。

しかし、そう思いながらも玉置が考えていたことは、もらえる限りはこの仕事ももらって、コルレオーネと一緒に燃え尽きてしまえば良いのだということだった。燃え尽きた後は、なんのCMをやろうと、他人の干渉するところではない。それがコルレオーネのライバルの風邪薬のCMであろうと。

「社長みたいな、感度の高い感性の持ち主に出会えた我々こそ、幸せものですよ。社長みたいなタイプは、経営者の方には珍しいんじゃないですか」

俺は悪い奴だな、山中なんかより遥かに。と思いながら玉置は、そう言うと彼の言葉を待った。

「玉置さんはアーチストだから、もっと難しい人とだと思ってましたけど、円満な方なので内心驚いてるんですよ。今日は山中の顔が気に入らないから、撮影は延期だなんておっしゃるんではないかとね」

「そんなこと言ったら明日からオマンマの食い上げですよ。ねぇ、川上さん。おっと、大俳優としがないCM屋を一緒にしちゃ、いけないか」

「そうそう、玉置さん、ルネサンスの昔から、芸術家が成功するかしないかは、才能を見抜く目を持ったパトロンに巡り合えるかどうかだったんですよ。社長は、僕たちにとっちゃ、言ってみれば、ロレンツォ・メディチみたいな人ですよね」

玉置は、川上の大袈裟なモノ言いにいささか鼻白んだが、そこに初めて関口が、ニコリともしない真面目腐った顔つきで、

「社長、CMがこんなに大勢の皆さんのお世話になってやっと出来上がるなんて、私は全然知りませんでした。川上さんはもちろんのこと、玉置さんたちスタッフの方々とも、こんなことでもなければ一生お目にかかる機会もなかったと思うんです。私なんか、薬大を出て、フラスコとビーカーに囲まれて、一生を終わる人間だと思っていたのに、ケミカリストとしての才能を見限られたお陰で、宣伝の仕事に携わらせていただいて……」

「おい、関口君……また始まった。分かったよ、いつかまた製薬の現場で働いてもらうから。君みたいな真面目な人間は、今の世の中では貴重だから、いろいろ経験してもらおうと思って……」

なんだか話が製薬会社の社内面接みたいになった。玉置は、それが面白くて関口をけしかけようと思ったが、山中の携帯が鳴って、何やらいきなり険しい顔になって返事をしていたかと思うと、

「ちょっと急用ができて、中座しなければいけなくなりました。今日はお陰様で知らない世界をのぞかせていただいて楽しかった」

そんなことを言うと、出てきた料理にろくに口も付けないで、山中はどこかに去って行った。

そんな会話の断片が、玉置の頭を次々によぎっていく。大して中身のあった話でなかっ

たのに、父親への見舞いの言葉という本道からドンドン脇道に逸れていってしまう。病院の入り口がもう目の前だ。ここ二か月ほどでも、様々なCMの撮影をしたはずなのに、しかもあの撮影の日からもうひと月が過ぎたというのに、なぜか風邪薬の仕事のことばかりが思い出される。結局適当な言葉も浮かばないままに、というより、とうとう真剣に考えないままに病院の門をくぐってしまった。

腫瘍治療専門の病院というのは暗い。独特の暗さだ。心臓の専門病院に人を見舞ったことがあるが、病院とは思えない明るさだった。腫瘍でも心臓病でも死に直面しているのは同じなのに、この違いはなんだろうかと玉置は不思議だった。結局、闘病の肉体的な辛さと、進歩したとはいっても、決定的な治療法のない絶望感が病院全体を支配していて、そんな雰囲気がこの病院のなんともいえない暗さを醸し出しているに違いなかった。そこへいくと、心臓なんかただのポンプにすぎないし、もちろん薬だってそれなりにある。死んでしまえば同じであるが、そこへのプロセスの違いが、こんな差になって現れるのだろうと玉置は推測した。

玉置は待合室にたむろしている患者の暗い表情を見るのが怖くて、父親のいる八階の病室へ向かうべくエレベーターの方向にほとんど目をつぶって走った。しかし、そのとき玉置の気持ちを支配していたのは、患者を見るのが怖かったからでは本当はなかった。それは、診療の順番を待つ、その暗い表情の患者たちが、明日の自分の姿に見えたからであった。

「玉置さん」

誰かが自分を呼んでいる。エレベーターに足を入れかけて、体を戻した。若い女性の声だ。父親の部屋を担当している看護婦が、時折見舞いに来る自分の顔でも覚えていて声を掛けたのだろうかと玉置は思った。それにしても、声を掛けられるほど親しくもないし、何か変だなと思いながら、玉置は辺りを見回した。

「玉置さん」

もう一度声が聞こえた。見ると、余り見覚えのない女性が自分に近づいて来る。玉置は少し警戒した。大きな病院で知らない人から声を掛けられるということは、余計なことを考えてしまうものだ。病院が病院なだけに、宗教関係の人ではないか、玉置はそんなことを思って少し身構えた。それにしても、自分の名前を知っていることが不自然だ。不自然というより、気味が悪いとでも言えば良いか。彼女は玉置の目の前まで来て止まった。なかなかの美人で、笑顔を浮かべている。玉置は当惑した。

「あの……覚えていらっしゃいます? ひと月ほど前に、五反田で、お薬のコマーシャルの撮影で出させていただいた橋爪圭子です。こんなところでお会いして……なにかお体の具合でも……」

玉置は呆気にとられた。あの撮影で、川上の相手の女子社員役として出演してもらった女性だ。撮影のときにもなかなかの美人だなと思ったが、仕事上のことであるし、職業柄、美人は見慣れているので、撮影が終わると同時に、彼女のことは忘れてしまった。それにしても仕事の場とはいえ、僅かひと月前に会った人を忘れてしまうとは俺も年を食ったかなと、玉置は軽い衝撃を覚えた。そして、宗教関係者かと警戒した小心な自分を恥じた。

しかし、それにしても病院を訪れる直前まで思い返していた、あの撮影の、まるでその仕上げのように橋爪という女性が名乗り出てきたのは一体なんなのだろう。玉置は、この恐ろしいような巡り合わせに少し慌てながら、

「あのときはどうもありがとう。あんまり突然だったので思い出せなくってごめんなさい」

玉置は辛うじてそれだけ言った。

「いいえ、たくさんの方にお会いにならなければならないお仕事でしょうから、私までいちいち覚えていらっしゃれないでしょう。お声を掛けて御免なさい」

橋爪はそんな言い方をしたが、彼女は友人の見舞いに来たらしかった。

こうして、目の前で見ると、美しいだけでなく、表情の変化に聡明な感じも受ける。

「いや、私も人の見舞いです。人と言っても、父親ですけれど。橋爪さんはお若いのに、お友達が、またどうして、こんな病院に」

「お父様が……それは大変ですね。私の友達は、血液の病気で」

「お互いに見舞いで良かったですね。自分のことじゃなくて。ああ、こんなこと言っては駄目だな。こんな病院で」

玉置は思わず、さっきから自分を包んでいる恐怖心をつい露にして、そんなことを口に出してしまってから、

「橋爪さん、お急ぎでなければその辺でお茶でも飲みましょうか。私はこれから父の見舞いですので、少し待っていただくようなことになりますが」

と言ったが、別に美しい彼女に急な下心ができて誘ったのではなく、その日は父親の見舞い以外に特別することがなかったから、いわば暇潰しみたいなものであった。

「私もこれから友達の顔を見に行くところです。友達は、一時に比べるととても良くなって、ちょっと病人に見えないくらいですよ。そこの薬の受け渡しコーナーで、三十分後でいかがでしょうか」

玉置は了承すると、橋爪に出会う前のどんよりした曇り空のような息苦しさに、どこからともなく光が差してきたような少し明るい気持ちになって、あらためて父親の病室を目指した。

母親が来ているかと思ったが、父親は一人だった。

「おう、キミか、久し振りだな」

父親の第一声は、玉置にはかなりの皮肉に聞こえた。こんな皮肉が言えるぐらいなら病気も回復するのではないかと玉置は勝手に思ったが、しかし、二か月ほど前に入院した頃に比べても、父親のやせ方は尋常ではなかった。

「どう、お父さん、具合は」

「いや、なんでもない。時々息苦しいときがあるぐらいだ」

「痛いとかそんなことはないの」

「痛いというのはまったくない。まぁ俺のことより、どうなんだキミの方は。相変わらず忙しいのか」

「うん、忙しいことは忙しいけど、何か充実した忙しさじゃないんだ」

玉置は、末期の末期だと母から聞かされている父親が外見上のひどい痩せ方はあるにしても、言葉に力があるのに、少し意外な感じと安堵の気持ちも覚えた。と同時に父の、痛みはないという言葉は裏を返せば、医師が上手くモルヒネでも使って痛みをコントロールしているのではという雰囲気も感じ取っていた。何か証拠があったわけではないけれど、末期癌患者が痛みを覚えないはずがないし、その痛みは、単なる父親の強がりを越えたものであるはずだからだ。いくら人に弱みを見せないのが父親の美学であったとしても。

「充実しないというのはどういうことだ。思い通りに仕事ができないということなのか」

玉置はこの父親の言葉に戸惑いを覚えた。というのも、玉置の仕事のことにこんな踏み込んだ言い方をしたのは初めてのことだったからだ。今までは少なくとも玉置の仕事について父親はまったく無関心に見えていた。いや、無関心というより関心に値しないと考えていたかもしれない。

「そんなわけじゃないけど、広告を作る仕事というのは、金を出すのが広告主である以上いろいろ限界があるからね。若い頃はそんなことは気にならなかったんだけど、オレもいい年になったからね……」

「つまり、キミの思いどおりのものを作りたくなったってことか」

「うんまぁ、それが難しいことは知っているけど」

「オレも銀行でそれなりのところまでは行ったけど、自分の思うとおりに出来た仕事なんていくつもないよ。そうしたければ、自分の金で仕事をするしかないけど、キミもいまさらそんなことは出来ないだろうから、まぁ、今の仕事の中で、出来るだけいい仕事をすることだね」

玉置は、父親と初めてまともに親子の会話をした気がした。いよいよ父親が旅立つらしいというときになって初めて。

癌患者の見舞いにはおよそ相応しくない会話だが、親子なんだから、これも悪くないかと玉置は思った。そしてふと、これが父親の遺言という奴かなと、少ししんみりした気分になったけれど、父親の言うとおりであることも確かだった。死を目前にしても、理性的

にモノが言える父親に対して敬意のようなものを感じながら、玉置は、

「まあ、オレはオレなりにやって行きますよ。そんなことより、お父さん、先生たちのおっしゃることをよく聞いて、きちんと養生して、早く元気になって退院して下さい」

こんな風に言うのが精一杯だった。

「退院って、この俺が退院出来るわけがないじゃないか。気休めもいい加減にしてくれ。それよりも、俺が死んだ後くらい、ちゃんと墓参りしろよ」

ひとり息子がことごとく期待を裏切ったことを、死後のことにまで言及して嫌味を言っている父親に、いささか参ったといった気分になったが、それは気がつかないふりをして、母親がいないタイミングに、彼女の話を少しした。父の死後、母親をどうするかは極めて現実的なことだった。父親は、自分の死を前提に、母親はまだ元気だから、しばらく一人で勝手にさせたら良いという意味のことを話した。玉置は、相変わらず冷静な父親に感心しながらも、チラッと腕時計を見ると、部屋に来てから三十分近く経っている。そのとき突然病室がノックされて、看護婦が検温だと言って入ってきた。そのタイミングを逃さず玉置は、

「お父さん、またすぐ来るよ。今度はおふくろと一緒にね」

と言うと、父親は、何か質問している看護婦の方を向いたまま、「ああ」とだけ言った。

薬の受け渡しコーナーに駆けつけると、橋爪が待ち合いのベンチに座って、目を閉じて

いた。寝ていたのではなく、何か瞑想でもしている雰囲気だったが、玉置を認めると微笑んで、

「お父様はいかがでしたか」

と訊いた。

玉置が、本当の状態などは何も言わずに、意外と元気だったと答えると、彼女は明るい表情で受けた。けれども玉置が彼女の友達のことに触れると、少し顔に影が差して、友達の病状を簡単に説明した。友人は白血病で骨髄移植が望まれていたが、適合する人が見つからないで、仕方なく強力な抗癌剤で対応した。幸い彼女はその薬に反応する質だったのか、それほどひどい副作用もなく白血球の数もほとんど正常に戻り、寛解期を迎えてかなり光が見えていたのに、突然のごとく再び白血球の数が急激に増加してきたらしいというのだ。

「わたし、なんて言って慰めていいのか言葉が見つからなくて、本当は逃げるようにして病室から出てきたんです」

橋爪は、そんな自分を責めるような言い方をしてから、

「ごめんなさいね。玉置さんとはなんにも関係ない話をして。そうだ、病院から五分ぐらい歩いたところにちょっとお洒落な喫茶店がありますから、そこでも行きましょうか」

その病院の近辺には、玉置が時々訪れている大きな広告代理店がある関係で、その辺り

の地理には詳しかった。橋爪が言った喫茶店もすぐ見当がついたけれども、玉置は知らないふりをしていた。

二人は、晩秋の、街路樹のイチョウが色づき始めた歩道を黙ったまま、ゆっくり歩いた。橋爪の薄い化粧の匂いが玉置をくすぐった。

病院とオフィスしかないつまらない乾いた街の中に、オアシスのような存在として、その喫茶店はあった。出版社の二階にあるのだが、一般の人が自由に入れる。

「この前はとても楽しかったです。あたし学生なんですけど、エキストラのプロダクションに登録しているんです。役者になりたいなんて全然思ったこともないんですけど、時たまあんな仕事もやってみたいものですから」

玉置が訊きもしないのに、橋爪は改めて自己紹介のつもりか、座るとすぐそんな風に始めた。

「エキストラのプロダクションですか。それにしては台詞だってしっかりしゃべっていたし。驚いたな。僕はまた、ちゃんとした劇団から来た人だと思ってました」

「こういう仕事に呼ばれて台詞のある芝居をやらせていただいたのは初めてだったんで、ちょっとタレントさんになったみたいな気分になって浮かれてしまいました」

橋爪は思い出しては、屈託なく笑っていた。玉置は好奇心から、橋爪の学校のことを聞くと、驚いたことに医学生だった。友達の病状に触れたときに、「寛解期」という専門用語が飛び出したので、玉置は奇異に感じたのだったが、これで納得がいった。

「医学を勉強しているんなら、これからはあんな病院で働くようなことになるかも知れませんね」

玉置がそんなことを言うと、橋爪はその話題からは話を逸らしたいのか、玉置の質問には答えないで、

「私、CMがあんな風に丁寧に作られるなんて思ってもいなかったです。それに玉置さん、あっ、監督ってお呼びしなければいけないのかな、監督が役者さんから演技を引き出すときの技があまり見事なんで、見惚れてしまいました」

橋爪にはお愛想を言っている雰囲気は全然なく、心からそう思っているようだった。

「監督はやめてください。有名な映画監督ならそれでもいいかもしれないけど、CMの監督なんて現場だけの話ですよ。玉置と呼んで下さい」

玉置はとりあえずそう言うと、続けて、

「そう言っていただくと恥ずかしいけど、僕はただ、演じる人には褒めるに限ると思っているだけなんですけど。高名な舞台監督さんなんかで役者さんに怒鳴りまくっている人がいますけど、あれで役者がついていくなら大したもんですよ。少しでも信頼の糸が切れたら、いきなり爆発するでしょうからね。大変な信頼関係ですよね」

と言ったけれど、若い学生相手に結構ムキになっている自分を意識して少しおかしかっ

た。橋爪を目の前にして改めて見ると、若さからくる美しさだけではなく、また、ただ顔の造作の均衡がとれているというだけではなく、彼女の内面から出てくる何かが、美しさを倍増させているようだった。あえて言えば、頭の良さが美しさに置き代わっているとでも言えばいいか。玉置は内心穏やかならざるものを感じていた。

「医者になるのだったら、将来は何を専攻したいの」

玉置はまた話を彼女の学生生活に戻した。

「まだ国家試験までは二年ありますので何も決めてないんですけど、自分は近眼でだいぶ苦労したので、眼科でもと考えたことはあります。でもまだ何も決めていません」

橋爪の目が何か潤んでいるようだと思ったのは、コンタクトレンズのせいらしかった。

「そんなことより、私、またあんな仕事、お小遣い稼ぎにやってみたいです。お小遣い稼ぎなんて言い方失礼ですけど、本格的になんて才能も度胸もないし」

「たとえ才能があったって、本格的になんてやめた方がいいですよ。ロクなことがない。女医さんのほうがはるかにいいですよ」

「わたしってミーハーなのかしら、こんなこと言い出して。でも偶然玉置さんにお会いしたんですもの、これも、なにかの縁かもしれないし」

橋爪は半分冗談っぽく、おかしそうに話す。笑うと、何かの花束が笑ってでもいるように、周りの空気が微妙に明るくなる。

「まあ、いつかあなたに出ていただけるようなものがあれば声を掛けますよ。携帯番号を教えて下さい。悪用しませんから、心配御無用」

「あっ、そんな心配まったくしていません」

ひとこと言うと、橋爪は何か宣言でもするみたいに少し声を高くして番号を言った。そして、訊かれもしないのに、住所まで小さな紙切れに書いて玉置に渡した。千葉市に近い地名が書かれていた。自衛隊の駐屯地がある地名だったので、玉置はそのことを言うと、

「父親は防衛庁に勤めているんです。今は自衛隊の基地に勤務している関係で私たち家族も自衛隊の社宅にいるんです」

「そうか、君にチョッカイでも出したら大変なことになるな。大砲の弾が飛んでくるよな、きっと」

橋爪はまたおかしそうに笑うと、

「父は、あたしのことがやたら心配らしいです。専門は武器開発の技官ですから、お気をつけ遊ばして」

喫茶店に入って三十分ほどが経つと、橋爪は夕食の支度を手伝わなければならないと言ってから、

「玉置さんに申し上げたこと、冗談じゃないですから、きっとお声掛けて下さいね。ただし、当たり前ですけど、通行人程度のもので結構です。きっと日本で一番自然な通行人を

演じてみせますから」

最後にまた、冗談だか本気だか分からないようなことを言い残して橋爪は席を立った。

「ま、頭の片隅に入れておきましょう。それより、僕がジジイになって、目が見えなくなったらよろしくお願いしますよ」

玉置は、そんな嫌味ともつかないようなことを言い返して、その場はお開きとなった。玉置は、父親の見舞いに行く前の重苦しい気持ちが、このところ彼の頭を占拠していた風邪薬のCMの撮影に参加したエキストラに出会ったことによって晴れたことが、単なる偶然以上の何かを感じて、ちょっぴり幸せな気分だった。もちろん、橋爪の美貌も力あってのことだったけれど。

三

どんなに美しいピアノの調べも、あまり何度も聞かされると苦痛になる。ましてや、複雑な指の動きを習熟するための退屈な練習曲を聞かされるのは、もっと苦痛。将来音楽大学に進学するためには、まだ中学生といえども半端ではない練習をしなければならない、たとえ才能に恵まれていたとしても。

冴子は、自分のこれからの方向を決めかねているのか、ピアノにまだ未練があるのか、学校から四時頃帰ってきてからというものずっとピアノを弾き続けている。玉置は、久し振りの何も予定が入っていない平日。疲れていてどこかに外出する気にもならないが、単調な練習曲を聴いているのも辛い。そうかといって止めろというわけにもいかない。サイレンサー付きのピアノを買ってやらなければ、高くても。これからの長い年月を考えればそんなこと大したことではないと玉置は考えた。

夕食後、玉置は妻のいる前で冴子に、

「冴子、音楽学校に行く希望まだ捨ててないのか。この頃また練習に熱が入ってるみたいだな。ピアノの先生はなんて言ってるんだ」

冴子は父親から急に改まって大切なことを聞かれたので、驚いたように目を大きく開いて母親の顔を見ている。

「冴子、お母さんはね、こう思うの、始めたことを止めるのは良くないと思うのよ。途中で止めるんだったら、今までやってきたことがなんだったたんだってことになるじゃない。それにこれからは、まあ、男だってそうだけど、何も持っていない女は生きていけない時代になるしね」

淑江は、少し脅迫めいた言い方で、冴子を諭している。

「淑江、そういう出口を塞ぐ言い方は良くないよ。なぁ、冴子。お父さんは、キミが、音楽学校に進むのはとてもいいと思っているが、進まなくても、まだ若いんだからいろいろな道が他にもあると思うんだ。昔みたいに、女は嫁に行けばそれで終わりという時代じゃないから、もちろん、お母さんが言うように手に職が付くことは大切だ。だけど、まぁキミが本当に好きだと思う道に進めばいい。ピアノが心から好きなのなら、もちろん続けることだ」

淑江は、玉置の言葉には不満があるらしく、

「あなたの言うことも分かるけど、それは理想論よ。始めたものを全うしなさい、冴子」

と、母親として極めて真っ当なことを言った。

両親に突然のごとく将来の進路の選択を迫られて、冴子は戸惑った様子だ。

「何よ、一体どうしたの、いきなり。あたしはまだ中学生よ。音楽大学に行くかどうかなんてなんにも考えてないわ。ピアノは楽しいからやってるだけ。先生もとっても優しい人だし。だけどさ、あたし、ピアノやっててね、つくづく思うんだけどさ、とんでもない上手い子が来るのよ、先生のところに。あたしがひと月めちゃめちゃに練習してやっと弾けるようになった曲、譜を初めて見て、どこも間違えないで弾いちゃうの、まだ小学生なのに。そんな子と競争してもしょうがないからなぁ」

「なに言ってるのよ。二十歳過ぎればただの人っていってね、そんな子は急に伸びが止まって、地道に練習してきた子が結局は勝つのよ。そんな子をうらやましがるんじゃないの」

淑江は、玉置が心配していたとおりのことが、娘の口から出てきたことに慌てて、力を込めて言った。

「ほら、俺が言ったとおりだろ。音楽の世界なんてそんなもんだよ。だけどその子が、ピアニストとして大成する保証なんかどこにもないよ。確かに淑江の言うとおり二十歳過ぎればただの人かもしれないけれど、まあ、俺に言わせたらいくら練習したって、そんな子に敵いっこないってのも、本当のところなんだよな」

「あたしさ、あたしはあたしって気持ちで、楽しみながらやればいいかなぁーって思ってるの。好きな歌弾ければ気持ちいいじゃん」

玉置は、なあんだと思った。心配することなんかどこにもない。いつかの晩、玉置が妻に言ったと同じことが中学生の冴子の口から出ているではないか。

「淑江、俺たちが心配することなんかどこにもないな。冴子の言うとおりだ」

「冴子ね、おばぁちゃん、音楽大学出だから、あの歳であんなにピアノを楽しめるのよ。ただのんべんだらりと弾いてたって、楽しむまでもいかないわよ。お母さんだって、あなたにコンサートピアニストになってくれなんて言ってないわ。お父さんは、音楽のことなんか何も知らないから、ちょこちょこやってれば何でも弾けるようになるなんて思ってるかもしれないけど」

淑江は姑のことまで持ち出して、まだ娘の音楽大学への道を確保しようとしていた。

親子がそんな話をしていると、つけ放しにされていたテレビ画面が、北朝鮮からの拉致家族の話題を流していた。一国の首相がかの国に出掛けたのはいいが、拉致家族の期待に添えなかったことで、家族が声を荒らげて首相を責めている、そんな画像だ。玉置は娘と話しながらも、チラッとテレビに眼をやった。自分の家族とはあまりにも隔たったもう一つの家族の姿に、玉置は対岸の火事でも見るように、一瞬、興味本位な心証にとらわれたが、それにしても、家族に叱られているのが首相ということにも違和感を覚えた。これが一国の頭領のすることだろうかと。国民への機嫌取りにもほどがあると。

淑江は、よそ見している玉置にもっと真剣になるようにと、厳しい声を出している。

「あなた、テレビなんか見てる場合じゃないでしょっ。消して下さい。娘の一生が決まるかもしれない話をしているのに」

淑江は、話を飛躍させて夫を叱る。玉置はばかばかしくて怒る気にもならなかった。

玉置の上着の内ポケットの中で携帯が鳴っている。汐留にある大きな広告代理店〝伝統通信〟の会議室。風邪薬の仕事をくれたのもこの代理店だったし、橋爪とお茶をしたのもこの伝統通信の近くの喫茶店だった。

営業部員が部長以下五人ほど出席している。玉置に仕事全体の大まかなレクチャーをしてくれている。

その前日、突然入ってきた鉄道会社のCMのプランニングの仕事。その鉄道会社が、若者向けに安い全国周遊切符を出す。伝統通信は鉄道会社に、その周遊切符のお知らせのコマーシャルを作ってくれるように提案したいのだが、企画から手伝ってほしいという趣旨だった。依頼してきたのは、その伝統通信の一面識もない三十歳くらいの営業部員、田内輝夫。

ひょんなことから、玉置の作品集を手に入れて、

「大好きなんです。ああいう軽いタッチ。大袈裟なCMが多い中で、何か無責任に作っているみたいで、実は人の心に食い込んでくるんですよ。ああいうのが」

田内の玉置に対する惚れ込みようは大変なものだった。

「有り難いお話ですが、僕にそんな大役が務まりますでしょうか。あとで上司の方から、あなたが大変なお叱りを受けるなんてことにならなければいいですけど」

玉置は一応そんな言い方をしたが、もちろん断るつもりは微塵もなかった。もらえる仕事は全部やる。稼げるときは思い切り稼ぐ。これが玉置の基本方針だ。もっとも、フリーならば誰でも似たようなものであろうが。

玉置は、慌てて呼び出し音を切断した。しかし切る寸前に相手だけは確認している。

「電源を切ったつもりでいたのに、ミスってしまい、失礼いたしました」

玉置はそんな風に弁解しながらも、あいつ、こんなときに電話してきて……と、間の悪

さに多少の腹立ちも覚えて、ミギョンの顔を思い浮かべていた。

「電話は必ず六時過ぎてからにしろって、言っただろ」

代理店を出ると、玉置はミギョンに電話した。

「だってママがさ、今日の誕生日祝いの客の数を正確に調べろなんて急に電話してくるんだもん」

実に流暢な日本語だ。注意して聞かなければ、誰だって彼女のことを日本人だと思ってしまう。ピョン・ミギョン、漢字で書けば、辺美京。釜山から出稼ぎに来て、麻布にある韓国人が経営するスナックでホステスとして働いている二十七歳の女性だ。日本語は、上野にある日本語学校で学んだという。来日して三年。つまり、僅か三年で日本人と思われるほどの日本語を身に付けたということになる。彼女に言わせれば、

「あたし、語学の才能なんてまるでないよ。高校のとき、それもロクでもない高校で、英語の成績、ほとんどビリだった。言葉なんて使えば嫌でも覚えるわよ、毎日酔っ払い相手に。難しいことなんかいらないんだから。客の言うことなんか、おい、いつやらせてくれるんだ。それしかないし、あたしは、考えとくわって言えばいいんだから」

玉置は言葉は全然駄目だ。外国語を使う機会もなかったけれど、覚えようという意欲もなかった。

「おれ、ママの誕生パーティとやらに行かなきゃいけないかなぁ。今日、急に新しい仕事

が入ってさぁ」

「なに言ってんのよ。あたしの顔も考えてよ。仕事なんて明日だって出来るでしょ。あなたはいつも肝心なときに、逃げるんだから」

電話で話すことでもなさそうだったから、とりあえず夕方、彼女の働く店の近くで飯でも食おうということで、電話を切った。

母親に言われるようなことをミギョンにまで言われて、玉置は少したじろいだ。

玉置は酒は好きではないが、まあ飲める。しかし居酒屋はともかく、いわゆるホステスのいる飲み屋の類にはプロダクション勤務時代から、行く機会はまったくなかった。近寄らなかったと言ってもいい。それが、コンピュータ関連の会社を立ち上げてやたらに景気の良かった大学時代の親友に初めて連れて行かれた麻布のスナックで、ミギョンと出会った。

地下鉄の駅を降りて、東麻布の裏通りを、約束した寿司屋まで歩く玉置の体の芯まで、深まっていく秋の風が染み透るように気持ち良く吹き抜けていく。オリエンテーションを受けたばかりの鉄道会社の仕事のことがチラッと頭をかすめたが、ひとまず忘れることにした。

寿司屋のカウンターの奥の方にミギョンは出勤着姿で座っていた。

「こないださ、会社にママの名前で、誕生日パーティの招待状ってのが来たんだけどさ、あれはまずいよ。招待って言葉は日本ではタダですっていう意味なんだよ。タダ、つまり無料ってこと。けどさ、ママはタダで飲んでもらおうなんて、夢にも思ってないだろ。あの手紙もらった客は、誕生日だから、ママが太っ腹になって、ただで飲ましてくれるんだと思って、ワンサカ押しかけてくると思うんだよ」

「えっ、ホントなの。韓国語じゃ、招待って言葉にタダなんて意味はどこにも入ってない。ただ、いらっしゃいということを丁寧に言っているだけなの」

ミギョンは美人ではないが、日本人とは全然違う大陸的な愛くるしい顔の、ただでさえ大きな瞳をさらに大きく開いてそう説明すると、さらに、

「それに、そんなこと言ったって、今日の今日ですものね、もう間に合わないわ。あのママがタダにするわけないから、せめてビールくらいサービスさせるように言うわ」

と言ってから、また話を戻した。

「三十分でもいいのよ、顔だけ出してくれれば。あたしとこうやって食事してるだけでも、一時間が過ぎてしまうでしょ。もし来ないっていうんなら、もう死ぬまで来なくていいから」

「はいはい、そんなにママが大事なんだ。分かりました」

「当たり前でしょ。風来坊のあたしを、こうやって面倒見てくれてるんだから。他に誰がこんなことしてくれるの。この店は同伴もなければ、売上げのためにお酒飲む必要もないし、ましてや、客と寝るなんてことは夢にも考えなくていい。危ない店がほとんどだというのにね。だから、ママはあたしのお母さんみたいな人」

「それは知ってるよ。オレ、外国人が働く飲み屋って他に全然知らないけど、なんとなく想像はつくんだ。ミギョンの言うとおりだって」

寿司屋を出てから店に顔を出して、なるべく早く退散して、家で今日の仕事を整理しなくちゃ。玉置は今日に限って余裕のない自分を訝しく思っていた。この仕事は結構大事だぞ。そんな声が玉置に聞こえていた。

知り合って一年ほどになるのに、玉置はミギョンがどんな女なのか全然知らない。だいたい外国人で、しかも飲み屋で働いている女のすべてを知れるわけもないけれど。ただ、時々食事を共にするようになって、一度だけミギョンのある言葉を聞いてから、玉置はこの女は信用できると思っている。それは、ある意味で玉置が今までに知ったどの〝カタギ〟の女よりも。そして、その言葉は時として何の脈絡もなしに、玉置の頭の中にふと浮かんでくることがあった……。

伝統通信に玉置が提案した鉄道会社の若者用周遊キップのCM案は、たった一度のプレゼンテーションで思いがけなく簡単に採用された。

玉置は、伝統通信の若い社員、田内輝夫が期待したような、やや軽めの自分のタッチとは全然違う思い切り古いテーストの方法を提案したのだ。伝統通信の社内では、玉置が提案したものに賛否両論あって、彼を推薦してくれた田内は苦境に立たされたこともあったようだし、彼の思惑ともだいぶ違ったようだったけれど、最後まで玉置をきっちりとサポートしてくれた。

それは簡単に言えば、独り旅の提案だった。こういう安価な周遊券が出れば、鉄道会社の商売とも相俟って、若者ならではの、ワイワイガヤガヤのグループ旅をリズミカルな曲と合わせて提案するのが常套だろう。それをあえて独り旅の提案にしたのだから、賛否両論も仕方なかったかもしれない。

「若いときこそ独り旅ですよ。いや、現実は仲間たちで旅するかもしれないけれど、独り旅なんて出来るのは若いときだけです。現実とは違っても、ひとり旅ってのが旅の象徴です。ひと昔前の歌や詩なんか、皆独り旅じゃないですか。牧水だって、琢木だって、賢治だって。時代が違うってお思いかもしれないけど、青春の心象風景って、永遠に変わらないですよ。これからも」

玉置は、鉄道会社の幹部たちを前に、プレゼンテーション演説を続ける。

「安くて便利な切符が出れば、若者たちの旅心は当然揺さぶられます。泊まる所なんかどこにもありますよ。若者たちは寝られればどこでもいいんですから。安い海外キップが当面の敵ですが、若者たちが、自分の眼で自分が生を受けた国を見たくなるようなそんなCMを作りましょう」

玉置の説得は、幹部たちの心になんとか喰い込んだようであった。

玉置が提案したストーリーの一つは、こんな風だ。

デイバッグを身につけた若者が独り、闇の中を疾走する夜汽車のデッキに腰掛けている。汽車の赤いテールランプが夜霧の中でにじんでいて、ロマンティックな気分を醸し出している。若者はハモニカをくわえて、フォスターの〝金髪のジェニー〟を吹いている。汽車の疾走とともに、若者の姿は闇の中に消えていく。ただそれだけの画である。若者の姿が消えると、大きな文字で、〝キミにしか見えない日本を見て来い〟というスーパーが浮かんで、三十秒のCMは終わる。

古いといえば物凄く古い。だいだい今の電車にデッキなんかないし、今時、フォスターもないだろう。しかし逆にいえば、このCM、古いも新しいもない。時代が変わっても変わらない旅の魅力《シズル》を表現しているにすぎないとも言えた。そんなところが、鉄道会社の幹部連中の心をくすぐったに違いなかった。

玉置が提案した他の何案かも選ばれて、まもなく撮影される運びとなった。他の案も、若者の独り旅を少しノスタルジックに描いているもので、最後は、〝君にしか見えない日本を見て来い〃という同じコピーで締めくくられていた。

若者役に有名タレントなんか使う必要はまったくないし、そんな予算もない。ストーリーによっては女の子も必要だ。

玉置の頭の中には企画中から橋爪の顔が浮かんでいた。彼女のスケジュールさえ空いていたら、オーディションなんかわざわざする必要もないし、プロでなければ出来ないような複雑な内面を演じるようなシチュエーションもない。

何日かして、撮影のスケジュールが決まると、いつか教えてもらった携帯番号に電話してみた。留守電になっていたが、三十分ほどしてかかってきた。

「授業だったので、出られなくて申し訳ありません。その後お父様のお加減はいかがですか」

玉置は、またしばらく父親のところに行っていないなと思いながら、なんとか今のところは大丈夫ですという当たり障りのない返事をしてから、仕事の話をしてみた。

「うわっ、嬉しいです。大事な授業とぶつかると難しいですけど、とりあえずお話だけでも聞かせて下さい」

橋爪がそんな風に言ったので、例の喫茶店で翌日夕方に落ち合うことにした。この前は病院で偶然に会っただけのことだったから、お茶をしたとはいっても、仕事があったら電話をくださいと言ったのも、社交辞令の延長にすぎなかったかもしれないという危惧を玉置は抱いていた。もっと言えば、電話をした玉置をすぐには思い出せないというような。

喫茶店で会った橋爪は、輝くように美しかった。いや、玉置にはそう感じられた。顔だけではなく、体全体から何かオーラのようなものが放射されているように。

玉置は、早速鉄道会社の仕事について詳しく話し出そうとした。しかし彼女は、その話にはあまり興味を持てないようで、何か別のことでも考えている顔つきだった。と、突然、何か思いつめた表情で、唇を突き出すようにして言った。

「あの……私、CMに出るお話は、お断りするつもりできました」

なんだ、やっぱり悪い予感が当たった、と玉置は思った。女医さんになるような出来のいい、しかも美しい女が、そんなにヒョイヒョイとこういう話に乗ってくるはずもない。玉置はそう考えて、

「わざわざ出てこられなくても電話で結構でしたのに。申し訳ないですね。貴重な時間を」

と、少し鼻白んで言った。すると彼女はまた、先程の思いつめた表情に返ると、少し顔を赤らめて、意外なことを言い出した。

「思い切って言います。私、この前、電話番号お教えしたのは、CMに出たいからではなくて、お教えすれば、また電話を頂けると思ったからです」

玉置は、橋爪の顔を初めて正面からきちっと見つめた。何を言い出したのかと訝る反面、

密かに期待していたことが、現実に移っていることが眩しかった。

「嘘ついて御免なさい。お小遣い稼ぎのためにエキストラのプロダクションに登録しているのは事実ですが、わたし、CMに出ることなんか、全然興味ないと言ってもいいです。この前の五反田でのお仕事も、たまたま授業がない日だったので引き受けた、ただのアルバイトでした。別にCMでなくても何でもよかったんです。だけど、CMのお仕事でお電話を頂けなければ、もう玉置さんとはお会い出来なかったですものね。まだ二回しかお目にかかっていない玉置さんにこんなことを申し上げたら、さぞかし驚かれると思うんですが、わたしって、自分の感情には正直でありたいと思ってる人間です」

惚れられてしまった、こんな若い女に。玉置は不思議な想いだった。好き嫌いに理屈はないというものの、どうしてこんな綺麗な若き女医の卵が、中年のCM屋の俺に……。玉置はそう思いながらも、橋爪の一言一言が、なんとも言えず心地好かった。男の本性とでも言えばいいか。

「キミの気持ち、すごく有り難いけれど、なにしろいきなりだから、ちょっと面食らってる」

「それはそうですよね。いきなりで御免なさい。ご迷惑ですよね、奥さんもお子さんもおありだと思いますから」

「そんなことは、どうでもいいけど」

「わたし、男の人好きになると、その人に奥さんがいようが、お子さんが何人いようがそんなこと関係なくなってしまうんです。とんでもない女ですよね」

「また、なんで僕なんですか、若いお友達がいっぱいいいるでしょうに。お医者様になる優秀な若い人たちが。それをまた、モノ好きに」

玉置は、橋爪のストレートな物言いに当惑しながら、

「橋爪さんのお気持ちは有り難くいただくとして、電話でチラッと話したように、鉄道会社のコマーシャルに出ていただこうかな、あなたはCMなんて興味ないと言うけれど、まぁ、風邪薬のときみたいにアルバイトとして気楽にね。これは僕のほうからの告白さ」

そもそも橋爪を思い描いて企画をしたのだから、ああそうですか、コマーシャルはお嫌いですかで引き下がるわけにはいかない。予定外の告白までされてしまったというのに。

「玉置さんがそうおっしゃるなら、スケジュールが合えば、そうしなければいけませんよね」

橋爪は、そうおかしそうに言ってから、

「あーあ、今日はなんだかすっきりしたわ。明日から解剖の実習で結構きついので、今日は失礼しますすね。携帯番号教えて下さい、楽になったらすぐご連絡します」

と、あっけらかんとして席を離れた。

玉置も後を追うように喫茶店を出た。その日は玉置が初めて寒いと思った日で、間違い

なく冬がそこまでやってきているのを肌がきちんと感じとっていた。まさか橋爪にほれられていたとは。玉置は決まりが悪いような、くすぐったいような、あるいは、若い女にからかわれているのではないかといった、何か納得のできない座り心地の悪い心持ちのまま、そのまま家に帰る気持ちにもなれずに、どこかで何か軽く食って飲みにでも行くかと、銀座の街角をぶらぶらさまよった。

四

母親から電話が来た。父親の状態が芳しくないという知らせだ。玉置の妻は、玉置に代わって見舞いに行っているのでそのことは知っている。でも、玉置は偶然、橋爪に会ったとき以来、病院には行っていない。そのひと月ほどの間に、もともと末期の状態だった父親の症状はかなり進んだに違いなかった。玉置が父親という太陽の引力圏から完全な意味で離脱できる日は近いということだ。

「お父さんの意識があるうちにね。分からなくなってから行っても仕方ないでしょ。一人息子なんだから、それぐらいのことが出来ないはずないわよね」

母親は、玉置を静かに責めていた。しばらく忘れていた玉置のささくれ立った感情が再び目覚めた。

「分かってるけど、ここんところ目茶苦茶でね、うん……、行くよ、行く」

「あなたの仕事のことは分からないけど、ちょっと見舞いに行く時間ぐらい作れるはずです。要は、あなたの心の問題」

母親はそんな言い方をして電話を切った。

「あなた、まさか、お母さんから電話頂いたのに、お父さんのところに行かないというんじゃないでしょうね、嫁のあたしの立場も考えてよ」

淑江や母親に最後通牒を突き付けられても、玉置はなんとか父親のところに行かないで済む方法はないかと考えていた。

互いにその存在を極端なまでに煙たがりながらも、血という面倒臭いことこの上ない絆で結ばれた、親子関係。

たとえ相手がどんな危機に瀕していようと、見舞いに行くということは、玉置にとって、とんでもなく生臭い、ひどく恥ずかしい、なんとしても避けたい行為なのであった。玉置の回りの人間からすれば、それが途方もない親不孝だったとしても。

それに、俺はもう何度か見舞いには行っている。たったそれだけと言われようと、死に直面している父親に会って、自分の思いは伝えたのだ。たとえそれがまったく伝わらなかったとしても。母親や妻の言うことに従って父親の見舞いに行ったところで、意識があるかないかも分からない父親に言うことなどないではないか。それとも見舞いに行って、父親に向かって安らかに天国に行って下さいとでも言うのか、あの世などまるで信じていないこの俺が。

玉置はそんなことを思いながらも、母親や妻に対する言い訳も考えていた。見舞いを逃れる方法は二つしかないぞと、玉置は思った。急に海外へ行く仕事を作るか、自分が病人になるかだ。

鉄道会社の仕事のほかにも、五つほど仕事が決まっている。そのなかに海外ロケの仕事は残念ながらない。それにいくら熱を計ったところで熱のねの字もない。健康そのものだ。

「鉄道会社の仕事が一段落したら、親父のところにすぐ行くよ。面倒臭くて行かないわけじゃないんだ。今の仕事はそれぐらい俺にとって大事なんだよ」

「あたしが癌になっても、あなた、病院には来てくれそうもないわね。大事な仕事が入るから」

淑江は、そんな皮肉を言った。

玉置は、自分に分がないことを承知しているから、あえて淑江には反論しないで、急に冴子の話題に振った。淑江の詰問を避けるには、とりあえず娘のことを持ち出すしかない。

風邪薬コルレオーネのCMがテレビで放映されるとすぐ話題になった。川上栄一が新しいキャラクターを伴って登場したこともあって、週刊誌のコラムなどでも取り上げられた。

社長の山中はいたくご機嫌らしく、玉置にも、関口を通じて会食の誘いがあったが、多忙を理由に断った。山中の慇懃無礼な話を聞くのも面倒臭かったが、多忙も事実だった。鉄道会社の仕事の後に五つほどの仕事が待っている。それらの仕事は一つひとつ独立しているわけではなく、スケジュールは重なりあって錯綜している。携帯は五分も静かにしていない。携帯のなかった時代が玉置は懐かしかった。なくてもなんとかやっていたのだ。

また携帯が鳴った。ＩＴ関連のＣＭの仕事の打ち合わせのために、伝統通信とはライバル関係にある広告代理店、多報堂に向かう途中の路上。加藤真理子の声。フリーのコピーライター、三十一歳。といっても仕事相手ではない、昔は仕事相手だったときもあったが。

「えっ、今日、無理言わないでよ。今日は無理、無理」

「だからさ、今日は、これから多報堂行って仕事のオリエン聞いてから、別の仕事の撮影打ち合わせで美術の人と渋谷の喫茶店でセットの話してさ、それから大泉のスタジオまで、明日の撮影の下見に行って、帰ってきてから、あさって伝統通信に出さなきゃいけないお菓子屋さんのＣＭの企画まとめなきゃならないんだよ。徹夜も徹夜、君と会ってる時間なんてどこにもありゃしない」

「えっ、えーっ、ないって、何がぁ。えっー、ほんと、脅かさないでよ。うそだろ、そんなぁ」

「わかった、わかった、あさって、なんとか時間作るからさー、飯は無理だよ」

玉置は、自分が路上にいるのも忘れて、思わず大声で叫んだ。道行く人が何事かと玉置を見つめた。

いきなり、真理子に妊娠したと言われて、玉置は仰天した。妻の顔もミギョンのそれも、橋爪の顔さえ浮かぶ。その他にまだもう一人、玉置には浮かぶ顔がいる。

それには気をつけているはずなのに、なんでまたと、玉置は二か月ほど前の真理子との、刹那的なアバンチュールを後悔を込めて思い返した。

「あたしって、最初から玉置さんの遊び相手だったのよ。たった一度だけ、仕事手伝わせてもらったけど、あのときから玉置さん、あたしの体ばかりジロジロ眺めて、あたしが徹夜して書いてきたコピーなんてろくろく見ていなかったもんね」

「まあ、そう言うなよ。俺がお前を指名したというならそう言われても仕方がないけど、伝統通信の中田さんの紹介だもの、断れなかったんだよ」

「いきなり都合のいいときだけ電話してきてさ。普段はまるで赤の他人って態度」

父親の見舞いをした日、つまり橋爪に偶然病院で遭遇してお茶を飲んだ後、玉置は真理子に電話して、新橋のレストランに呼び出した。そのまま帰宅するのはなんとなく物足りなくて。

真理子は、時々思い出したように突然電話してくる玉置にそんな嫌味を言った。

「突然っていうけど、男と女の出会いなんて、みんな突然だぜ。この忙しさのなかで、俺が突然思い出す女なんてお前しかいないってことだよ」

玉置は、防戦一方である自分を意識していた。ここで言い負けたら、真理子の言い分どおり、本当に真理子は自分の遊び相手でしかなくなってしまう。真理子はイザベル・アジャーニ似の美人だし、コピーライターとしてきちんとしたセンスを持っているし、有名ディレクターと寝ることを誇りにするほど馬鹿な女でもない。気の強そうな裏に女の優しさも持っているなかなか〝いい〟女だ。玉置は、真理子も簡単には失いたくなかった。

「なに言ってるのよ。この頃、玉置さんが時々行ってる桃とかいう飲み屋に誰か可愛い子でもいるんじゃないの」

「なんでそんな飲み屋知ってるんだよ」

「玉置さんがタバコ吸うときのライター見れば分かるわよ。あたしが会うときは、必ず決まってスナック桃って名前入りのライター」

「まったく、女ってどこ見てるかわかりゃしない。俺はヘビースモカーじゃないから、いつまでも同じライターが残ってるんだよ。桃なんて飲み屋、真理子にいわれなきゃ、思い出しもしない」

と言っている玉置に、ミギョンの顔が思い切りアップで迫っていた。

「まぁ、そういうことにしときましょっ」

仕事から見舞い、橋爪との出会いと、相当疲れているはずなのに、玉置は不思議と疲れは感じなかった。ワインをすでに五杯ほど飲んでいたが、まだまだいくらでも飲めそうだった。真理子はもっぱらビールを飲んでいる。

「俺のことより、近頃仕事のほうはどうなんだよ」

「まぁまぁね。伝統通信に結構、贔屓にしてくれる人が何人かいるのよ。その人たちの仕事だけでなんとか食べていけるわよ。あなたが私と仕事が出来なくなるようなことをしてくれていなかったら、もう少し贅沢させてもらえただろうけどなぁ」

「おいおい、どういう意味だよ。責任は真理子の方が遥かに重いと思うけどなぁ」

「これからは代理店から仕事が来たら、名刺交換のときにコピーライターの加藤真理子と申します。有名CMディレクター、玉置大輔の女でございます、とでも言おうかしら」

真理子はそんな言い方で、その夜も玉置を誘惑した。玉置の言うとおり、確かに二人がベッドを共にする前には、玉置の欲望を刺激する、遠回しの誘いが加藤真理子からあるのだった。小一時間ほどつまらない痴話バナシをしてから、当たり前のようにホテルを目指した。

確かにあの夜は不用意だったなと、玉置は困惑しながら振り返った。もう多報堂のビルが目の前に迫っている。玉置は、とりあえず真理子に会うまでこの件は忘れて仕事に集中しようと思ったが、そんなに簡単に切り替えられそうにもないことも確かだった。

鉄道会社のCM撮影が、それから二週間ほどした師走の初旬に行われた。もうすっかり冬であった。寒風吹き荒ぶなかを、自分を探すために旅に出る若者……といったイメージの、若者たちの貧乏旅行のシズルを追った古風な企画は鉄道会社で大好評だった。

男の子篇は、夜汽車のデッキに乗ったハーモニカ少年の独り旅。女の子篇は、女の子の独り旅イメージは危ないという鉄道会社内の意見を玉置がやや強引に押し切って、どこかの山村の小さな無人のプラットホームで、バッグを背負って独りたたずんで、夕焼けに染められた空を見上げながら恋歌を口ずさんでいる少女……という、二つとも、嫌になるほど見事に古くて、叙情的なものであった。

撮影は、二日にわたって行われた。山形のローカル線がロケ地に選ばれて、一日目の夕方から少年篇が撮影された。幸い快晴だった。

少年は、有名会社のCMということで、三百人も集まったオーディションで選ばれた高校生だった。彼の表情や話し方に、なにか意思の強さのようなものが窺えるというのが、選定の理由だった。ローカル線とはいえ、実際の運行を縫っての撮影で、撮影のタイミングが思うように運ばないうえに、初冬の北国での夜のロケである。寒くないわけがない。スタッフの息が、まるでひと昔前の蒸気機関車を連想させるように、白い煙となって吐き出されていた。

普段なら相当に苛々させられたはずであったが、玉置はこの撮影に限っては、そんなシチュエーションにもかかわらず楽しかった。

久し振りに田舎の空気を吸えたせいもあったし、製薬会社の仕事とは違って、撮影に同行してくれた鉄道会社の人たちが、ビジネスの相手という緊張感はなく、友達のように玉置に接してくれたこともあった。しかし、なんといっても玉置を楽しくさせていたのは、橋爪の存在だった。CMに主役で出るなんてとんでもないと尻込みした橋爪を、二人で気軽に旅に出ましょうといったノリで強引に女の子篇のモデルに決め、鉄道会社も説得してロケに連れてきたこと。そのことがこの仕事を楽しくさせていたことは、二人にとって、公私混同の秘密の楽しみでもあった。そしてその〝楽しみ〟の大きさは、玉置よりもむしろ橋爪のほうが大きかったといえた。CMに主役で出る気恥ずかしさよりも、ひと目惚れした玉置の側にいられる幸せが、こんな形でやってきたことに、神様にでも感謝したいような心持ちであった。たとえ相手に妻や娘がいようとも。

橋爪はもう少女とはいえない年齢であったが、二十ちょっと過ぎなら、商品上は問題ないと言えた。玉置は自分でもその強引さは意識していたが、鉄道会社のほうからも異論は出なかった。鉄道会社が、玉置や、ましてや橋爪の心の中を知るはずもなかったし。

しかしこの幸せなはずの仕事でも、風邪薬の撮影のとき同様、仕事とは関係のない煩わしい声が玉置に聞こえて来ていた。

〝言いにくいんだけどさ、あったのよ。別に玉置さんを脅かすつもりは本当になかったの。あたしって、今までホントに規則的に来ていたの。ひと月飛ばしなんて初めてのこと。だからあたし、もうてっきりデキちゃったと思って……〟

モデルを乗せた列車が、すっかり暮れ切って、はるかに遠く出羽山系の山の端が微かに光って見える彼方を目指して、暗いホームを離れようとしている。玉置が〝スタート〟とカメラマンに声を掛けると、どでかいアリフレックス35ミリムービーカメラがシャリシャリと音をたてて回り始める。と同時に照明も一斉に点灯され、普段なら漆黒の闇に近い何もない夜のローカル線のホームが、なにかそこだけ、天からお祭りでも降ってきたように、一瞬の華やぎが訪れる。

列車はテールランプを灯しながら、闇の中に消えていこうとする。列車最後部のデッキにいるナップザック姿の少年は一人静かにハーモニカを吹き始める。そんな少し湿った叙情的な光景が繰り返し撮影される。というのも、一回だけの撮影ですべてが上手くいくということは普通はないので、列車は撮影する分の時間だけ走ると次のテークを取るために引き返してくるからだ。

単線なので、実際の運行で走ってくる列車を避けるために、ホームの反対側で列車の通過を待たなければならないこともある。作業はなかなかスムーズには運ばない。

スタートと自分で声を掛け、カメラも照明も始動したというのに、玉置にはあの日のトラブルの声が聞こえている。

〝真理子ねえ、今の俺をどう考えてるんだよ。真理子の一昨日の電話で、俺が家庭のことや、仕事のことでどれだけ悩んだと思ってるんだよ。俺は今しか稼げないんだからさ、その辺のこともちゃんと考えて付き合ってくれよ。大体あの夜だって、今日は絶対大丈夫って言うからさ……〟

〝あなたって自分のことしか考えられない人なのね。前から分かってはいたけど、玉置さんのケチと病的な自己中心はね〟

〝もう、お前とは死ぬまで会わねぇから、早く俺の前から消えてくれよ〟

真理子の呼び出しで出て行った新橋の喫茶店で、仇にでもに会ったような、まるで大人気ない喧嘩だった。全面的に玉置が悪い。しかも、もはや修復不可能な言葉のやり取りである。橋爪がこの言葉の投げつけあいを聞いていたとしたら、どう思っただろう。それでも玉置が好きだといったら、これもまた病気というしかないか。

嫌な声をなんとかかき消しながら、玉置は列車がホームに戻って来たのを見届けて、改めて〝スタート〟の声を掛けようとしたが、心ここになかった玉置としては、今の状況をろくに見ていなかったから、監督として次のテークへの指示が出せない。玉置はいい加減にモデルの少年に向かって、

「今のも悪くはなかったけどね、佐藤君、ハモニカの持ちかたさ、もう少し手に力を入れてさ、もっと万感の思いを込めた表情で吹いてほしいんだよ」

少年は、快活に〝はい〟と答えた。まさか今のは見ていなかったとは言えない、口が裂けても。

橋爪もスタッフに混じって撮影を見ているはずだ。少女編は翌日に撮られる予定だったから、〝明日のために勉強させて下さい〟とか言って、撮影スタッフの中に紛れ込んだのだ。

それにしても寒かった。まだ真冬とは言えなかったが、その日は弱いとはいえ風があったから、北国の初冬の風が、遮るもののないホームに向けてまともに吹きつけていた。昼間ならまだしも、夜である。

玉置や撮影の技術スタッフたちのために、仕事に邪魔にならない場所に焚き火が用意された。東京から出張してきた伝統通信や鉄道会社の宣伝部の人も寒がったが、地元の人たちは寒がらなかった。

「こんなの、まだ寒いとはいぇねぇ。一月の終わりにでもなったら、こんな時間にこんな所に長々といたら、そのまま人間の形をした氷の出来上がりだ」

地元の鉄道員は愛想はないが、どこか暖かさのある山形弁でそんなことを言った。

実際に運行されている列車の関係で、やむなく取られた休憩時間もはさんで四時間ほどで撮影は終了した。十一時になっていた。

玉置は、自分が想定していたとおりの世界が再現されたと思った。何よりもロケ場所の選定の勝利だと感じた。

宿に帰る途中、東京から出張してきた伝統通信の若者、田内輝夫が、これもまた出張組みの、鉄道会社の宣伝部員飯山武雄と玉置の三人で、そのローカル駅の前に広がる小さな町の居酒屋で、ちょっと体を暖めるためという口実で一杯やって行こうと言った。こんな田舎町で、そんなに遅くまで居酒屋が営業しているものかなと玉置は訝ったが、田内が撮影前に寄って話をつけていたらしかった。三人で店に向かおうとすると、田内が玉置に耳打ちするように、

「明日使うモデルの子、えらいベッピンさんですね。一緒に連れて行きませんか。明日も撮影があることですから、どうせ一時間ほどでお開きですから。飯山さんも喜ぶと思うんですよ」

田内は、いかにも代理店の営業担当らしいことを言った。

「誘うんなら君からね。監督の僕から言ったら職権乱用みたいだろ」

玉置はそう言いながら橋爪圭子を女の子篇のモデルに選んだのは、純粋に役者としての

力量を彼女の中に見いだしたからであって、髪の毛一本分ほどの私情も挟んでいないことを田内に示そうとした。というのも、同じ伝統通信の仕事とはいえ、製薬会社の仕事とはまったく違うチームなので、玉置の仕事に彼女が、かつてチョイ役とはいえ使われたことがあるのは誰も知らないはずだった。

確かにオーディションは女の子篇に限ってやらなかった。玉置が鉄道会社や伝統通信を説得したのは、橋爪は、自分が軽い肺炎に罹って、さる医大病院に入院したとき、自分の担当医師の助手として自分の病室に出入りしていた医学生で、監督を職業としている自分の目からすると、彼女はただの素人だけど、その辺のモデルよりよっぽど勘が良さそうなので思い切って彼女に交渉してみたところ、光栄なことなので、二、三日のことだったら時間を空けると言ってくれた——という説明に、皆それなりに説得されていたからだ。

もっとも田内の今の、〝偉いベッピンさん……〟という言葉には、何かを嗅ぎつけているフシもあったかもしれない。もっとも、玉置はそれでも強気だった。俺が惚れて連れて来たのなら罪は深いが、俺は惚れられている立場だ。それに、彼女がある程度の力を持っていることは、製薬会社の仕事でもう証明されている。どこから見ても疚しいものなんてカケラもないと。あくる日の撮影は夕方の時間が、陽の回りのかげんからベストだったので、午後から準備を始める予定だったから朝早くはなかった。橋爪に異論のあろうはずがなかった。

「お仕事の話があるんじゃないですか。お邪魔にならなければいいですけど」

橋爪はそんなことを言いながら、結局ついて来た。

居酒屋に入ってみると、田舎町のひなびた居酒屋を想像していた玉置は、都会にある普通の居酒屋と変わらない様子にちょっとはぐらかされた思いをした。

〝いらっしゃいっ〟という威勢のいい若い店員たちの声に迎えられて、田舎町にいることを一瞬忘れそうであった。繁華街には、規模の差こそあれ、都会も田舎もなくなりつつあることを玉置は知った。

適当にビールと軽い夜食を注文した後、田内が、

「橋爪さんとおっしゃいましたっけ、えらいべっぴんさんですね。前からCMには色々出ていらっしゃるんですか」

と、いきなり探りを入れてきた。

橋爪は大笑いして、

「べっぴんだなんて初めて言われました。そう言われれば嬉しいですけど、田内さんの目も少し調べたほうがいいかも知れませんよ」

と田内を牽制して、橋爪は、

「CMは、田内さんにお答えできるほどのものには出ていません。けれど、今の大学でも演劇部に入っていて、こういうことに興味があることは確かです。監督さんが、私が勉強

している大学病院に入院してこられたときに目に留めていただいたのも、そんなことからかも知れませんね。もちろん退院されてから、私だけじゃなくてほかの何人かの候補の方々とご一緒に練習をさせられましたけど」

橋爪は適当に嘘を交えて、玉置の立場を考え尽くした答え方をした。玉置ばかりか、目の前にいる肝心のスポンサーである飯山のことも頭に入れて。

「こういうことは僕たちがどうこう言うことじゃないですよ。すべて玉置さんを信頼してお任せ。まあ、そんな話より、どうです、我々鉄道員というのはね、日本全国どんな所でも働かなくっちゃいけない。山形なんてまだまだいいほうですよ、北海道の先の先だってちゃんと鉄道が走って、それを支えている駅員がいるわけですよ。零下三十度の中でね」

飯山は実直な鉄道員らしく、そんな話を始めると、自分が若い頃に勤めた地方駅での苦労話を始めた。ノンキャリの彼にとって、苦労の末の東京本社宣伝部勤めというのは夢のようなことに違いなかった。けれども、実直な飯山の一代記を聞くつもりは玉置にも田内にも橋爪にもなかった。玉置は、飯山の話を適当に受け流しながら、

「ところで田内さん、プロデューサーがいないから代わりに話しますけど……」

と、翌日の仕事のスケジュールを簡単に伝えた。どこにいつに集合すればよいのかというようなこと。玉置がそうしたことを伝えたのは、この会合をお開きにしたいこともあるけれど、撮影スタッフと、飯山たち広告主や田内が泊まっている宿が違うこともあったか

らだ。

スタッフたちは、汚いけれど機能優先の町外れにあるビジネスホテルに宿泊し、直接撮影にたずさわらない田内や飯山たちには、くつろげる街中の旅館に泊まってもらっていた。このロケが特別というわけではなく、ＣＭのロケというのは、そうしたものである。

タクシーを二台呼んでもらって、店前で田内たちと別れた。

二人になると車の中で橋爪が、

「明日のお仕事が終わったら、真っ直ぐ帰られるんですか。お忙しいでしょうから、もちろんですよね」

「そのことはさっきから僕も考えていたことなんだ。実は明日、この撮影から帰ったら真っ直ぐ父の病院に行こうと思っていたんだけど」

「お父様のお見舞いを優先なさらなきゃね、わたしとはいつでも会えますもの。相当お悪いんですよね」

玉置は橋爪の真っ直ぐな物言いに少し戸惑いながらも、父親の見舞いのことを正直に言った。

「うーん、母からも妻からもえらく責められてね。あなたと偶然病院で会って以来、見舞いには行っていないんだ。ひどい息子とあなたには思われるだろうけど、忙しさだけじゃなくて、説明の出来ないものがあってね」

「私あさってまで暇ですけど、その後はクレージーなスケジュールが待ってるんです。ほとんど病院での寝泊まりになると思うんです。医者の卵が必ず通らなきゃならない道なんですよ。だから、このお仕事の後、玉置さんの大事な一日をもらおうかなぁなんて考えていたんです」

いつの間にか、タクシーの中で、玉置の手は、暖かくて柔らかなものに包まれていた。

「でも、考えてみれば同じ東京にいるんですから、いつでもお会いできるんですよね。あたしって思い込むと、もうこのときしかないって思っちゃうんです」

玉置は明日仕事をする女に口説かれているのを感じて、幸福な違和感に包まれていた。まぁいいや、明日仕事しながら考えれば、据膳食わぬはナントやらという諺もあるし……と。タクシーはやがて宿舎に着いた。四人で仕事絡みで居酒屋に行ったことをスタッフは皆知っているとはいっても、やはり、二人で帰ってきたことを変にスタッフに誤解されると仕事にならないので、時間をずらしてホテルに入ることにした。とにかく車を降りると、橋爪はホテルの周囲に植えられている植え込みの中に玉置を押し込んで、強引に唇を重ねてきた。そうなることは分かっていた玉置は橋爪の柔らかな、なんとも言えない香りのする唇を受けながら、初めて愛情を表現する言葉を彼女にささやいた。

「僕の力になってね。初めて女のひとが本当に好きになった」

「嘘ばっかりおっしゃって。でも、私は玉置さんのこと、世界で一番好き」

昼は繰り返し繰り返しいつ果てるともなく重ねられた。

翌日も天気に恵まれて、女の子篇の撮影は、前日、男の子篇が撮影された次の駅で、なんの問題もなく終了した。

橋爪は、玉置やスタッフが期待した以上の演技を、独り旅をしている若い女性の内面までをきちんと伝えてくれるような、上手いというより深い演技をした。橋爪を推薦した玉置の顔も立ったし、玉置を鉄道会社に推薦した伝統通信の田内の顔も立った。この仕事の現場を担当した制作会社のプロデューサーは、少し無理をした予算のこともあって、胸をなでおろし、鉄道会社の飯山も責任を果たした思いだった。橋爪の好演は、前日の男の子の熱演同様、この仕事に携わった全員に幸せをもたらしたと言ってもいい。

撮影が終わると急いで現場の機材を撤収して、地元で手伝ってくれた人間以外、もう新幹線もない時刻で夜汽車で帰京することになった。もともと限られた予算なので、スタッフがもう一晩泊まる宿泊費が惜しかった。

玉置も橋爪も、結局とりあえずは帰ることになった。

朝八時に東京駅に到着すると、玉置はその足で病院に行った。勢いをつけていかないと、結局また行き損なって、葬式に直接行く羽目になるだろう。そうなったときの母と妻の顔を思うだけでも憂鬱だった。ドアをそっと開けて恐る恐る病室に入っていくと、間が悪いことに、淑江も母親も来ていた。ちょうど医師もいて、父親の胸を開いて看護婦になにか指示していた。

玉置はささやくような小声で、

「今、やっと山形から帰ってきてね」

と、事実であるのに、何か不都合の言い訳でもしているように言った。父親はすでに意識がないらしく、枕元には心音を観察するオシログラフが取り付けられていた。

淑江が玉置に目配せした。部屋から出て話をしたいらしかった。

「まったく、今頃来て。あたしの立場にもなって下さいよ。お義母さんの前で肩身が狭いったらありゃしない」

「そんなこと言ったって、君が俺の状態いちばん知ってるじゃないか。一日だって暇がないってのは」

「それは知ってますけど、病院にちょこっと寄るぐらいの時間はあったはずですよ。まだお義父さんが意識のあるうちに」

「だからさ、こうやって山形からの撮影の帰りに夜汽車で、寝ていない中を朝から駆けつけたんじゃないか」

「まあ、あなたは、いきなりお葬式かなと覚悟していたから、まだマシだけどさ。たまたまお義母さんがいらっしゃるときで良かったわよ。まるであたしが来させないようにしているみたいに思ってたんじゃないかしら」

淑江は、義父の心配より、義母と自分との微妙な関係からの腹立ちを玉置にぶつけていた。玉置はつらい言い訳をしながらも、父親の意識がすでにないことに一種の到達感のようなものを感じていた。意識があってしゃべれたら、何を言われたかわかりゃしないと。もう父親が意識を回復することは二度とないだろう。もう父親から何か言われることもないのだ。やっと到達した。太陽の引力圏からの永遠の離脱は目前に迫っている。引力圏から離れた惑星がどこに飛んでいこうがもはや誰の知ったことでもない。四十年もかかってやっと玉置の独立した宇宙がやって来ようとしている。玉置は、しかしそんな気持ちは微塵も悟られまいと、妻に続ける。

「こんな所で話してないで、親父の側にいてあげようぜ。おふくろにも、何してるんだと思われるし」

「よく言うわよ。そんな気持ちが本当にあるんだったら、とっくに何回もお見舞いに来ているんじゃないの」

「だからさ、お見舞いに来るとか来ないとか、回数とかじゃなくてさ、気持ちというのはまた別の所にあるんだよな」

玉置は、同じことを母親に言って、辛辣なしっぺ返しを喰ったことも忘れて、性懲りもなくまた同じ言葉を淑江に返した。病室の窓から、勤め人たちの出勤する姿が見える。まだそんな時間だった。東京でも人々はコート姿だ。

「ずいぶん便利な気持ちですこと」

妻からも辛辣な言葉を浴びて、玉置の耳にまたもや母親の言葉が聞こえていた。

〝あなたの場合は、その気持ちが怪しいんだから〟

そのとき突然、冴子が制服姿で、廊下の向こうから病室に気を遣ってと思われる静かな足取りで現れた。

「今日は、学校午前中休ませたの」

それぐらい父親の病状が切迫しているのにと……と暗に玉置を非難する口調で淑江は冴子の出現を説明した。玉置は娘の姿を見て救われた思いだった。別に娘が現れたからといって、玉置の不孝が許されるわけではなかったけれど。

「あらお父さん、こんな所で珍しい。どういう風の吹き回しかしら。最後の親孝行をしないと、地獄行きにでもなると思ってかな」

頼りの冴子まで、冗談風ではあるが、そんな嫌な言い方をして玉置を軽くにらみ付けた。玉置は娘に曖昧に笑い返して再び病室に入った。母親は玉置の姿を見ても、特別何も言わずに、ひたすら旅立とうとしている夫を見つめ続けていた。玉置は母親のその表情に、親不孝な息子を許してくれと夫に必死に頼んでいる母親の心を見て取った。母親というものは有り難いものだと。

淑江や冴子は、まさか夫や父親が、そんな極楽トンボみたいなことを考えているとは夢にも思わないで、ただ心配そうに危篤状態の老人に目をやっていた。


妻や母の反応がどうであれ、玉置は、大きな義務を一つ終えたような解放感に包まれて、病院の前で家族と別れて、山形で撮影したばかりのフィルムの編集のために、病院からほど遠くない所にあるスタジオに向かった。その途中、自分で分かっているけれど、そして、なんとか消してしまいたいのに決して消し去ることが出来ない、こそばゆいような甘酸っぱい気持ちが、玉置を放さなかった。すなわち、自分はもう簡単には橋爪から離れられることは出来ないぞという、ある覚悟のようなものとでも言えばいいか。

ついさっきまで、席を並べてというわけにはいかなかったけれど、同じ列車で揺られていたばかりだというのに、橋爪の匂いが、脳の髄の中にまで染み込んで来て、玉置を放してくれなかった。暗い植え込みの中での橋爪の柔らかな甘い香りのする唇の感触が、クラクラするような陶酔感とともに、玉置の脳細胞を揺さぶってくる。それは単に欲望というような生臭いものを越えて、心の奥深くにしまわれている、魂の貯蔵庫のようなものを鷲掴みにしてくるような力をともなっていた。

いい齢をしてあんな若い娘にと、自分に言い聞かせるような気持ちが生じてくる反面、騙されているのではないか、いやそこまでいかなくても、ただからかわれているだけなのではないか、という猜疑心が立ち昇ってくるのも確かだった。

これからは、研修のために病院での寝泊まりが続くという橋爪の言葉を信じれば、しばらくは彼女と会えない。彼女からの連絡を待つ以外、どうしようもない。こちらから無理やりに連絡を取れば、この恋はたちどころに壊れてしまうかもしれない。そうかといって、こんな気持ちを抱えたまま、ただ待つというのも辛いものがあると玉置は思いながらも、ここは辛抱するしかないと必死に思い詰めて、その必死に思い詰めている自分は、もはや橋爪が玉置を思う気持ちを越えてしまっているのではないかと、情ないような気持ちにも囚えられた。このロケに行く前までは、余裕があった。あんな若くて綺麗でおまけに優秀そうな娘に、俺は惚れられてしまった。どんなもんだいといったような。世界中にそのことを、地球全体に聞こえるような巨大なスピーカーで言いふらしたいような、そんな余裕。つまり、自分はこの恋では惚れられる役回りで、俺は決して惚れてなんかいないぞというぬぼれが、まだ玉置を包んでいたと言えたかもしれない。

いつの間にかスタジオが目前だ。まだ午前中だから、夕方までに編集を仕上げてしまおう。玉置は、売れっ子のディレクターに戻ってそんなことを考えた。夕方からは食事の約束がある。病院での気まずい出来事のせいで、家に真っ直ぐには帰りたくない。だから、普段は必ずしも有り難くない約束が今日は嬉しかった。きのう、撮影が終わってからかかってきたミギョンからの電話。その場では取れずに、トイレに行くふりをして聞いた留守電に、来店のお願いをしているミギョンの声が溜まっていた。人の仕事のことも知らないでノーテンキな奴だなと思いながらも、そして橋爪に対する陶酔感も抱えたまま、結局なんとかするという返事をしてしまったのだ。病院で、ほぼ間違いなく嫌なことが起こることを想定して。

「玉置さん、人間は生まれ変わると思う？」

「さぁね、それは死んでみなきゃ、分からないよ、どんなに頭の良い人にも」

ミギョンと出会って半年ほど経ったとき、店に寄った帰り、食事をしていなかった私は彼女を誘って、深夜までやっている雑炊専門店に行った。下心なんかゼロである。彼女の正体も全く見えないのに、トラブルでも起こしたらえらいことになる。外国人労働者に対する多少の偏見もあったが、臆病な玉置は、相手をきちんと見据えてからでないと、日本人であろうと外国人であろうと、踏み込まないことにしていた。

食べ終わる頃になって、ミギョンがいきなり藪からぼうにそんなことを言いだした。何を言いたいのかと思って玉置は返答に窮したが、ミギョンは続けた。

「あたしはこう考えるの。ロマンチックに考えれば、生まれ変わるかもしれない。でも、理性的に考えたら、そんなことあるはずがないわ」

「ミギョンの言うとおりかもしれない。理性的に考えたら夢がないけど」

ミギョンはここまで言うと、客を前にしての柔らかかった表情を少しきつくさせて、

「だとしたら、人間は生まれ変わらないとしたら、あたしの幸せはいつ来るの。ねぇ、玉置さん、いつ来るの、あたしの幸せは」

ミギョンのことを、ただの外国人ホステスとしか思っていなかった玉置は、初めてひとりの人間として、ミギョンを見つめた。さぞかしそうであろう。若い身空で、水商売をするために、わざわざ外国までやってきたミギョンの事情を推察すれば。もちろんそんな事情は、玉置の想像もできないことだったけれど。

その言葉を聞いてから、玉置はなんとなくミギョンを信用できる人間だと思うようになった、そこらの堅気の女よりも。店に飲みに行っても、ミギョンを今までとは違う眼で見るようになった。つまり、俺が彼女に幸せを与えられる男になれないかと。それから半年がたって、玉置とミギョンはベッドを共にする仲になったけれど、だからといって、玉置がミギョンに幸せを与えられたという自信はとてもない。いや、むしろミギョンに悲しみを与えただけかもしれなかった。異国に来て、ちょっと優しくしてくれる男と簡単に寝てしまった自分の零落ぶりをミギョンは嘆いているだけかもしれなかったから。

「お父様、ご病気だったわよね、だいぶお悪いんですか」

店近くの時々行く小料理屋に落ち着くと、ミギョンの口からいきなりそんな言葉が飛び出した。そこから逃げるために今、自分はここに来たのにと玉置は間の悪さにうんざりした。

「親父が病気だなんて、俺、君に言ったっけ。まぁ相当悪いけどさ、そういう話は今、したくないな」

玉置は正直に言った。

「このあいだ、泊まりがけでゴルフに行ったとき、ほら、箱根。あのとき……まあ、やめときましょ、あなたの家族の話は」

ミギョンは言いかけて、その話を途中でやめると、家族の話が出たついでにというように、初めて自分の家族の話をしだした。外国人労働者の自分だって、家族というものがあるんですよ、と宣言でもするように。

「玉置さんはどう思っていらっしゃるか知らないですけど、こう見えても、あたしはちゃんとした家庭に育った女です」

玉置は、あの〝生まれ変わり〟の話を彼女の口から聞いた時以来の驚きで、彼女の表情を追った。何かを心に決めたような表情を。

「あたしの父は中学の教師でした。真面目という言葉の意味を使い切ってしまうほど真面目な人でした。だけど……父は、無力だったんです。経済的にも、世間的にも。あたしは、姉妹ばかり六人もいるんです。上の姉三人は師範学校出してもらって、小学校で先生をしています。だけど、父は力がなかったから、下の三人は、進学させられなかったんです。でも高校までは行かせてもらいました。あたしは一番下の子で、学校の成績も最低。ろくな学校に行けなかったけど、すぐ上の姉二人は優秀でした。一流の大学に行ってもおかしくないくらいでした。だけど、進学はあきらめて、上の姉はデパートで働いています。下の姉は私といっしょに日本に来たんです。彼女はコンピュータの勉強もしていたから、今、大阪の小さな貿易会社で働いていますけど、あたしは最初から水商売。だってあたしはオツムもなかったんですから、これがいちばん手っ取り早いんです」

「水商売やるのになんでわざわざ日本に来たの。韓国でもできるじゃない」

「それは駄目。教師の娘が水商売なんて、私の国では考えられない。父の面目が丸潰れです。それにあの頃韓国は景気が悪くて、日本はまるで黄金の国のように伝えられていたから。私の国では、まだまだ儒教の教えが力がありますから水商売をする女はまるで売春婦のような扱いを受けるんです」

玉置は、今頃になって何も知らなかったことを聞かされて、開けてはいけない玉手箱の中身を見せられてでもいるような、戸惑いを感じていた。

「そうか、君は教師の家庭に育ったんだな。ミギョンにこう言っては失礼だけど、君はただのホステスとは違うものがあるって思ってたよ」

「玉置さん、今頃そんな取って付けたみたいに。あたしが言いたいのは、そんなことじゃなくて、日本人でも私みたいな外国人でも、ホステスを職業だけで判断しないで下さいということ。一人ひとり人間ですから、皆いろいろな事情がありますよ。父は二年前に死んだけど、あたし、父にはすごく感謝している。だって、人生で大切なことは母よりも父から教わった。父は急死だったから、死に目には会えなかったけど、あたしはそれがすごく心残り」

ミギョンは、自分の父親の話にすりかえて、玉置の父親に対する態度を非難しているように玉置には聞こえた。自分に比べて、何不自由ない玉置が同じ東京に暮らしている父親に対して取っている態度が理解出来ないと。別に玉置が父親に対する気持ちを説明したわけではないけれど、ミギョンにはそれが薄々分かっていたようであった。賢いしっかりした女だな、こいつは。ある意味では、橋爪にも負けない。学校なんてできなくったって、社会を生き抜いていくには、こういう賢さが必要なんだと、玉置はミギョンをもう一度見つめ直した。橋爪に惚れられて舞い上がっている自分が、少し恥ずかしくなった。さあ、連れ立って、早めに店に行くとするか。今夜はとんでもなく遅くはなれないし。嫁さんが寝た頃を見計らって帰って、ＩＴ会社のＣＭの企画をしなきゃいけないし……。

「そうだよな、ミギョン。父親は二人いるわけじゃないからな。俺は君ほど賢い人間じゃないから、そんなことも分からないんだよ」

玉置はそんなことを言ってから、会計を頼んだ。小料理屋を出るときに、ミギョンの化粧の香りが玉置をくすぐったが、それは、橋爪のめくるめくようなものとは違っていた。店に行く途中二人で歩きながら、玉置はまた橋爪の甘い囁きを思い返していた。〝世界でいちばん玉置さんが好き〟こんなことを美しい若い女から囁かれて舞い上がらない男がいるだろうか。ミギョンは、まさか玉置がこんなことを思いながら歩いているとは夢にも思わなかっただろうけれど。


鉄道会社のCMが出来上がって一週間ほどしてから、橋爪から電話があった。まだ後、二週間ばかり、病院の泊まりでどうにも動けそうもないけれど、どこかで時間を作って会いたい。けれども今は約束できないから、とにかく電話を待ってくれと言う。なんとも焦れったい話だと玉置は思ったけれど、医者の卵の身分からすれば、橋爪のスケジュールなんかないに等しいだろう。教授とまで言わなくても、助手クラスの先輩にでもひと言、仕事を言いつかったら、それで彼女のプライベートなんかたちどころに消し飛んでしまう。病人は毎日何万人と発生しているのだから。

もう一人、気になっている女が玉置にはいる。真理子から妊娠の可能性を告げられたとき、玉置の脳裏に迫ったもう一人の女。学生時代からの付き合いで、いまだにひそかに続いている人妻の高瀬百合子。同じ大学ではなく、玉置が学生時代から演劇が好きで、下手な学生演劇の演出にその頃から手を染めていたのだが、女性が足りないときに、いつも応援を求めていた近くの女子大の演劇部に高瀬はいたのだ。何かの実験演劇に、若さからの怖い物知らずで取り組んだとき、稽古の帰りに近くの駅まで一緒に帰ったりして、そのうちになんとなく親しくなってしまった。

玉置より二つ年下だから、玉置の妻と同じ歳、もう三十八歳だ。

亭主はどこかの銀行員だというが、もちろん玉置は見たこともない。小学生の子供も一人いるから、玉置と会うのは年に何回かだ。亭主の出張のとき、子供をどこかに預けて。そして、よりにもよって、公私ともに忙しいしいこんなときに高瀬からどうしても会いたいという知らせが入った、もちろん携帯に。

そしてその電話とまるで呼応するように、父親の訃報メールが妻より届いた。もちろんこれも携帯に。

いくら久し振りでも、昔馴染の女どころではない。

「前から、父親が悪いと言っていたろ。よりにもよって、君から久し振りに電話が来た日に旅立たなくてもいいと思うんだけど、これぱっかりは俺の意思ではどうにもならないからな」

「まさか、お父様をダシに使って、私と縁切りをしようっていうんじゃないでしょうね」

「おいおい、いくら俺が親をないがしろにしてるからって、親が死んだっていう嘘はつけねえぜ」

「嘘じゃないんなら、早くお父様のところへ行ってあげなさいよ」

「落ち着いたらこちらからかならず連絡するから」

「駄目。連絡は必ずあたしから」

これが昔は本当に演劇少女だったのかと思わせる、下世話なしゃべり方。でも玉置は、色恋抜きで高瀬を気に入っているところもあった。妻やミギョン、橋爪や加藤とは、明らかに違うものを彼女は持っていた。それは、何も飾るところがないというか、生地がむき出しで、とにかく付き合っていて気が楽だった、妻よりも。

もし、付き合い上で何かあったとしても、人妻という一番トラブルになりそうな立場なのに、一番トラブルの可能性がないと玉置には思えた、実際、高瀬百合子はすべてを自分の危険負担で行動する女ではあった。

玉置は、とにかく病院に駆け付けることにした。それ以外選択肢はない。病院で多少は嫌な思いをするだろうけれど、とにかくこれで、未来永劫に父親の引力圏から脱出出来たことだけは確かだった。

葬儀は実家でキリスト教形式で営まれた。玉置の両親は特別の信仰は持たなかったが、近所に住む玉置の母親の友人のご主人が牧師で、式を一切執り行ってくれることになった。一応の屋敷だったし、広くはないにせよテントが張れるぐらいの庭はあった。その庭に祭壇が造られた。

いつの間にか二月だったから、外では寒さが心配だった。玉置は葬儀場を借りようと思ったが、母親が何と言っても実家にこだわったのだ。

銀行でそれなりの出世を遂げた父親のことだったから、葬儀には、元の部下たちや取引先の人々といった銀行関係者が会葬者の中心であったが、他にも父親の趣味であったヴァイオリンで知り合った人たちなど音楽関係者も混じっていた。新聞にも小さいながら、有名銀行の元専務の肩書きで訃報が出た。そんな記事のせいもあって、大勢の会葬者で寂しい葬式ではなかったが、玉置の見るところ、利害関係のない純粋の友人というのは、音楽関係者を除けばほとんどいないようだった。もちろん高齢だったのだからそれも当たり前と言えたが、玉置にはそれがなんとなく父親の人となりのせいだったような気がして寂しかった。

一人息子の玉置としては、当然喪主を務めたのだが、父親の言うことは聞かずに、父親とはまったく違う世界で生きてきたので、親戚を除けば、会葬者に顔見知りはほとんどいなかった。顔見知りといえば、玉置自身のために会葬してくれた広告関係者ばかりであった。新聞記事で知ったのであろう、ロケ以来会えなかった橋爪が会葬者の中に混じっているのは知っていたが、妻を始め家族に囲まれている玉置としては、まるで赤の他人にする儀礼的な挨拶しか出来なかった。

「綺麗な方ね。こんな若い方が会葬にきて下さるなんて、どういうご関係の方かしら」

玉置の妻は、別に当てこすって言っているわけではなく、本心から不思議そうにつぶやいていた。

「アマチュアのオケの人じゃないか」

玉置はそんなデタラメを言った。

驚いたことに、もう二度と顔を出さないかと思っていた加藤真理子も、そして高瀬百合子まで、献花の列に並んでいた。高瀬は玉置から直接聞いたのだから分かるが、加藤の場合は新聞を見て来たとしか思われなかった。ミギョンは現われなかった。ミギョンは日本語の新聞を読む習慣がないから、玉置から知らされない限り、会葬に来るわけがなかった。喪服の彼女たちは、普段よりもさらに美しく、何かの決意でも秘めて来ているように見えた。もっとも、橋爪も加藤も高瀬もお互いに一面識もないのだから、どんな決意を秘めていようとトラブルになる心配はなさそうだ。いくら勘の鋭い玉置の妻にしたところで、玉置の女友達がミギョンを除いて一堂に会していようとは夢にも思わなかったに違いない。

加藤は玉置に、人の道を外れたような罵声を浴びたのに、玉置の父親の葬儀に現れたということは、それでも玉置に未練があるというなのか、それとも何か別の嫌がらせでも考えているのかと、玉置は気味の悪い思いをした。そのうちに何か嫌なことでもあるのではないかと。

高瀬は、父親の死なんかどうでも良くて、ただ昔の知人の父親の葬儀と言えば、誰憚ることなく玉置に会えることが嬉しくて飛び出してきたのだろう。葬式だから、一応、神妙な顔はしているけれど、顔の皮一枚はがしたら、何かの映画にあったように、葬儀の最中でも玉置に抱かれたいという淫らな思いをみなぎらせているに違いない。葬儀の最中ということを欲望の梃にして。

この二人に比べたら、橋爪は純情可憐そのものだ。愛する玉置さんのお父上が亡くなられた、大変。どんなに病院が忙しくても、先生たちに会葬のお許しだけは頂かなくては。むかし子供の頃、海水浴で溺れたときに救けていただいた命の恩人の葬儀とでも大嘘をついて。いくら葬儀でも、久し振りに玉置に会えるのはわくわくするほど嬉しい。そんな顔もできないけれど。それと奥さまがどんな人かも、ちょっと覗いてみたいし。玉置さんにウインクでもして脅かしてやろうかな……。橋爪はそんなところだと玉置は踏んでいる。

式の進行中にピアノの調べが聞こえて来た。賛美歌らしい音色。玉置の母親が弾いている。玉置は、何という曲だか詳しくは知らないが、子供の頃日曜学校に行かされてよく聞かされた調べだと、遠い昔を思い出した。死者の魂を送る調べに違いない。妻が夫の魂を天に送る賛美歌を弾いていることで、会葬者は皆厳粛な気持ちに誘われたのか、葬儀場は深い静けさに包まれて、ただピアノの調べだけが、切り立ったように辺りを支配していた。調べはこの世のものとも思えないほど美しく、玉置の父親の魂が調べとともに本当に天に昇っていくようだった。

「お父さん、私、やっぱり音楽学校に行く。私も未来の旦那の葬式にピアノで送ってあげたいから」

と言いながら、冴子は泣いている。旦那よりお前のほうが先に死ぬかもしれないし、第一、結婚出来ないかもしれないし……と玉置は、そんな冗談を言おうと思ったが、泣いている冴子を見て黙った。淑江も泣いていた。ピアノという楽器の持つ威力が最高の演出の舞台を与えられて最大限に発揮されたようであった。

玉置は、三十年以上も前の日曜学校で教えられた調べを、母親のピアノとともに我知らず口ずさんでいる自分に気がついて、幼い頃の記憶の強さに改めて驚いた。

〝神とともにいまして……〟


このようにして、玉置の父親の旅立ちは盛大に見送られたのであった。そしてこの瞬間から、玉置自身の新しい、もう誰にも甘えることの許されない出発が始まるのだ。太陽の引力圏という庇護の下ではなく、一つの独立した星として、宇宙空間を巡り続けなければならない。もっとも、四十にもなる男の独り立ちは、余りにも遅すぎたものであったけれど。

　葬儀が終わると、フリーの身として、玉置はすぐに仕事に掛からなければならなかった。葬儀に伴う諸々の後片づけはすべて妻に任せた。

「お父様には不義理ばかりしたんですから、せめてこれからは、お墓参りぐらいはきちんとして下さいね」

　玉置が仕事に出るとき、淑江はそんな嫌味を言ったが、それは父親が玉置に言った言葉とまったく同じで、玉置には極めて心の重くなる言葉であった。親父の号令は、しっかりと死んだ後まで掛け続けられるのだなと。


　葬儀のすぐ後に、多報堂から貰ったＩＴ関係企業の撮影、その後は、伝統通信の営業部員、佐々木から来た車のＣＭの企画作業、外資系の売れ筋のスポーツタイプ車の競合作業だから、かなりヘビーな仕事になるのは分かっているが、玉置にとっては取りこぼせない仕事だ。ギャラ的にも、フリーの身の将来にとっても。もちろん、サラリーマンの佐々木の将来にとっても。取りこぼせないという意味は、競合プレゼンテーションには絶対負けられないという意味だ。

　佐々木は風邪薬の担当営業だったが、人事異動で新しい部屋に移った途端に、彼が新しく担当したばかりの自動車メーカーの仕事をくれたのだった。つまり、風邪薬コルレオーネの成功が、佐々木の玉置への絶対に近い信頼になっているのだから、何がなんでも佐々木の期待に応えなくてはならない。

そればかりでなく、ＣＭ制作会社、俗にプロダクションと呼ばれる会社からのＣＭの演出依頼が数本ある。それらはすべて撮影が決定しているものだ。いくら企画作業はないとはいっても、演出を引き受けたからには、それぞれの仕事について相当の作業量は覚悟しなければならない。体力的にも精神的にも。ということは、玉置は常に五本ほどの仕事を並行してこなさなければならない勘定だ。

これだけの仕事を真剣にこなそうとすれば、日曜も含めて暇に過ごせる日はほとんどない。たまに一日、家にいるときはほとんど企画、つまりＣＭの設計、どんなＣＭを作るかのアイデア作り作業に追われる。淑江とろくに話も出来ない。

「考えてみたら、お父さんって大変な人ね。亡くなっても、冴子に音楽学校に進む決心をさせたんだから」

夕食後、食卓の側の小机で、玉置が例の自動車会社のＣＭのアイデアづくりをしていると、編み物をしながら淑江が話しかけてくる。小さな書斎もあるが、自分の部屋より、考え事は居間でするのが玉置はいちばん落ち着くのだ。

「別に親父のせいじゃないよ。お袋が弾いたピアノに感動したんだろ。まあ、時も時、場所も場所だから、俺だってつい涙腺が弛んだぜ。感受性の強い年頃だから、冴子ならなおさらだよ。おふくろの力に感心するなら分かるけど、死んだ親父の手柄にするとは驚いた」

「確かに、お母さんのピアノの力だけど、お父さんの音楽への情熱が、お母さんを動かしたとも言えるんじゃないの」

「まぁ、どっちでもいいけど、冴子がそう決めたのなら、それはそれでいいことだよ。人生方針を早く決められて」

「あなたは、この前までそんなこと言わなかったじゃない。人生はじっくり考えてから決めたほうがいいみたいなこと言ってたわ」

「まぁ、もういいよ。これ、明日までに、〝伝通〟に出さなきゃいけないんだから、その話はまた今度にしよう。冴子は勉強しているのか」

夫婦の話はそこで終わり、玉置はまた企画作りに集中し始めた。すぐ脇に置いてある携帯がうなっている。マナーモードにしたままだ。着信ナンバーが橋爪の名前を示している。もちろん、淑江の前で出られるはずもない。

「多報堂からだ、今頃。うっかりしたことにして、明日電話してやろう」

玉置は、わざわざ妻に弁解がましくそんなことを一人ごちた。

六

田町にある多報堂には、十時半の約束だ。少し早めに九時に家を出た。もちろん、橋爪に電話してから行くことを計算してのことだ。何もなければ、杉並にある彼の家からは四十分ほどで着いてしまう。電車に乗る前に橋爪に電話する。病院の夜勤からやっと解放されて、どうにか自分の時間ができたから、久し振りで会いたいという。夕方にひとまず、渋谷の喫茶店で落ち会うことにした。この前のロケ先での橋爪を思いだせば、玉置は彼女に会うのは少し怖い気もした。

田町での打ち合わせを終えると、汐留に行って、佐々木に車の仕事の話についてのちょっとしたアイデアを話してから、立ち食いそばの遅い昼食を済ませて、演出の仕事をくれた麻布にあるプロダクションに向かった。仕事の話というより、仕事をもらったお礼の意味のほうが強い。玉置が昔、勤めていた『イヴニング』ではなく、彼もよく知らない、全然付き合いのなかったプロダクションだ。彼の作品集を見ただけで、一面識もない玉置に仕事をくれるのだから有り難い話だ。プロダクションに着いてみると、驚いたことに、多田宏一という学生時代の友達が社長と思しき席にデンと座っていた。友達といってもそれほど親しくなかったので、卒業してからは会う機会がなかった。

「学生時代の友達と同じ名前の人が業界で活躍していたのは知っていたけど、同姓同名だとばかり思っていたよ。だって大銀行の専務のお坊ちゃまが、まさかＣＭディレクターをしているとは思わなかったからね」

多田はそんなことを少し皮肉っぽく言うと、業界の雑誌で玉置の顔写真を見て学生時代の友人本人と知って驚いたこと、そして玉置の作風が大好きだと付け加えた。実際に彼に仕事を依頼してきたのは若いプロデューサーだったけれど、恐らく多田が電話するように命じたに違いなかった。

若いプロデューサーと仕事の話が終わると、玉置は多田に食事に誘われたが、締切り仕事に追われていると言って断り、渋谷に向かうことにした。

橋爪から指定された喫茶店の前に着いたがまだ約束の時まで間があった。

大きな書店に入って、書物の山を見学することにする。落ち着いた読書もこのところなかなか出来なかった。玉置は、本を読まないと頭が馬鹿になるような気がしている。企画仕事にしたって、充電が出来ていなければろくなアイデアが浮かばない……と思うと、書物の山を前にして少し焦りを感じた。腕時計を見るといつの間にか待ち合わせの時間だ。慌てて書店を出て、約束の喫茶店に急いだ。

橋爪は玉置が店に入る前から見張っていたらしく、大きな硝子ドアの窓側に座って、店に入ろうとした玉置に手を振った。玉置は知っている人が回りにいるはずもないのに少し照れくさかった。若い橋爪のそうした仕草が、中年の身に何かそぐわないのを感じる。人はこの二人を見たら何と思うだろうか。まさか若い橋爪が玉置に純粋に惚れて来ているとは思わないだろう。金回りのいい、ろくでもない中年親父が援交でもしているのではないか思われはしないか……玉置の照れくささの中身は、そんな恥ずかしさだったが、そんな風に玉置と橋爪を見ている者がいるはずもなかった。誰も二人のことなんか気にもしていないのだ。それは、玉置の自己顕示欲の強さの成せる技にすぎなかった。

「待たせたのかな」

「いいえ、私も今来ました」

「久し振りだね」

「お久し振りです」

二人はロケ先での激しい抱擁を思い出すのか、少しぎこちなかった。

とりあえず珈琲を飲んでから移動して食事をすることにした。玉置が時々行く、麻布にある和食屋に行くことに決めていたが、そこの親父とは多少は顔繋ぎができていたから、玉置の中には少し躊躇する気持ちもあった。橋爪は、玉置のそんな心の動きはまったく察知できていなかった。女が好きで、何人もの女と付き合ってきたわりには、気の小さな男だ。しかし、料理が旨く居心地のいい店だったから、やっぱりそこに行くことにした。

「あたし、和食が一番好きなんです。嬉しいです」

橋爪が反対するはずはなかった。麻布までタクシーに乗ると、橋爪はすぐに玉置の手を自分のものに包んだ。柔らかくて、あたたかくて、気持ちがいい。そのうえ、橋爪の香水の匂いが玉置の官能を早くも昂ぶらせる。

店に入って落ち着くと、二人はビールは省略して、いきなり熱燗と刺身を注文した。

五十年配の店の主人は玉置に挨拶すると、橋爪に目をやって、少し意味ありげに目配せした。

「玉置さんとお会いしたくていろいろ画策したんですが、大学病院の医局というところは、私みたいな医学生からすれば、お相撲の部屋に新弟子として入ったみたいなもので、先輩には絶対服従体質ですから、自分の都合なんてかけらもないんですよ。私用で休みを取ったら、どうなるか分かったもんじゃないです。ですから長いご無沙汰も勘弁してくださいね」

橋爪は、半分冗談っぽくそんなことを言ったか思うと、思い出したように、

「わたし、眼科を専攻するのやめました。目の医者ってすごく器用じゃなきゃだめ。医局回りしてつくづく眼科には向いていないことが分かったんです。あたし不器用にかけては天才ですから」

橋爪がそこまで言いかけると、玉置の目が突然凍りついたようになった。

サラリーマン風の四、五人の一行が店に入ってきたことと明らかに関係がありそうだっ

た。

「玉置さん、どうなさったんですか」

「やばい、例の薬屋の連中ですよ。よりにもよってこんなときに、こんな所へ」

橋爪にとってはただ一度の、しかもアルバイト仕事だったから、「例の薬屋の連中」と言われても、「連中」の顔はさっぱり思い出せなかったけれど、薬屋が風邪薬コルレオーネの製造元であることぐらいはすぐに分かった。

「よりによって社長も関口さんも一緒だ」

玉置はいかにも渋い顔つきで、そんなことを一人ごちていた。

「向こうに気がつかれたんですか」

「僕が気がついたぐらいだから、気がついたんじゃないかな」

「相当まずいですか」

「いや、君のことさえ憶えてなけりゃ、なんとかなるよ。声を掛けられても、姪っ子がたまたま自分の事務所に寄って飯でもご馳走しろとせがむものですから……とかなんとかごまかすから君も上手く話を合わせてくれよ。事務所なんてないけどさ」

玉置は少し青い顔になって、サラリーマン一行の動向を窺っている。大きな店ではない。テーブル席が四席と、あとはカウンター席に十人ほど座れる典型的な小料理屋だ。何か月か前に、多忙を理由に社長の山中の招宴を断った一件も思い出される。一行はカウンターに座った。〝とりあえず、ナマだ〟などと注文している社長の声が聞こえる。注文の声が聞こえてくるほどの至近距離である。

玉置は、橋爪はそのままにして、自分のほうから社長と関口に挨拶に行こうかとも思うが、問題は橋爪のことを彼らの一人でも覚えている場合だ。

橋爪は、玉置の表情を観察しながら、半分おかしそうに、半分は神妙な顔つきで、

「あたしのことなんか覚えていませんよ。玉置さん、心配し過ぎ。だいたい玉置さんのことにだって気がついていませんよ」

と、玉置の動揺を見透かしている。しかし、社長や関口が橋爪のことを覚えていたとすれば、玉置は、モデルをつまみ喰いする悪徳ディレクターという風に見えてしまう。実際には、そんな悪徳ディレクターなど滅多にいないが、時々週刊誌などが面白おかしくそんな記事をでっち上げるせいで、業界のそちら方面の評判は芳しくない。

玉置と橋爪の会食は、見る者が見れば絵に描いたような、そんな悪徳の宴と映ってしまう。そうとなれば、今までいくら信頼してCMを任せてくれていたといっても、玉置には裏切られたとなって、製薬会社の仕事はそれきりということになるのが普通だろう。いくら玉置が売れっ子で仕事に困らないとはいっても、コルレオーネのCMは任されてやっている楽しい仕事だから、失うのは余りに惜しい。

玉置は短い間にそんなことをグルグルと考えた。

しかし玉置は、橋爪の前で肝っ玉の小さな自分をさらけ出すのも嫌だった。せっかく自分が過大評価されて惚れられているのに、等身大の自分が露見されて、一気に橋爪の熱が冷めてしまうことだけは避けたかった。いよいよという肝心な夜なのだから。また激しい抱擁が思い出された。

玉置は、サラリーマン風の男たちの視線が自分に注がれているような気がした瞬間を捉えて立ち上がり、カウンターに向かった。店の主人が関口にでも聞かれて、「はい、あちらの方は、玉置さんです」とでも言ったのだろう。

「あれあれ、いやぁ、これは偶然ですね、驚きました。ここは社長のお店でしたか。知らなかったとはいえ、だいぶ荒らしておりまして、ご無礼を」

玉置は、重罪人が自首するために署に出頭するような覚悟で、山中に向かってそう言った。

「いやいや、こちらから御挨拶に出向かなければいけませんのに、恐縮です。それにしても玉置さんに、あんな大きな娘さんがいらしたなんて、驚きました。しかも、お美しくて……奥様似ですか。いや、これは失礼」

山中は上気嫌でそんなことを言っていた。

玉置には、社長がわかっていて嘘を言っているとは思えなかったけれど、念のため関口の表情も盗み見た。関口も、玉置をうさん臭く見ているようには思えなかった。

「関口さん、お久し振りです、お元気ですか」

「あれまぁ、こんな所で。相変わらずのお忙しさでしょう。お陰様でコルレオーネの売上げも……」

と関口が言いかけると、社長が、

「まあ、関口君、無粋な話は止めにして。せっかくの親子水入らずのときに」

と中に入った。

「おーい、圭子、ちょっとこちらへきて御挨拶なさい、叔父さんが大変お世話になっているお得意さんの大社長さん。姪の圭子です。私の姉の娘で、医者の卵です。社長さん、圭子を、僕の娘と間違えられていらっしゃるんだ」

橋爪は、玉置と顔を見合わせて苦笑いした後、

「いつも叔父が大変お世話になっております」

と、如才なく挨拶した。

「おやおや、姪子さんですか。私はてっきり娘さんかと」

山中はそう言って哄笑すると、

「お医者さんの卵とはお出来になるんですな。それはそうと、お医者様になられた暁には当社をご贔屓下さいね」

山中がそんなことを言った後、彼らはまたそれぞれの席に戻った。

二人になると、

「あんまり早く出ると、怪しまれるから、ここで少し腰を落ち着けよう。居心地悪いけど、仕方ないな。こうなったら美味いものを腹一杯食うしかないね」

玉置は声を低めて、そんなことを言った。


医者の卵の苦労話などを聞いているうちに、なんとか時間は流れていくと、

「あーっ、今日は楽しかった。そろそろ引き上げるか、明日も早いし」という社長の声が届いてきた。関口が、待たせてある車の運転手に、社長のご帰還を伝えに行くのか慌てて出ていった。

社長が帰宅するとなったら、部下たちが残るわけにもいかない。全員が帰宅態勢となって、上着などをはおりだした。

主人は愛想良くペコペコしながら、〃お勘定は会社のほうへお送りしておきます〃というような意味のことを、秘書らしき男に伝えていた。

「玉置さん、お先に。コルレオーネ、よろしくお願いしますよ」

社長は上機嫌でそう言うと、

「姪子さんとやら、風邪薬はね、コルネリーオじゃない、コルレオーネ。どうも難しい名前だね、社長の僕でも間違える。は、は、は。患者さんにそう伝えて下さいよ」

社長は少し酔っているようにも見えた。

七

製薬会社の連中が帰ると、店内は二人だけとなった。

「姪子さんとやらだって。信用してないな、社長」

玉置はぼそっと言ってから、

「あと五分いよう。すぐに出たら、帰るのを待っていたと思われる」

玉置は、小心にそんなことを言った。店を出るとすぐに橋爪は、

「玉置さんってずいぶん慎重なんですね、驚きました。もっと豪放磊落かと思ったわ。姪子さんとやらっていうのも、今さっき初めて会ったばかりだから、そうおっしゃったんですよ」

と、褒めているのかけなしているのか分からない曖昧な表情で言った。

「僕たちの仕事ってスポンサー命ですからね。仕事っていうより、もっと早く言えば、稼ぎだけど。コマーシャルのディレクターなんてね、こんなもんです。幻滅したでしょう」

「そんな幻滅だなんて。玉置さんにこんな慎重な一面もあったなんて、意外。ますます頼もしく見えてきました」

橋爪のこんな言葉に、玉置は、面映いとでも言うほかない奇妙な気持ちだった。なにから何まで惚れられてしまうなんて。

程なくして二人が表に出ると、頃合を見計らったみたいに橋爪の携帯が鳴った。玉置は腕時計に目をやると、十時半だった。橋爪は電話に出ようか一瞬迷った様子だったが、意を決したような様子で電話を受けた。何やら深刻そうな顔つきで、驚いたり難しい表情をして見せたりしている。そして切る直前に、〝二十分待って下さい、今麻布です〟と言った。

電話の受け答えから明らかなのは、橋爪が病院から呼び出しを受けたということだ。多分彼女が担当している患者に何か不測の事態が起こったか、それとも、彼女を指導する立場の医師が彼女の休暇を無視して突然怠けたくなったかのどちらかなのだろう。

「玉置さん、まるで食べ逃げみたいですけど、担当している患者さんが突然呼吸困難になったみたいで、わたし緊急に帰らなければなりません。本当に申し訳ありません」

橋爪は医者の顔をして言った。

「明日お電話します」

そう付け加えると、タクシーに向かって手を挙げて、一瞬笑顔を見せると車に乗り込んだ。

玉置ははぐらかされた気になった。橋爪のためならと、いろいろ無理をして時間を割いたのに、まるで神様の悪戯みたいに、薬屋一行には遭遇するわ、橋爪は病院に戻るでは、今日という日は一体何なんだと思う。橋爪も橋爪だ。ようやく取れた休暇というのは、こんなに簡単に消えてしまうものなのか。ようやく取れた休暇なら、たとえ担当の患者に緊急事態が起こっても、彼女に代わる誰かが用意されているものなのではないのか。彼女が休暇で、どこか連絡が取れない山奥にでも行っていたら患者への対応はどうなったのだ。悪く取ればすべて芝居で、小料理屋での自分の小心な態度に突然嫌気が差して、逃げて行ったと勘ぐれないこともない。

玉置は、堪らなく不愉快な腹立たしい気持ちだったが、辛うじて抑えると、今夜はこのまま帰って、こなし切れないほど抱えている企画仕事のどれか一つでも片づけるか、これも神様が自分のために仕事の時間を与えてくれたのかもしれないと、思い直すことにした。玉置がタクシーを探していると、今度は自分の携帯が鳴った。橋爪かと思ったが、ミギョンのかん高い声が玉置の耳を突いた。

〝玉置さん、一体どうしちゃったの、全然お店来て下さらないのね。今どこにいるの。お店今夜は全然駄目。ママの機嫌が悪くて。まだ、十時半過ぎたところよ。待ってるわ〟

ミギョンは、一方的にそれだけ言うと、電話を切ってしまった。

玉置は、いつもなら苦々しく思うそんな電話に、今夜は救われた気がして、つかまえたタクシーの運転手に、〝近い所で悪いね〟と謝って、ミギョンの店の場所を伝えた。小料理屋とミギョンが勤めている店は、端と端とはいえ、同じ麻布の町内だ。中年の運転手はちょっと嫌な顔をした。

そう言えばこの前も、俺が親父の入院先で女房にとっちめられた後に電話くれたり、多報堂で仕事のレクチャーを受けているときに電話が来たり、ミギョンからの電話って、いつもタイミングが変なんだよな……と、そんなことを思い返していたが、それも結局は、橋爪にはぐらかされた欲望の消化試合をしている自分を意識しないわけには行かなかった。

翌朝、例の外資系の車の仕事のために、玉置は十時に伝統通信に向かった。この仕事に関しては、手ぶらで行っても、広告戦略の話に相槌を打っていれば、まだなんとかごまかせるけれど、午後の多報堂でのＩＴ企業に関する会議では、そろそろ具体的な表現アイデアが求められていた。

〝いやぁ、皆さん、素晴らしいことをおっしゃいますねぇ〟では、もう済まないのである。

しかし、玉置が前夜帰宅したのは明け方四時だった。あれからミギョンの店に行き、ウィスキーをボトル半分ほど飲んで、酔った勢いで、というより、本来は橋爪に向けたはずのエネルギーをやけくそになってミギョンに向けて、ラブホテルに無理やりの形でミギョンを誘い、ほとんど前後不覚になってご帰還遊ばしたのが午前四時というわけだ。妻の淑江は、気がついたのか、つかないのか朝八時に玉置を起こすと、

〝あなた、仕事のお付き合いもほどほどにして下さい。ひどい顔してますよ〟

と、玉置がこの状況で思う最も穏やかな反応をしてくれた。酒量には自信がある玉置でも、さすがに大量のアルコールに睡眠不足でひどい頭痛がしたが、フリーの身で仕事をすっぽかすわけにはいかない。

とにかく牛乳をがぶ飲みして、冷水で顔を洗い、なんとか身支度を整えて飛び出したというわけだ。

〝玉置さん、あたしたち、もう、こうなって長いんだから、こんどのビザの費用、三百万円、なんとかして下さるわよねぇ〟

そんな脅迫めいたミギョンの声が、頭の中で響いていた。そんな状態の玉置が、昨夜帰ってから、CMの企画なんて出来たわけがない。仕事どころか、いつ帰ったのかも朦朧としているのだから。とにかくIT企業の仕事に関しては、レクチャーを受けてからまだ一度も真剣に考えたこともない。まずやっとのことでたどり着いた伝統通信では、とんでもない価格で売り出されるスポーツタイプの超高級車を富裕層に売り込むための、伝統通信社サイドからの基本戦略アイデアが、佐々木から提案された。いわゆるコンセプトが提案されたわけである。それはこんな風だった。

『この車のキーが、あなたのすべての行動エンジンのキーとなる』

テレビCMの表現も、そのコンセプトにのっとって考えられていないと、プレゼンテーションがバラバラなものになって、広告主を説得するものにはならない。その結果、仕事は別の代理店に飛んで行って、玉置には一銭の収入も入らないことになる。

「玉置さん、来週の今日あたりには、このコンセプトに従って、そろそろCMのアイデアの方もよろしくね」

佐々木は、玉置がいつもと違ってさっぱり発言しないのを少し訝しく思いながら、力が入っているときは、できる人はペラペラやたらとしゃべらないもんなんだなと、改めて玉置への尊敬を深めたりしていた。玉置はそれどころではなかった。こんな抽象的なことを、偉そうにコンセプトなどと言われても、考えようがないと思いながらも、世話になっている佐々木にそんな顔もできないので、

「いやぁ、佐々木さん、だいぶ苦労されましたね。でも佐々木さんらしい、シンプルで力強い、素晴らしいコンセプトだと思いますよ。これは大変なことになったな。佐々木さんに首を申し渡されないように頑張らなくっちゃ」

などと玉置は言ったけれど、この会議の間中、玉置は頭痛と闘いながらひたすら考えていたのは、午後の多報堂の会議をどう上手く、具体的なアイデアを持たないで逃げるかということばかりだった。

それなのに佐々木のほうは、頭痛と闘う玉置のしかめ面を芸術家の苦悩の表情などと受け取っていたのだから、玉置には有り難いことこの上なかった。

会議が終わると、佐々木に誘われた昼食を胃が痛いことを理由に断り、とにかく電車に

乗って多報堂へと急いだ。

会議にはまだ一時間ほどあった。玉置は、多報堂の地下にある社員用の喫茶室に潜り込むと、普段は絶対といっていいほど飲まないオレンジジュースを二杯も飲んで、なんとか二日酔いを乗り越えた。別にジュースが効いたわけではなく、二日酔いの期限がそろそろ切れそうだったに過ぎなかったけれど。

頭痛が楽になってくると、多報堂で受けたレクチャーを思い返そうとしたが何も思い出せない。本当に聞いていたのだろうかと思うほど、頭が真っ白だ。大体玉置は、この世界の売れっ子にしては、デジタル系にはひどく弱く、彼が日常使えるものときたら、携帯にネットにデジカメぐらいなもの。メール書きひとつ取っても、妻から亀とののしられるほどに、のろい。

そんな彼に、若者向けの、最先端デジタル社会の到来を予感させる、刺激的な企画が欲しいなんて頼んでくるほうも頼んでくるほうだし、受けてしまう玉置も玉置だ。苦しむに決まっているのに。大体、玉置はこの仕事には多報堂には内緒で誰かヘルパーを頼むつもりだった。ヘルパーに払う十五万程度のギャラなんか、今の玉置には痛くも痒くもない。つまり、隠しピンチヒッターだ。しかし、父の死や、その他の仕事にかまけたり、橋爪への、今やのめり込みと言ってもいいような執心とか、あらぬことに時間を奪われて、つい人手を頼むことがおろそかになっていた。

その最大の原因は、こんなとき、いの一番に頭に浮かぶ加藤真理子に電話出来なくなっていたからだ。あの口汚ない喧嘩が悔やまれた。しかしなぜか、あの喧嘩後の父の葬式には現れたのだから、まだ自分に幾分かの未練はあるのかもしれない。それにこれは純粋に仕事だから、金になりさえすれば、こちらが頭を下げればやってくれないこともないかもしれない。玉置はそんなことをグルグル考えていた。得意分野のことなら他人には絶対に手を触れさせない玉置だが、この仕事ばかりは弱っていた。そうかといって、仕事を断るのは玉置の方針に反する。

会議まであと二十分しかない。ヘルパーさえ決まっていれば、具体的ではなくても結構強気な発言ができるし、なんとか会議はクリアーできてしまいそうだ。

思い切って加藤に電話することにして、喫茶室から出ると、メールが入っている。自宅にいるとき、着メロ音なんか鳴るとロクなことがないから、常時、消音にしていた。どうせまたミギョンが、昨夜のことで何か文句でも言ってきたかと思ってメールを開くと、意外なことに高瀬百合子からだった。

〝どうしてもお会いしたいの。返信もくれないんだから、どこかに綺麗な女でもできたんじゃないの〟

外れていないこともないなと思う。

そう言えば、父親の葬式の前から、会いたいというメールをもらっていたのに、そのまま放っていたことを思い出した。だけど今は高瀬に返信なんかしている場合ではなかった。

〝よくぬけぬけと電話できたものね。あたしの顔なんか二度と見たくないんじゃなかったの〟

〝この電話はそういう問題じゃないんだ〟

〝玉置さんがＩＴ企業の仕事？　何てモノを知らない間抜けな代理店があったものね。それじゃ、一切プライベートなしの、アイデア料五十万ということでどうかしら。相当お困りみたいだから〟

こうなれば、二十万と見積もっていたギャラが倍以上になっても仕方なかった。仕事が成功すれば、その十倍以上の金が転がり込んでくるのだから。加藤のしたたかさには腹も立ったけれど、いずれ、仕事に困って自分のところに頼み込んでくるに違いないと読んで、あの喧嘩後にも拘らず、父親の葬式にも出て来た加藤の計算の確かさは、玉置も認めないわけにはいかなかった。

会議は、幸運なことに広告主の都合で、プレゼンテーションが二週間延びたということで、和気藹々とした呑気なものだった。

「いやぁ皆さん、素晴らしいアイデアばかりおっしゃるので、本当に私が考えるものがなくなってしまいそうで怖いですよ」

とか言って、お茶を濁して会議はなんとかクリアーできた。

多報堂から出た後、帰宅途中に高瀬に返信した。

〝俺も君には猛烈に会いたいのだけれど、いま狂ったように忙しくて、少しでも時間が出来たらすぐにメールするからちょっと待っててくれよ〟

メールを送信した途端、電話が鳴った。仕事の電話かと思ったら、橋爪からだった。今日は大変な日だな。これも自業自得というやつだけど。

「昨日は本当にごめんなさい。私の代理を務めるはずの先輩が、医者のくせして、調子悪くなって帰ってしまったものですから、結局、非常事態の尻拭いは、休みであろうとなかろうと私のところに回ってくる仕掛けになってるんです」

「しょうがないよ。医者って因果な商売だよね。昨日は品行方正にあれからは真っ直ぐ帰ったよ。お陰で仕事が捗ってね。これも君のお陰だな」

玉置はでたらめを言った。橋爪は玉置が腹立ち紛れに思っていたほど、悪い女ではなさそうだ。

「来週の木曜、また休み取れそうです。昨日の、例の先輩が平謝りで、自分の休暇を私にくれるって言うんです。玉置さんはお忙しいでしょうから、いきなりこんなこと言っても駄目かしら」

玉置は、何があってもその日は空けるという意味の答えをして、詳しいことはまたということで電話を切った。それから、あたらしく入ったチョコレートのＣＭの企画の打ち合わせのために、イヴニングの社員と約束した渋谷の喫茶店へ向かった。

道すがら、ミギョンの声が聞こえてきた。バカヤロー、三百万なんて大金、お前にやれるはずねぇだろ。玉置のキレル癖が、加藤のときの反省もなく、また心の中に湧き起こってきた。

車の仕事、IT企業の仕事、チョコレートの仕事、また、CMではなく、ミュージッククリップのメーキング、そして、引っ越し屋のCMの仕事まで、ありとあらゆる仕事が、いま玉置の前に聳えている。引き受けた以上は全部きちっと収めなければならない。

しかも、どれもそんなに時間的に余裕のある仕事ではない。すべて企画作業から演出、つまりディレクションまでやらなければならないし、ディレクションまでやるということは、編集からタレント打ち合わせ、作曲家との打ち合わせ、美術デザイナーとの打ち合わせ、果ては、スタイリストとの打ち合わせまでこなさなければならない。

これらの作業がすべての仕事について回ってくる。小さな映画一本作るのと、何も変わらない重労働だ。この内、いちばん大切でいちばん手が掛かるのが企画の作業だ。企画さえ、代理店そして何よりも肝心のお金を出す広告主の承認をもらえれば、あとは楽しい作業が残されているだけと言ってもいいかもしれない。

企画が、一発でオーケーになることはなかなかないから、撮影している間、つまりディレクションしている間にも、照明待ちの時間を利用して、撮影している仕事とは別の仕事の企画に取り掛かることはしょっちゅうある。ひどいときは、三度も四度も企画のやり直しというときもある。ほかの仕事も何本も並行しているから、空いている時間は、普通なら寝ている時間を使うしかない。つまり徹夜仕事となる。ということは、寝ないで次の仕事に取り掛かるのだ。

こんなスケジュールの〝売れっ子〟玉置に、橋爪、ミギョン、加藤、高瀬の四人の女を、妻子を持ちながら相手にしている時間など、あるはずがなかったのだ。

あくる日、午後いちに、加藤との楽しいとは言えない打ち合わせ、というより頭を下げっぱなしの懺悔みたいな、とにかくいちばん頭の痛い作業を終えた身軽さから、玉置は高瀬に電話した。主婦を午後の早い時間に呼び出すのは無理と知っていたけれど、つい重荷から解放されて、電話する手を止められなかった。電話は留守電になっている。何か予感がして、留守電にメッセージは入れなかった。

無理な時間に高瀬に電話したのは、加藤の嫌な声を早く消し去りたかったのだ。

「玉置さん、こんな初歩的なことも知らないで、よくも図々しく仕事を引き受けたものね、こんなこと、今時の気の利いた小学生なら知っていることよ。デジタルなんて言葉使わなくたって。あったり前じゃないの」

玉置は何を言われても、黙って聞いていた。加藤が何か優れものを考えてきてくれればそれでいいのだ。デジタル白痴の自分もいけないのだから。玉置は、ただただそう考えながら、加藤の言うがままにさせていた。

高瀬への電話をあきらめると、ふと、玉置は考えた。今はそんな関係ではないとはいえ、加藤だってこうして仕事で会うようになれば、いつ焼ぼっくいに火がつくともかぎらないし、ミギョンには金のことで嫌なことを言われているし、高瀬なんて、しょせんは人妻で危ないことこの上ないし、仕事を山ほど抱えていて、妻以外の女性と何人も付き合っていては、仕事とゆっくりと取り組む暇もない。

えいっ、この際、女とは縁を切るか、橋爪以外の女とは。玉置が、急にそんな真人間になるなんて信じられない話だが、逆に言えばそれほど今の玉置は売れていて、もう女たちに時間を取られるような余裕はとてもないのだ。

切羽詰まってと言えばそれまでだが、玉置らしいのは、いちばん美味しく見える橋爪だけは残していることだ。あんないい女は二度と手に入らないぞ。玉置の本能のようなものが、そう自身に呼び掛けている。

しかし皆それぞれ、そう簡単には切れない事情がある。とにかく加藤とも、ミギョンとも、高瀬とも、男と女の関係になってしまっているし、加藤とは別れられたのに、自分の弱みから、あんな仕事を入れてしまった。今までが今までだから、ビジネスライクに仕事を続けられる自信がちょっとない。喧嘩だって、痴話喧嘩と思えないこともない。でなければ、玉置がなんと頼もうと、仕事は断ってきたはずだ。

高瀬には、なんて言ったら別れられるのか見当もつかない。いくら高瀬が、気軽に話せるさばけた女だと言っても、人妻との密通なんて、この世で一番ドロドロした面倒臭いものに、足を突っ込んでしまったのだから。

ミギョンがいちばん理由は作りやすいかもしれないが、とにかく相手は外国人だし。でも、タイミングで言えば、金の話が出てきた途端にハイ、サヨナラでは、あまりに自分の身勝手が情ない。

皮肉なことにいちばん別れたくない橋爪とは、まだいつでも理由を作れば面倒なしに別れられる状態だ。

とにかく三人とは、仕事を理由に会わないようにして、グズグズとうやむやにして、自然解消するほかないなと、玉置は都合よく考える。しかし、男と女がそんなことで別れられるはずもない。それが証拠に、加藤とは仕事とはいえ、これから頻繁に会わなければならない。

加藤が帰った後、そのまま喫茶店に残ってそんなことを考えていると、携帯が鳴った。全然面識のないテレビ局のプロデューサーからだ。伝統通信の知人から、携帯の番号を聞いたらしい。用件は、今を時めく売れっ子CMディレクター玉置大輔に一週間密着して、CMディレクターってどんな仕事をしているのか紹介すると同時に、玉置大輔という才能の解剖をする番組だとも言われた。よくある、今、旬の人の仕事ぶり紹介番組である。

玉置は、そんな番組に出たら、それからの仕事に常に成功を求められるようになることを恐れ、また、今考えていたばかりの女たちとの決別がもっと難しくなることも一瞬頭によぎった。

『どんなもんだい。私が付き合っている男は、こんなかっこいい男なんだぞ』

そんな女たちの声が聞こえてきそうだ。特に高瀬やミギョンからは。

しかし、結局玉置は出演することを承諾した。自己陶酔からではなく、ビジネスへの損得勘定からでもなく、ただ、橋爪に見せたいためだけに。

テレビ出演にはまだ少し間があった。そのことを帰宅してから淑江に話すと、淑江は血相変えてという感じで、

「そんな話は断りなさいよ。あなた、テレビでとんでもない失言したら取り返しつかないわよ。自分はフリーだってことを忘れないでね。だれも守ってくれないんだから」

「もう承諾しちゃったよ。失言ってどんな失言だい。そんなとんでもないこと言うわけないだろ」

玉置はプライドを傷つけられた感じがして、妻に言い返した。

「あなたの〝言うわけないだろ〟は当てになりませんからね。誰か、タレントさんのことを軽々しく言ったり、広告主を傷つけるようなことを言ったり。ほら、風邪薬に出ている

川上栄一さんのこととか」

「馬鹿言うなよ。君が今言ったみたいに、俺みたいなフリーがテレビ出てそんな名誉毀損みたいなこと言ったら、オマンマの食い上げになっちゃうだろ。そういうことは、きみに言われなくても、俺がいちばん気をつけてることだよ」

玉置はちょっと気色ばんだ。

「まぁ、分かってればいいけど。本当に慎重にしてね。冴子だって、この頃ピアノにやっと身が入ってきたところなんだから。それに誠だって、来年は四年生ですからね」

誠とは、冴子の弟だ。

「そんなオーバーな心配するなよ。俺がテレビに出ることが、冴子や誠の将来まで左右するようなことがあるはずないだろ」

「それに調子に乗ってそんな格好いい番組出たら、色々やっかみもあるんじゃないの。仕事がかえって減るようなことになるかもしれないわ」

淑江は女性らしく、少し考え過ぎぐらいに亭主のことを心配する。

「まあ、君の心配も分からないではないよ。俺もいろいろ失言はしてきたけど。だけど、俺の失言はすべて酒のうえでのことさ。一滴も飲んでいないときに失言なんかしたことないよ。きみに相談しないで承諾したことは悪かったけど、大丈夫。俺に任してくれ。やっかむ奴なんか無視すればいいんだよ」

テレビ出演の前にこなさなければならない仕事が山積みだ。国内だが、ロケにも行かなければならない。売れてるJポップ歌手のミュージッククリップの撮影なんて柄にもない仕事を引き受けていたのだが、玉置の大好きなアーチストだったので引き受けたのはいいが、アーチスト本人の希望で、危うくニューヨークロケが決まりかけた。だが、こんなスケジュールの中で、そんな所にとても行ってはいられない。そんなことをしたら、スケジュールがすべて目茶目茶だ。一体何人の人間に頭を下げなくてはいけないか分からない。

「ニューヨークってさ、もう誰でも行ったことがある所になっちゃってるよね。もう輝いてないんだよ。僕はね、四国の片田舎のほうが今や意外と新鮮だと思うんだよ。とくにさ、彼の曲の都会的なイメージからすると、その意外性が、爆発的にマッチしたりするんじゃないかな」

玉置は、アーチストのマネージャーや音楽制作会社のプロデューサーにそんな説得を試みたが、我ながら詐欺師みたいないい加減なことを言っているなとあきれていた。ただ、海外ロケに行きたくないためだけに、こんなデタラメが言える自分が怖くさえあった。しかし今の玉置の売れ方からすると、こんな口から出任せが、『さすがに玉置さん、いいこと言うよな』となってしまうことも十分あり得るのだった。

ほかに、本業のCM作業が、一体いくつあるんだろうと。

結局ミュージッククリップのロケ場所は、伊豆の天城山の山中でという玉置自身も訳が分からないところで決まった。まるで演歌みたいな世界で。そのアーチストの故郷だという理由は付いていいたのだけれど。

橋爪とのやり直しデートが迫っていた。約束していた木曜は目の前だ。玉置は頭の中で計算する。

『明日の水曜は、伝統通信の佐々木さんへクルマの宿題提出する日だし、その後、イヴニングへ行って、チョコレートのＣＭの演出コンテ出しがあるな。あれは目茶ラクだから、適当にあしらって、その後銀座で、橋爪のために何かハンドバッグでも買ってやって、帰宅してから、伝統通信から新しく入ってきた化粧品の企画をやって、木曜日は朝一で夕日通信に行って、引っ越し屋の企画を出してから、加藤と渋谷の喫茶店で会って、例の多報堂からもらったデジタル屋さんの仕事の彼女なりのアイデアを見せてもらわなければいけないし、橋爪と会うのは早くて七時だな。適当にフレンチでも食って、どこかホテルでも行くことになるから、どこかレストランとホテル予約するか、予約なんか面倒臭いな、適当に綺麗そうなラブホにでもするか』

玉置の思考回路って普段はこんなものだ。忙し過ぎてじっくり物を考える余裕がないともいえた。父親との確執をあんなに深く考えていた玉置にしては、もう少し冷静に自分を見つめてもいいのだが。

妻の淑江とゆっくり過ごすのも久し振りなのに、テレビ出演の話が終わると、湯飲み茶碗を抱えたまま、翌日に提出予定の車の企画作業で、玉置は自分の部屋にこもった。

そこに、まだ小学三年生の誠が入ってくる。算数の宿題を教えてくれという。忙しいからママに頼んでと言うと、ママは頭が痛いからパパに頼みなさいと言われたと言う。小学三年生の算数ならいくら数学が苦手だった自分でも簡単に方が付くだろうと、誠のノートを覗くと、結構面倒臭そうな図形問題が書いてある。企画作業はまだ始めたばかりだ。明日は格好を付けないと大変なことになる。

「どれどれ、この三角形の面積か」

誠は期待して、目を輝かせている。ここで分からなければ父親の面目丸潰れだ。

なんとか苦闘して誠の期待に応えられたというものの、三十分のロスだ。

なになに、『この車のキーが、君のすべての行動のエンジンのキーとなる』だって？　なんだこりゃ。佐々木の野郎もトッポイよな。こんな訳の分からないコンセプトたてやがって。まぁ、要するに、この車を買う奴たちは、すべてにおハイソって言いたいんだろ。

でも、伝統通信さんのご命令、とくに俺の大得意の佐々木様のご命令とあっちゃあ、しょうがあんめえ。風邪薬の仕事だって、頂いてたんだからよ。

よし、思い切って、三十代の一流企業重役っての登場させるか。日本の大企業じゃ世襲でもなけりゃ、あり得ないけどな。漫画みたいだけれど、この車の値段設定からすれば、庶民が手が届くわけがない。とにかくいちばん安い裸みたいな設定でも千万に近いのだから。なんだかんだ付けたら下手すると、千五百はいってしまう。とすればテレビCMの主人公は、現実にはいそうもない、若きスーパーエリート。超一流企業の重役だけれど、三十になるかならないかに見える。そんな漫画の主人公みたいな奴がぴったりだ。玉置はそんな風に考える。玉置は、テレビCMのストーリーを描き始めた。文字通り漫画のように、企画したストーリーを絵で描いていくのだ。

ある大商社？の命運を握っている若き重役。重役室の、座り心地良さそうなチェアーに体を預けて何か考え事をしているところに、電話が鳴る。美しい秘書が〝会長からです〟と、受話器を手渡すと、彼は五秒としないうちに、ひと言。〝その件は、私にお任せ下さい〟そう言い終わるや、彼は素早く立ち上がる。次のカットは、エンジンキーを回す彼。重役なら運転手付きの社用車が普通だが、彼は自分の車が手放せない。この車の、素早い反応、ゴージャスな車内空間、滑るような乗り心地、あらゆる危険に対して備えられた、コンピュータ制御機能、そんなすべてが、若きエリートの決断、行動をサポートする。

次のカットは、ファーストクラスの機内でくつろぐ彼。行き先はパリかニューヨークか。そのカットに、例の佐々木のコンセプトコピーがかぶる。

〝このキーが、あなたのすべての行動のエンジンキーだ〟

もう、まるで露骨な笑ってしまう世界。これくらい臭くしないと、佐々木は乗ってこないからな……と玉置は考えながら、それにしてもイージーだよなと思ったりする。さてもう一案、もう少し抑えて、富裕層のファミリー対象のものでも考えるか……。こんな作業を繰り返しながら明け方近くまで企画するのが玉置の日常だ。翌日の橋爪との約束も気になるが、とりあえず飯の種……。それでも時折、橋爪のあえぎ声を想像したりする。たまには、嫁さんへのサーヴィスもしなきゃなぁと思うこともあるが、こんなスケジュールではそれどころではないと思う反面、しっかり女房以外とはアバンチュールしている自分に気がついて苦笑する。

結局明け方の四時には寝た。

伝統通信に向かう足取りは軽いとは言えない。どう考えてもやっつけ仕事だ。それも、今日六時に渋谷で待ち合わせしている橋爪のことが玉置を浮わつかせている原動力だ。玉置自身それはよく分かっていた。

約束の十時ちょうどに伝統通信の受付に着いた。社員以外はオフィスの中へ勝手には入れない。この会社には厳重なセキュリティ体制が敷かれている。受付の女性に来社の用件を伝えていると、佐々木が迎えに来てくれた。

形式的な挨拶が終わると、エレベーターに乗る前から、佐々木は待ち遠しいといった感じで、

「玉置さん、今日は楽しみにしてますよ」と、プレッシャーを掛けてきた。彼には風邪薬と高級車の区別がつかないらしい。

玉置のお得意は、佐々木が自動車メーカーの担当になる前に担当していた風邪薬みたいな日常消費材である。そういうもののCMを企画させたら、当世玉置の右に出る者はいない。彼は、日常感覚で勝負している男。だから、軽自動車ならなんとかなるけれど、高級車なんて最も玉置に向かない商品である。彼が企画演出して話題になったCMといえば、その風邪薬を始め、インスタントラーメンなどの食品、洗剤、衣類、玩具など、ものの見事に日用品ばかり。ところが佐々木はそんなことも分からない。玉置は万能選手だという認識だ。というより、確かに玉置は何にでも手を染めているのだ。染めさせられているというか。

会議室に入ると、今までこの会議のたびに玉置が会っていた関係者が八人ばかり全員揃っていたばかりか、その日は、玉置も顔だけは知っていた、伝統通信の営業の最高責任者である副社長までお出ましだった。その車を生産している外資系企業が、伝統通信にとってどれぐらい大切な顧客なのかがこれで想像される。

佐々木はすぐ玉置を副社長に紹介した。

〝いやいや、ご高名はかねがね。よろしくお願いしますよ。玉置さんが頼りですから〟

副社長から、そんな如才ない挨拶を受けた玉置はいささか緊張した、というより、後悔した。こんなＶＩＰが出てくるのを事前に知っていたら、もっと気合いを入れて企画したのに……と。

まもなくコーヒーが出てきた。そのコーヒーは佐々木の所属する部署の派遣社員の女性がいれたものではなく、どこかわざわざ社内の喫茶部から取り寄せたものらしかった。

というのも、持ってきた女性が制服らしきものを着ていたからだ。さすがに副社長が出席すると、コーヒーまで違うなと思ったと同時に、わずかコーヒーだけのことで玉置は変に緊張した。営業的な話やマーケティングの話が終わって、いよいよ玉置の出番だった。そんなシチュエーションだというのに、玉置の頭の中には突然妻の声が聞こえてきていた。

〝今度の日曜日、お父さんのお墓参りに行きましょうね〟

いきなり妻からそんなことを言われても、日曜日には本当に久し振りに高瀬と食事する予定が入っていたのだ。高瀬の亭主と息子が、伊豆に泊まりで海釣りに行くとかで、何も心配することなく逢瀬を楽しめる。今まで、彼女との約束はほとんど反古にしてきたので、今度断ると、彼女とは終了となり兼ねなかった。高瀬とは終わってもいいとは内心思ってはいても、断り続けの後味の悪い別れ方はしたくないし、彼女の激しいセックスも捨て難い……。

今日夕方に約束のある橋爪のことならともかく、こんな会議に何を考えているんだ俺は……。玉置は自分のことながらあきれて、慌てて耳を会議に戻した。

「それでは次は……テレビCMのアイデアということで玉置さん、宜しいでしょうか」

佐々木が会議の司会を務めている。

「あっ、はい、佐々木さんからお預かりしたコンセプトに沿っていろいろ考えさせていただいたんですが、私は露骨は嫌いなんですが、今回はあえて露骨がいいかなと思って考えてきました。臭いと思われるくらいがちょうどいいかと。三十代の大会社重役という、アメリカあたりではザラにあっても、日本では世襲以外ではあり得ない若きエリートを主人公に設定して、彼の行動規範の最も重要な支えになっているのが、この車だというのが私の案の骨子です」

玉置はそんな口上を述べながら、描いてきたストーリーボードを出席者の前に展げた。

「あれっ、玉置さんって、日常感覚コミック専門家と思ってたら、こんなことも考えてくるんですねぇ、これは参った。このキーが君のすべての行動のエンジンキーだという、僕がお預けしたコンセプトがものの見事にCMのストーリーとして動き出しましたね」

佐々木はすぐに玉置をフォローして、

「どうです、副社長、いかがですか」

と、すぐにその会議での絶対権力者に振った。

「クライアントの幹部の調整は俺がやるから、佐々木、玉置さんの案をイチ押しで出せよ。ただ、一案じゃまずいから、もう一、二案、玉置さんに考えていただいて……」

といいながら、腕時計を見て、

「安心しましたよ、玉置さん。いや、お見事。佐々木、俺は出掛けなきゃならないから、あとは社員たちでもう少しいろいろ考えろよ」

副社長氏はそんな風に言い残すと会議室を出ていった。他の出席者たちは副社長の発言に口を封じられた感じで、適当にお茶を濁したようなことしか言わなかった。

冷や汗ものだった会議が、思った以上にスムーズに運んでしまい、玉置の頭の中は、再び妻との墓参りの約束をどういう風に自然と無理なく一週間ほど延ばすかということで占領された。

会議が終わると、佐々木に昼食を誘われたが、多忙を理由に断って伝統通信を出た。午後イチに、彼の出身母体である〝イヴニング〟で菓子メーカーの撮影の打ち合わせがある。この仕事は、中堅の代理店の社員が企画して、クライアントからすでにオーケーが出ている、いわば既製品の撮影だ。玉置にとっては最も楽な仕事で、本来なら玉置クラスの人がやる仕事ではないけれど、企画が気に入ったのと、他ならぬイヴニングで同期入社のプロデューサーからの依頼だったから引き受けた。というのは公式見解で、本音は女たちにいろいろと掛かる小遣いを稼ぐためだ。

売れっ子の玉置のことだから、金にはまったく困っていないが、若い頃からの習慣で、経理はすべて妻任せだ。ある程度大きな金を妻に説明なしに動かすのは難しい。だからこういう仕事は妻の管理下にない彼の秘密の通帳に直接振り込んでもらっている。演出するだけの仕事といっても、玉置クラスになれば、最低でも百万以上のギャラが振り込まれるのが普通だ。

イヴニングを出たのは四時過ぎだった。橋爪とは、銀座の喫茶店で六時の約束だ。まだ二時間もある。早めに銀座に移動して、麻布での橋爪との食事のときと同様、大きな書店に入った。忙しさにかまけて、相変わらずろくろく本も読んでいない。つまり充電が出来ていないということだ。表現の仕事をする人間にとってはある種、致命的なことだ。玉置はそれをよく知っているから、こんな時間のあるときにはそれが免罪符でもあるみたいに、書店を覗くのが癖になっている。今、どんな傾向の本が売れているのかだけでも知りたいのだ。

腕時計を気にしながら、ぶらぶら店内を歩く。そして気になった本をいくつか買った。小説のようなものではなく、社会派のドキュメンタリー。玉置はもともと文学書には興味なく、とくに難しい小説を読むのは時間の無駄だと思っている。腕時計を見ると約束まで三十分になっている。結構本探しに夢中になっていた。指定の喫茶店に早めに行って、買った本でもめくることにする。そこは、お洒落な喫茶店にしては珍しくテレビが設置されていて、音は消されているが、映像は流れていた。

玉置は何の気なしに一瞬テレビを見た。そこには信じられない映像が流れていた。信じられないというより、とても不吉なと表現すべきか。その映像は、ある水虫薬のＣＭだった。別に取り立ててなんということのない普通のＣＭだ。表現はごく普通の、面白くもなんともない、ただ薬の効能を謳っているだけのＣＭ。でも使われているタレントは、川上栄一だった。つまり、その水虫薬は、風邪薬コルレオーネと同じ製薬会社のものだ。風邪薬コルレオーネは、伝統通信の扱いだったから、伝統通信の、当時の営業担当者の佐々木から声をかけられて、もう五年もやっているわけなのだが、玉置はフリーなので、この水虫薬の広告の扱い代理店が、たとえ伝統通信ではないとしても、今までの山内社長の言葉からいっても彼に声が掛からないはずはないのだ。

それが彼はまったくのつんぼ桟敷に置かれて、新しいＣＭが作られたのだから、不吉な気持ちにさせられたのも無理はない。つまり、下手をすると、風邪薬コルレオーネのＣＭも彼には声が掛からないのではないかと。早く言えばクビである。そしてそのクビの原因は、この前、橋爪と食事した料理屋に、製薬会社の山内社長一行が偶然入ってきたこと、そして玉置が橋爪を社長に姪っ子だと紹介したにもかかわらず、その嘘は見破られていて、玉置はモデルをつまみ食いする品性下劣な男として、同社製品のＣＭ作りの作業から締め出されてしまったのではないかと。これあくまで玉置の悪い想像だった。しかし、悪い想像というものはほとんど当たるものだ。玉置がどう繕って考えてみたところで、その水虫薬のＣＭには玉置がコルレオーネで使ってきた川上栄一が出演しているのだから。川上はクビになっていないのだ。

今、久し振りに橋爪と会うというときになって、嫌なものを見たものだと思ったけれど、まさかこんな話を橋爪に出来るわけがない。水虫薬は、風邪薬に比べたら売上はごく小さなモノだから、自分には声が掛からなかったので、風邪薬は必ず自分に声が掛かると思い直して、珈琲をすすった。いくらフリーの身とはいえ、肝っ玉の小さな自分に少し顔を赤くした。一体自分は、どれだけ仕事が入ってくれれば満足するのだろうかと。

そこへ橋爪が入ってきた。薄いブルーのスーツ姿だった。

「お待たせしましたぁ？」

甘やかな橋爪の声を聞いただけで、玉置は少し興奮した。山形の田舎のビジネスホテルの生け垣に隠れての、真夜中の激しいくちづけが思い出された。その夜の彼女の香水の官能的な香りまでが漂ってきていた。玉置はとりあえず橋爪に、食事は何を食べたいかと聞いた。まさか、いきなりラブホテルに行こうとも言えないだろう。

「そうですねぇ、お寿司でもいただいていいかしら」

橋爪はオレンジジュースを飲みながら、屈託なく言った。

「親しい友達がやってる寿司屋が、新橋にあるんだけど、ちょっと混み具合を調べてみるね」

　玉置は店に電話して、カウンター席を予約してから、

「どうですか。病院のほうは忙しいですか」と聞くと、橋爪の表情が微かに曇った。

「ええ、相変わらずで……実は……あたし、あとでお話ししようと思ってるんですが、来月からしばらくの間、留学することに決めたんです。でも、その話はあとで詳しく」

　玉置は、またもや嫌な予感を覚えた。つまり、橋爪が留学と言っているのはデタラメで、玉置から逃げようとしているのではないかと。要するに、医者仲間の若い恋人でも出来て、中年の玉置がうざく思えてきたのではないかと。

「おやおや、留学？　で、どちらに？　寂しくなるなぁ」

　玉置がそう言ったのは、本心からだった。何か突然に、悪い風が吹き出したような気がするからだ。つい五分前に嫌なCMを見たと思ったら、今度は橋爪の別れ話だ。今留学のことを聞いたばかりで、別れ話とは性急な表現だが、玉置はそんな風にすねてみた。

「オーストラリアのメルボルンです。私、いろいろ考えた末に循環器を専攻することにしたんですけど、メルボルンに心臓のいい病院があるので三年ぐらい修業させてもらおうと思ってるんですよ。英語には少し自信があるんです。玉置さんには何も言わないで申し訳なかったですが、留学は若いときしか行けないですし」

　橋爪は、真剣な表情でそんな言い方をしたが、玉置に言わせれば、そんなことはもっと

早く言ってくれよというのが彼の正直な気持ちだった。それに三年は長い。帰ってきたら、もう、お付き合いなんかとても無理だろう。自分は歳を取ってしまうし、橋爪はメルボルンで恋人ができるに違いない。出来て当たり前だ。帰って来たら自分のことを覚えていることすら怪しいと玉置は考えた。

「でも今日は、玉置さんとしっかりお付き合いしないと罰が当たるから、楽しいひと時を過ごしましょうね」

橋爪はそんな可愛いことを言った。それを潮に、二人は玉置の友人が経営する新橋の寿司屋に移動した。寿司屋で橋爪は食べ、玉置は食べかつ飲んだ。橋爪はもっぱら留学の夢を語っていたが、医学にはさっぱり不案内な玉置は適当に相づちを打っていた。玉置の頭の中は、橋爪の言う〝しっかりとお付き合い〟の中身で占められていた。例の鉄道会社のCMロケーションに行った帰りに、橋爪のほうから誘われて、男と女の仲になる機会があったのに、父親の臨終間際でそれどころではなく、〝もったいないこと〟をしたと玉置は悔やんでいたのだが、今夜やっと、彼女の長期留学を前に実現しそうだ。もともとは、橋爪に惚れられて始まった恋だったから、玉置は初め、橋爪の美貌や若さや医学生という肩書きにも戸惑った。下世話に言えば、〝こんな美味しい話が今頃俺のところに……？〟と、そんな感じだ。

寿司屋を出ると、橋爪は美味しい珈琲を飲みたいと言う。自分が知っている遅くまでやっている喫茶店が偶然近くにあるから、〝ひとまず〟そこに行かないかとそんなことを言った。その喫茶店は、なるほど寿司屋から歩いて五分ほどのところにあり、いかにもコーヒー専門店といった感じの渋い外観の店で、店はそこそこ混んでいたが、二人はいちばん奥にある席に座った。玉置は、橋爪から何か話があるのを感じていたが、玉置のほうからは話を切り出さなかった。橋爪はコーヒーが出てくるまで珍しく黙っていたが、やがて言いにくそうに口を開いた。

「玉置さん、こんなお話するの私とっても嫌なんですけど、実は、玉置さんには私のプライベートなことでお時間取らせたくなかったので、申し上げなかったんですが、先月、玉置さんのお父様が亡くなられたように、私の父親も死んだのです。お父様が亡くなられた二週間ほど後なのですけど。ほんのついこの間の出来事で、心筋梗塞で突然に。まだ五十六でした。医者の私が側にいたのに忙しさにかまけて、つい父のことはほうりっぱなしで」

「それはそれは。遠慮なく言ってくれたら良かったのに。お葬式ぐらい行かせていただいたのに」

玉置は、せっかく橋爪とデートが出来たと思ったのに、急に湿っぽい意外な話になったので、ちょっと鼻白んだ。その上、店内のＢＧＭに、玉置の耳に慣れた静かなピアノ曲が聞こえてくる。音大受験をついに決心した娘の冴子が練習している曲だ。なんだか急に現実的な空気が立ち込めてきて、ロマンチックな雰囲気はどこかに飛んでいってしまった。

「いえ、そんな。父は、この前お話ししましたように自衛隊の技官でしたから、たいしたお葬式も出せなくて。父は、よく私を医科大学に行かせてくれたと思って今でも本当に感謝しているんです。父の収入では私の授業料は大変な負担だったと思います。私の他にも兄と弟がいるというのに。父が急死したこともあって、経済的にも留学は止めようと思ったんですが、このメルボルン行きの話は、私の医者としての一生にものすごく大事な話なので、どうしても行きたいんです。ところがお恥ずかしい話なんですが、父の葬式代が、母の強い希望でお香典をお断りしたものですから、意外と嵩んでしまって……。それで本当に言いにくいんですが、私がいま頼れる人と言えば、玉置さんの他にいなくて……」

玉置は、ミギョンを思い出した。女医の橋爪と外国人労働者のミギョンとは正反対の立場の女と思っていたのにこれでは何も変わらない。何年も男と女の付き合いをしてきたミギョンから三百万という金を無心されたのは、玉置なりに納得していた。しかし、橋爪とはロケ先でちょっとしたアバンチュールがあっただけだ。まだ男と女の仲でもない。

「それでいくらぐらい足りないの」

玉置はストレートに聞いた。

「無理でしたらお断りして下さいね。五百万ぐらいです」

橋爪が言った数字に玉置は驚きを隠さなかった。

「言ってくれるね。五百万か。五百万って金は僕にもはした金ではないよ。まぁ、お陰様で、今のところは僕にはそれ相応の収入があるよ。だけど、僕はお金のいろいろ面倒臭いところが嫌で、収入はすべて女房に渡してしまうんだ。だから、僕は世間の皆さんよりは多少頂いているにもかかわらず、小遣い生活を強いられてるってわけさ。まぁ、だけど、他ならぬ橋爪さんに言われて、いきなりゴメンなさいでは男が廃るよね」

「いえ、こちらこそ、ゴメンなさい。ご迷惑な話をすみませんでした。あたし、やっぱり留学無理かなぁ……」

と、橋爪は信頼していたのに意外と頼りにならない男という、玉置に対する落胆を隠さない表情になって、付け加えた。

「奥様にご迷惑かけられないですものね。ま、留学が迫っているんで、今回は、銀行かどこかに借金します。貸してくれるかどうかは分かりませんけど」

と言いながら、チラチラ時計を見た。

「橋爪さん、半分助けさせて下さい。出発は間近ですか」

「いいえ、もう、この話はやめましょう」

橋爪は無理を装って笑顔をつくっている感じで、

「あーぁ、美味しいお寿司も頂いたし、好きな珈琲も飲めたし、明日も忙しいのでそろそろ失礼しますね。そんなわけでしばらくお会い出来ませんけど、ますます御活躍下さい」

橋爪は、玉置が考えてもみなかった素早い身の処し方で結論を出すと、まるで逃げるように帰っていった。

玉置は呆然としていた。玉置が秘かに危ぶんでいたように、橋爪の自分への〝恋心〟は長く計画された〝フェイク〟だったと思うしかなかった。つまり、留学計画の資金繰りのために、玉置は誘惑されたのだと。いいカモにされたのだと。それにしても、いくらなんでも用意周到すぎると、自分の橋爪に対する裁きを疑う声も心の中にないでもなかったけれど、もう橋爪に会えなくなったという事実は変わらない。

これで、ミギョンと高瀬を思い切れば、妻以外の女はすべて消える。つまり、道義上、自分もごく当たり前の人間にやっとなれたのだ、それも清々しくて案外いいかもしれないぞと、玉貴は銀座の喫茶店に一人残されたまま、寂しさに耐えながら、ぶつぶつ、つぶやいていた。他人が見れば、たった今、勤め先を解雇された失意の中年男にでも見えたかもしれない。

こうしてまた明日から、いいにつけ悪いにつけ、玉置の超多忙の毎日が繰り返されるはずであった。

某テレビ局のプロデューサー氏が玉置宅に電話をしたのは、それから一か月近くが経過

してからのことであった。

「はぁ、本当にお悔やみ申し上げます。残念なことでございました。玉置さんのお仕事に一週間密着できることを我々一同本当に楽しみにしておりましたのに、まさかスタジオの階段から落ちられてこんなことになりますなんて……」


プロデューサー氏は上司に当たる番組部長に、

「電話では、奥様は毅然としていらっしゃいました」と報告した。部長氏は、

「そりゃーそうだろう、もし噂が本当だとしたら、そうするしか妻の立場は守れないもの」


プロデューサー氏の友人の広告代理店のコピーライター氏の話によれば、彼は声を潜めて、

「スタジオの階段から落ちて亡くなったというのは、あくまで世間向けの話でね……」

と、〝事の真相〟を話したというのだ。それは驚くことにというか、不謹慎と知りつつも、思わず笑ってしまうというか、なんとも珍妙な話なのであった。


実は、玉置氏は超多忙の中を、なんと撮影中のスタジオを抜け出して、スタジオのすぐ裏手にあるラブホテルに呼び寄せていた、長い間懇意にしていた人妻と照明待ちの時間を利用して、よろしくやっていたというのだ。しかし超多忙の玉置氏、まだ四十そこその

若さだったというのに、すでに心臓が弱っていて、人妻女史の激しさに耐えられなかったらしいというのだ。

　コピーライター氏は、赤面しながらプロデューサー氏にそんな話をした。いわゆる俗に言う腹上死というやつだ。

　これが真相だとしたら、それはとても世間に公にできるわけがない。撮影中のスタジオでは、トイレにでも行ったと思われていた監督がいつまでたっても戻らないので、大騒ぎになったらしい。それにしてもまさか……とプロデューサー氏は思ったけれど、とにかく一度は玉置氏宅に電話しなければ、と嫌な役目を引き受けたというわけだ。


　玉置のようなノーテンキな男を指して、極楽トンボという言葉があるらしいが、彼の生き様も死に様も、まさに極楽トンボの見本のようなものだ。彼の仕事ぶりや、女性たちとの付き合いぶりを知る人たちは、だれもこのことを否定しないだろう。

　簡単に言えば、彼は極楽トンボとして、壮烈に、完璧に、この世を去ったのである。

　そして、再び彼岸の彼方で、彼は、父親という太陽の周りを未来永劫に回り始めたのである。今度は、脱出することは叶わない、彼がどんなに嫌がろうとも。


（了）

あとがき

長編小説『暗号名「鳩よ、翔びたて」』を発表して以来、三年ばかり学校の教師をしたりしながら、少しずつ書き溜めてきたものを出版していただくことになりました。この五つの物語に登場する人物たちは、私が人生途上で出会った人たちとどこか似ているところがあります。彼らなりに一生懸命生きてきたけれど、つまずきも多い、そんな人間たちです。

人生というものは一筋縄ではいかないな……というようなところを書いたつもりですが、果たしてうまく書けましたかどうか……。もちろんすべてフィクションであることは、お断りするまでもありません。相変わらずトリッキーなストーリー展開ですが、これは私の個性そのものですので、お許しください。

出版にあたって編集者の馬場先智明氏、我が長年の友、高橋成器氏に大変お世話になりました。ありがとうございました。

新しく長編小説を書きます。読者の皆様にお読みいただけるよう精進することを誓って
あとがきの言葉といたします。

二〇一四年　初秋

井上卓也
拝

著者プロフィール
井上 卓也（いのうえ たくや）
慶應義塾大学卒業後、株式会社電通にCMプランナー及びコピーライターとして勤務。作品としては、JRの「エキゾチック・ジャパン」、「フルムーン」などが有名。
現在、帝京平成大学でコミュニケーション論を講義。

〔著書〕

伝記 『グッドバイ、マイ・ゴッドファーザー 父・井上靖へのレクイエム』（文藝春秋刊）
中篇小説集 『神様の旅立ち』（アートン刊）
長篇小説 『暗号名「鳩よ、翔びたて」』（文芸社刊）
中篇小説集 『極楽トンボ』（万来舎刊）

他に「別冊文藝春秋」や「文學界」に中篇小説掲載。
その他、雑誌などにエッセイ多数発表。

極楽トンボ

2014年9月15日 初版第1刷発行

著　者 井上 卓也
発行者 藤本 敏雄
発行所 有限会社万来舎
〒102-0072 東京都千代田区飯田橋2-1-4 九段セントラルビル803
☎ 03（5212）4455
E-mail letters@banraisha.co.jp
印刷所 株式会社エーヴィスシステムズ

NDC

ISBN978-4-901221-82-5